A LIVRARIA MÁGICA DE PARIS

OBRAS DA AUTORA PUBLICADAS
PELA EDITORA RECORD

A livraria mágica de Paris
Luzes do Sul
O livro dos sonhos
O maravilhoso bistrô francês

NINA GEORGE

A LIVRARIA MÁGICA DE PARIS

Tradução de
Petê Rissatti

1ª edição

EDITORA RECORD
RIO DE JANEIRO • SÃO PAULO
2023

CIP-BRASIL. CATALOGAÇÃO NA PUBLICAÇÃO
SINDICATO NACIONAL DOS EDITORES DE LIVROS, RJ

G31L

George, Nina
  A livraria mágica de Paris / Nina George ; tradução Petê Rissatti. - 1. ed. - Rio de Janeiro : Record, 2023.

  Tradução de: The little Paris bookshop
  ISBN 978-65-5587-425-9

  1. Ficção alemã. I. Rissatti, Petê. II. Título.

23-82833   CDD: 833
                       CDU: 82-3(430)

Gabriela Faray Ferreira Lopes - Bibliotecária - CRB-7/6643
03/03/2023   08/03/2023

Título Original:
Das Lavendelzimmer

Título original: Das lavendelzimmer, de Nina George
Copyright © 2013 por Nina George
Copyright © 2013 para a edição alemã por Droemer Knaur Verlag
Copyright © da tradução por Editora Record, 2016
Publicado mediante acordo com Ute Körner Literary Agent, Barcelona – www.uklitag.com

Design de capa: Renata Vidal
Ilustrações: Painterstock / Shutterstock (Paris); Anna's Creations / DesignCuts (ornamento)

Texto revisado segundo o Acordo Ortográfico da Língua Portuguesa de 1990.

Todos os direitos reservados. Proibida a reprodução, no todo ou em parte, através de quaisquer meios. Os direitos morais da autora foram assegurados.

Direitos exclusivos de publicação em língua portuguesa somente para o Brasil adquiridos pela
EDITORA RECORD LTDA.
Rua Argentina, 171 – Rio de Janeiro, RJ – 20921-380 – Tel.: (21) 2585-2000, que se reserva a propriedade literária desta tradução.

Impresso no Brasil

ISBN 978-65-5587-425-9

Seja um leitor preferencial Record.
Cadastre-se no site www.record.com.br e receba informações sobre nossos lançamentos e nossas promoções.

Atendimento e venda direta ao leitor:
sac@record.com.br

EDITORA AFILIADA

Dedico este livro a meu pai, Joachim Albert Wolfgang George, conhecido como Jo, o Grande. (Sawade/Eichwaldau, 20 de março de 1938 — 4 de abril de 2011, Hamelin)

Papai, com você morreu a única pessoa que leu tudo o que escrevi desde que aprendi a escrever. Sentirei saudades eternamente. Vejo você em todas as luzes de todas as noites e em todas as ondas de todos os mares. Você foi embora no meio da frase.

NINA GEORGE

Em homenagem aos que se foram.

E àqueles que os continuam amando.

1

Como *fui deixar que elas me convencessem?*

Em dupla, as "generais" do prédio nº 27 da rue Montagnard — Madame Bernard, a senhoria, e Madame Rosalette, a zeladora — cercaram Monsieur Perdu entre seus apartamentos vizinhos, no térreo.

— O jeito como Le P. tratou a esposa foi humilhante.

— Vergonhoso. Ele a tratou como uma traça a um véu de noiva.

— É difícil julgar algumas pessoas quando se sabe quem são suas esposas. Geladeiras vestidas de Chanel. Mas os homens? Todos uns monstros.

— Senhoras, eu não sei o que...

— *O senhor* obviamente não, Monsieur Perdu. O senhor é caxemira comparado aos trapos de que são feitos os homens.

— Enfim, vamos receber uma nova inquilina. No quarto andar, ou seja, o seu andar, Monsieur.

— Só que não restou nada à Madame. Absolutamente nada, apenas ilusões estilhaçadas. Ela precisa de quase tudo.

— E é aí que o senhor entra, Monsieur. Dê o que puder. Todas as doações serão bem-vindas.

— Claro. Talvez um bom livro...

— Bem, nós estávamos pensando em algo mais prático. Uma mesa, por exemplo. Sabe, a Madame não tem...

— ... nada. Entendi.

O livreiro não sabia o que poderia ser mais prático que um livro. Mas prometeu dar uma mesa à nova inquilina. Afinal, tinha mesmo uma sobrando.

Monsieur Perdu encaixou a gravata entre os botões da gola da camisa branca, passada à perfeição, e enrolou as mangas cuidadosamente. Para dentro, dobra por dobra, até o cotovelo. Fixou o olhar na estante no corredor. Atrás daquelas prateleiras estava um quarto em que ele não entrava havia vinte e um anos.

Vinte e um anos, verões e manhãs de Ano-Novo.

Mas naquele quarto estava a mesa.

Monsieur Perdu suspirou, escolheu um livro aleatoriamente, e puxou da prateleira o *1984*, de Orwell. Que não se desmanchou. E nem mordeu sua mão como um gato contrariado.

Pegou o romance seguinte, depois mais dois, e então estendeu ambas as mãos, tirando blocos inteiros de livros da estante e empilhando-os ao seu lado.

As pilhas viraram árvores. Torres. Montanhas mágicas. Ele olhou para o último livro na mão: *O jardim da meia-noite*. Uma história de viagem no tempo.

Se acreditasse em presságios, aquele teria sido um sinal.

Bateu com os punhos na parte de baixo das prateleiras para soltá-las das mãos-francesas. Então deu um passo atrás.

Pronto.

Camada por camada, lá surgia ela. Atrás da parede de palavras. A porta para o quarto em que...

Eu poderia simplesmente comprar outra mesa, não poderia?

Monsieur Perdu passou a mão na boca. Isso mesmo. Tirar o pó dos livros, colocá-los de volta na estante, esquecer a porta. Comprar uma mesa e continuar a viver como nas últimas duas décadas. Em vinte anos, ele teria setenta, e daí em diante sobreviveria ao resto, talvez até morresse cedo.

Covarde.

Fechou o punho trêmulo ao redor da maçaneta.

Lentamente, o livreiro alto abriu a porta. Empurrou-a para dentro devagar, estreitou os olhos e...

Apenas a luz da lua e ar seco. Inspirou profundamente, apurando o olfato, mas não detectou nada.

O cheiro de *** havia desaparecido.

No decorrer de vinte e um verões, Monsieur Perdu havia se tornado tão habilidoso em evitar pensar em *** quanto em evitar cair em bueiros sem tampa.

Basicamente pensava nela como ***. Uma pausa em seu fluxo de pensamentos, um espaço em branco nas imagens do passado, um ponto escuro em seus sentimentos. Ele seria capaz de elencar todos os tipos de lacunas.

Monsieur Perdu olhou em volta. O quarto estava tão silencioso. E tão sem cor, apesar do papel de parede azul-lavanda. O passar dos anos atrás daquela porta fechada havia sugado as cores das paredes.

A luz que vinha do corredor encontrou poucas coisas que podiam fazer sombra. Uma cadeira bistrô. A mesa retangular de madeira com gaveta. Um vaso com a lavanda roubada do Plateau de Valensole mais de duas décadas atrás. E um homem de cinquenta anos, que se sentou na cadeira e se abraçou.

Antes havia cortinas ali. E daquele lado fotos, flores e livros, um gato chamado Castor, que dormia no sofá. Havia castiçais e sussurros, taças de vinho tinto e música. Sombras dançantes na parede, uma delas alta, a outra impressionantemente linda.

Houve amor naquele quarto.

Agora, há apenas eu.

Ele cerrou os punhos e pressionou-os nos olhos que ardiam.

Monsieur Perdu engoliu em seco uma vez, e depois outra, a fim de reprimir as lágrimas. O nó na garganta estava grande demais para lhe permitir respirar, e as costas pareciam incandescer de queimação e dor.

Quando conseguiu engolir direito de novo, ele se levantou e abriu a janela. Aromas vindos do quintal do prédio entraram rodopiando.

As ervas do pequeno jardim dos Goldenberg. Alecrim, tomilho. Misturados aos óleos de massagem de Che, o podólogo e "encantador de pés" cego. Além deles, o cheiro de panqueca entremeado ao das comidas africanas grelhadas, picantes e suculentas de Kofi. Acima de todos esses cheiros pairava o aroma de Paris em junho, uma fragrância de flor de tília e de expectativa.

Mas Monsieur Perdu não deixou que esses aromas o afetassem. Resistiu ao seu encanto. Ele se tornara um verdadeiro especialista em ignorar tudo o que pudesse lhe provocar algum tipo de saudosismo. Cheiros. Melodias. A beleza das coisas.

Buscou água e sabão no quartinho ao lado da cozinha vazia e começou a limpar a mesa de madeira.

Lutou para afastar a imagem desbotada de si mesmo sentado àquela mesa, não sozinho, mas com ***.

Limpou, lavou, esfregou e ignorou a pergunta incômoda sobre como seriam as coisas agora, depois de ter aberto a porta do quarto onde todo o seu amor, todos os seus sonhos e seu passado haviam sido enterrados.

Memórias são como lobos. Não se pode encarcerá-las e esperar que deixem você em paz.

Monsieur Perdu carregou a mesa estreita até a porta, passou-a pela parede de livros e por entre as montanhas mágicas de papel, e atravessou o patamar da escada até chegar à porta do apartamento vizinho.

Quando ia bater, ouviu um som melancólico.

Um choro abafado, como se bloqueado por um travesseiro.

Alguém chorava atrás da porta verde.

Uma mulher. E chorava como se não quisesse que ninguém, ninguém a ouvisse.

2

"Ela era mulher do você-sabe-quem, o tal de Le P."

Perdu não o conhecia. Não lia as revistas de fofoca parisienses.

Madame Catherine Le P.-você-sabe-quem voltara para casa do trabalho na agência do marido artista, onde era relações públicas, numa quinta-feira à noite. Sua chave não entrava mais na fechadura, e havia uma mala na escada com os papéis do divórcio em cima. Seu marido se mudara para algum lugar desconhecido, levara os móveis antigos e uma nova mulher.

Catherine, futura-ex-esposa-do-Le-Desgraçado, não possuía nada além das roupas com que entrara no casamento. E a percepção de que fora ingênua demais, primeiro ao acreditar que o amor que um dia compartilharam seria suficiente para lhe garantir um tratamento decente após a separação, e, segundo, por pensar que conhecia tão bem o marido a ponto de não imaginar que ele pudesse surpreendê-la.

"Um erro muito comum", comentara Madame Bernard, a senhoria, entre duas baforadas do cachimbo que pareceram sinais de fumaça. "Só se conhece de verdade um marido quando ele a abandona."

Monsieur Perdu ainda não tinha visto a mulher que fora excluída da própria vida com tanta frieza.

E agora ouvia o choro solitário que ela tentava desesperadamente abafar, talvez com as mãos ou com um pano de prato. Ele deveria dar sinal de vida e deixá-la constrangida? Decidiu buscar o vaso e a cadeira primeiro.

Pé ante pé, foi até seu apartamento e voltou. Sabia como aquele prédio antigo e orgulhoso podia ser traiçoeiro, quais tábuas do assoalho estalavam, quais paredes, mais finas, foram acrescentadas recentemente, e quais dutos ocultos nelas funcionavam como megafones.

Sempre que se curvava sobre o quebra-cabeça de mapa com dezoito mil peças na sala de estar vazia — exceto pela presença do quebra-cabeça —, os sons da vida dos outros moradores chegavam até ele.

Como os Goldenberg brigando (Ele: "Você não pode...? Por que você...? Eu não...?" Ela: "Você sempre precisa... Você nunca faz... Eu quero que você..."). Conhecia os dois desde que eram recém-casados. Quando costumavam gargalhar juntos. Então vieram os filhos, e os pais se afastaram como continentes.

Ouvia a cadeira de rodas elétrica de Clara Violette rolando sobre bordas de tapetes, assoalhos e soleiras de portas. Lembrava-se da época em que a pianista dançava alegremente.

Escutava Che e o jovem Kofi cozinhando. Che mexia as panelas. O homem era cego de nascença, mas dizia que via o mundo pelos aromas e ecos dos sentimentos e pensamentos que as pessoas deixavam para trás. Quando entrava nos cômodos, Che conseguia sentir se alguém já havia amado, vivido, brigado ali.

Todo domingo, Perdu também escutava Madame Bomme e o clube de viúvas dando risadinhas, como adolescentes, com os livros eróticos que ele lhes fornecia às escondidas de seus parentes tacanhos.

Os sinais de vida do prédio nº 27 da rue Montagnard eram como ondas quebrando nas areias da ilha silenciosa de Perdu.

Fazia vinte anos que ele os ouvia. Conhecia os vizinhos tão bem que às vezes estranhava o fato de saberem tão pouco sobre ele (embora fosse melhor assim). Não faziam ideia de que ele não possuía nenhuma mobília além de uma cama, uma cadeira e uma arara para roupas, nenhuma bugiganga, nenhuma música, nem fotos, nem álbuns, nem sofás, nem louças (exceto para uma pessoa). Nem que vivia dessa forma frugal por opção. Os dois cômodos que ainda ocupava eram tão vazios que, quando tossia, o som ecoava. Na sala de estar havia apenas o gigantesco quebra-cabeça no chão. O quarto onde dormia continha a cama, uma tábua de passar roupa, uma luminária e a arara de rodinhas com três conjuntos exatamente iguais: calça cinza, camisa branca, pulôver marrom de gola "V". Na cozinha havia uma cafeteira italiana, uma lata de café e uma prateleira com mantimentos. Ordenados alfabeticamente. Talvez fosse melhor mesmo que ninguém visse isso.

E ainda assim Perdu nutria sentimentos peculiares pelos moradores do prédio nº 27. De um jeito inexplicável, sentia-se melhor quando sabia que estava tudo bem com eles. E tentava fazer sua parte sem que percebessem. Os livros o ajudavam nessa tarefa. No mais, sempre se movimentava nos bastidores, uma imagem de fundo numa pintura, enquanto a vida se desenrolava no primeiro plano.

No entanto, o novo inquilino do terceiro andar, Maximilian Jordan, não deixava Monsieur Perdu em paz. Jordan usava protetores auriculares feitos sob medida, com protetores de orelha por cima, além de um gorro de lã em dias frios. Desde que o livro de estreia do jovem escritor fizera sucesso em meio a grande estardalhaço, ele vivia fugindo das fãs, que fariam de tudo para se mudar de mala e cuia para a sua casa. Nesse meio-tempo, Jordan desenvolvera um estranho interesse por Monsieur Perdu.

Enquanto Perdu estava em frente à porta, arrumando a cadeira ao lado da mesa e o vaso em cima, o choro cessou.

Em seu lugar, ouviu um breve rangido do assoalho, como se alguém estivesse tentando andar sem fazer barulho.

Ele espiou pelo vidro jateado da porta verde. Em seguida, deu duas batidas bem de leve.

Um rosto se aproximou. Uma forma oval branca, indistinta.

— Pois não? — sussurrou a forma oval.

— Tenho uma cadeira e uma mesa para a senhora.

A forma oval ficou em silêncio.

Preciso falar baixinho com ela. Chorou tanto que deve estar desidratada e vai se desmanchar se eu falar alto demais.

— E um vaso. Para flores. Flores vermelhas, por exemplo, ficariam muito bonitas sobre a mesa branca.

Ele pressionou a bochecha no vidro. E sussurrou:

— Eu também posso lhe dar um livro.

A luz da escada se apagou.

— Que livro? — perguntou, sussurrando, a forma oval.

— Um que a console.

— Mas eu preciso chorar. Senão vou me afogar. O senhor entende?

— Claro. Às vezes você nada em lágrimas não derramadas e pode acabar afundando se prendê-las. — *E eu estou no fundo desse oceano.* — Vou trazer um livro de chorar, então.

— Quando?

— Amanhã. Prometa que vai beber e comer alguma coisa antes de continuar chorando?

Ele não sabia por que estava tomando tais liberdades. Devia ser por causa da porta que os separava.

O vidro embaçou com a respiração da mulher.

— Certo — disse ela. — Prometo.

Quando a luz da escada se acendeu, a forma oval recuou.

Monsieur Perdu tocou o vidro por um instante. Ali, onde pouco antes estivera o rosto da mulher.

E se ela precisar de mais alguma coisa, uma cômoda, um descascador de batatas, eu compro e digo que já tinha.

Ele voltou para seu apartamento vazio e o trancou. A porta para o quarto atrás da parede de livros ainda estava aberta. Quanto mais Monsieur Perdu olhava lá para dentro, mais parecia que o verão de 1992 brotava do chão. O gato de patinhas brancas macias pulou do sofá e se espreguiçou. A luz do sol tocou as costas nuas, as costas se viraram, e revelaram ***. Ela sorriu para Monsieur Perdu, levantou-se de sua posição de leitura e andou nua até ele, com um livro na mão.

— Você está pronto, enfim? — perguntou ***.

Monsieur Perdu bateu a porta.

Não.

3

— Não — repetiu Monsieur Perdu na manhã seguinte. — Eu prefiro não lhe vender esse livro.

Com delicadeza, tirou *A noite* da mão da cliente. De todos os muitos romances presentes em seu barco-livraria — batizado de *Farmácia Literária* —, ela escolhera justamente o afamado best-seller de Maximilian "Max" Jordan. Aquele que usava protetores de orelha e morava no terceiro andar da rue Montagnard.

A cliente encarou o livreiro, perplexa.

— Mas por que não?

— Max Jordan não combina com a senhora.

— Max Jordan não combina comigo?

— Exatamente. Não faz seu tipo.

— Meu tipo. Ora essa. *Pardon*, mas preciso esclarecer ao senhor que entrei em seu barco-livraria para procurar um livro. E não um marido, *mon cher* Monsieur.

— Com todo respeito, o que a senhora lê é mais importante, a longo prazo, do que o homem com quem se casará, *ma chère* Madame.

Ela estreitou os olhos e fixou o olhar nele.

— Me dê esse livro, pegue meu dinheiro e podemos fingir que hoje é um lindo dia.

— Mas hoje *é* um lindo dia, e o verão começa amanhã, mas a senhora não vai comprar este livro. Não de mim. Posso sugerir outros?

— Certo. E vai me empurrar um clássico que está velho demais para jogar no rio, onde ele poderia envenenar os peixes? — No início a voz dela estava baixa, mas foi aumentando de volume.

— Livros não são como ovos. Só porque um livro tem alguns anos nas costas não significa que esteja podre. — Monsieur Perdu também elevou o tom de voz. — E o que há de errado em ser velho? Velhice não é doença. Todos envelhecemos, e os livros também. Teria a senhora, ou *qualquer pessoa*, menor valor, ou seria menos *importante*, só porque está há mais tempo no mundo?

— É absurdo o jeito como o senhor está distorcendo tudo só porque não quer que eu compre o maldito *A noite*.

A cliente — ou melhor, a "não cliente" — jogou a carteira dentro da bolsa sofisticada, puxou o zíper com força, mas ele enganchou.

Perdu sentiu algo nele se revoltando. Um sentimento louco, raiva, tensão, só que não tinha nada a ver com aquela mulher. Ainda assim, não conseguiu segurar a língua. Foi atrás da cliente, enquanto ela atravessava o ventre do barco-livraria pisando duro, e gritou com ela por entre as longas fileiras de estantes na penumbra:

— A escolha é sua, Madame! Pode ir embora e não me dar atenção. Ou pode se poupar de muitos milhares de horas de tortura, a começar de agora.

— Obrigada, é exatamente o que estou fazendo.

— Renda-se às riquezas dos livros em vez de entrar em relacionamentos sem sentido com homens que a negligenciam, ou de começar dietas malucas porque não é magra o bastante para um homem, ou burra o suficiente para outro.

Ela parou diante da grande janela que dava para o Sena e fuzilou Perdu com o olhar.

— Como o senhor ousa?

— Livros nos protegem da burrice. De falsas esperanças. De homens vaidosos. Despem a senhora com amor, força e conhecimento. São o amor que vem de dentro. Tome a sua decisão: livros ou...

Antes de ele terminar a frase, um vapor de excursões parisiense passou por eles. Na amurada, um grupo de chinesas se abrigava embaixo de guarda-chuvas. Começaram a fotografar enlouquecidamente quando avistaram a famosa Farmácia Literária flutuante de Paris. O vapor empurrou ondas de águas verdes e amarronzadas de encontro à margem, e o barco-livraria balançou.

A cliente cambaleou com seus sapatos chiques de salto alto. Mas, em vez de segurar a mão dela, Perdu estendeu *A elegância do ouriço*.

Por reflexo, ela pegou o livro e segurou-o com força.

Perdu não soltou enquanto falava, com uma voz tranquilizadora, doce e baixa, com a desconhecida.

— A senhora precisa de um quarto só seu. Não muito claro, e com um gato que lhe faça companhia. E este livro, a senhora deve lê-lo devagar, por favor. Para que possa fazer pausas de vez em quando. A senhora vai refletir bastante e, provavelmente, chorar também. Por si mesma. Pelos anos. Mas depois vai se sentir melhor. Saberá que não precisa morrer agora, mesmo achando que deveria porque o camarada não a tratou bem. E vai voltar a gostar de si mesma e não se achar feia nem ingênua.

Apenas depois de dar essas instruções foi que Perdu soltou o livro.

A cliente o encarou. Ele soube, pelo olhar de espanto dela, que havia acertado na mosca, tocado na ferida. Bem no alvo.

Mas ela soltou o livro, que caiu no chão.

— O senhor é doido — arfou ela, girou no salto e saiu às pressas do ventre do barco cheio de livros para o cais, a cabeça baixa.

Monsieur Perdu pegou *A elegância do ouriço* do chão. A queda havia danificado a lombada. Ele teria de vender o romance de Muriel Barbery por um ou dois euros a um dos buquinistas que ficavam nas margens do rio e comercializavam livros em caixas que as pessoas fuçavam.

E então ficou observando a cliente. Como abria caminho pela multidão. Como seus ombros tremiam dentro do terninho.

Estava chorando. Chorava como quem sabe, sem sombra de dúvida, que esse pequeno incidente não vai derrubá-la, mas que mesmo assim se sente injustiçada pelo aqui e agora. Ela já havia sofrido um golpe cruel. Não era suficiente? Por que aquele livreiro sem coração precisava cutucar ainda mais a ferida?

Monsieur Perdu supôs que, numa escala de estupidez de 1 a 10, a mulher lhe daria — o "tigre de papel" estúpido em sua estúpida Farmácia Literária — uns 12.

E Monsieur Perdu concordaria com a nota. Seu rompante, seu dogmatismo insensível, devia ter algo a ver com a noite anterior e com o quarto. Ele costumava ser mais paciente.

No geral, nenhuma ânsia, nenhum xingamento e nenhuma estranheza de seus clientes o abalava. Ele os classificava em três categorias. Os primeiros eram aqueles para quem os livros significavam o único sopro de ar fresco no sufoco do dia a dia. Seus clientes preferidos. Confiavam no que Monsieur Perdu lhes dizia que precisavam. Ou compartilhavam com ele suas vulnerabilidades, como "Por favor, nada de romances com montanhas, elevadores ou grandes paisagens vistas de cima... tenho medo de altura". Muitos entoavam canções infantis, ou melhor, murmuravam-nas, "hummm, hum, dadada... o senhor conhece essa?", esperançosos de que o grande livreiro lembrasse por eles e lhes desse um livro que contivesse as melodias de sua infância. Na maioria das vezes ele de fato reconhecia as canções. Houve um tempo em que cantava muito.

A segunda categoria de clientes só ia ao *Lulu*, nome original do barco-livraria ancorado no Port des Champs-Élysées, porque era atraída pelo nome do estabelecimento: *La pharmacie littéraire*.

E para comprar cartões-postais originais ("A leitura é o fim do preconceito" ou "Quem lê, não mente — pelo menos não ao mesmo tempo"), ou livros em miniatura dentro de vidrinhos marrons de remédio, ou para tirar fotos.

Mas essas pessoas eram pouco irritantes se comparadas às do terceiro tipo, que se consideravam reis e rainhas, só que, infelizmente, não se comportavam como tal. Com tom de censura, sem nem lhe dar um *Bonjour*, sem olhá-lo na cara, tocando cada livro com dedos engordurados de *pommes frites*, questionavam Perdu: "O senhor não tem curativos adesivos com poemas? Não tem papel higiênico estampado com romances policiais? Por que o senhor não vende travesseiros infláveis de viagem? Faria bastante sentido em uma farmácia literária."

A mãe de Perdu, Lirabelle Bernier — antes Lirabelle Perdu —, implorou que ele vendesse álcool canforado e meias de compressão. Mulheres de uma certa idade sentem as pernas pesadas, cansadas e inchadas ao ficarem lendo muito tempo sentadas.

Em alguns dias, as meias vendiam mais que a ficção.

Ele suspirou.

Por que a cliente, em seu estado emocional fragilizado, estaria tão ansiosa para ler *A noite*?

Bem, o livro não teria feito mal a ela.

Pelo menos não muito.

O jornal *Le Monde* havia celebrado o romance e Max Jordan como "a nova voz da juventude rebelde". As revistas femininas ficaram frenéticas pelo "jovem de coração faminto" e publicaram fotos do autor em tamanhos maiores que o da capa do livro. Max Jordan parecia sempre um tanto perplexo nessas fotos.

E magoado, pensou Perdu.

No romance de estreia de Jordan, pululavam homens que, por medo de perder a individualidade, se opunham ao amor com nada menos que ódio e indiferença cínica. Um crítico elogiou *A noite* como sendo um "manifesto da nova masculinidade".

Perdu o considerava um tanto pretensioso. Era uma tentativa desesperada de relatar o íntimo de um jovem que ama pela primeira vez. E que não entende como pode perder o autocontrole e começar a amar, para então, também sem mais nem menos, deixar de amar. Como incomoda não se decidir sobre quem ama, por quem é amado, onde aquilo começa e termina, e todas as coisas extremamente imprevisíveis que podem acontecer no meio do caminho.

Amor, o ditador que os homens consideram tão assustador. Não causa espanto que fujam desse tirano quando se deparam com ele. Milhões de mulheres leram o livro para entender por que os homens foram tão cruéis com elas. Por que trocaram as fechaduras, terminaram o relacionamento por SMS, dormiram com suas melhores amigas. Tudo para desafiar o grande ditador: *Viu? A mim você não pega.*

Mas será que o livro servia mesmo de consolo para as mulheres?

A noite foi traduzido para vinte e nove idiomas. Seus direitos foram vendidos até para a Bélgica, como a zeladora Rosalette fez questão de ressaltar. Como boa francesa, tinha lá suas reservas em relação aos belgas.

Max Jordan havia se mudado para o nº 27 da rue Montagnard sete semanas antes, para o apartamento em frente ao dos Goldenberg, no terceiro andar. Nenhuma das fãs que costumavam escrever cartas para ele declarando seu amor eterno tinha conseguido rastreá-lo ainda. Havia inclusive um fórum na Wiki do livro *A noite*, no qual elas trocavam informações e opiniões sobre ex-namoradas (desconhecidas, o que deixava pairar a grande dúvida: será que Jordan ainda era virgem?), hábitos excêntricos (usar protetores de orelha) e seu possível endereço residencial (Paris, Antibes, Londres).

Perdu já recebera na Farmácia Literária sua cota de visitantes viciadas no *A noite*. Embarcavam com os próprios protetores de orelha e imploravam a Monsieur Perdu que organizasse uma leitura com seu ídolo. Quando Perdu propôs isso ao vizinho, o rapaz de vinte e um anos perdeu a cor. Perdu supôs que ele tivesse fobia de falar em público.

Para ele, Jordan era um jovem em fuga, uma criança que foi elevada ao patamar de literato contra sua vontade — e, para muitos, um delator da confusão que é a vida emocional dos homens. Havia até fóruns de ódio na internet, nos quais anônimos arrasavam com o romance de Jordan, faziam piada dele e sugeriam que o autor fizesse o mesmo que seu protagonista desesperado fizera após ter descoberto que nunca entenderia o amor: se jogasse ao mar da beira de um penhasco na Córsega.

Os aspectos mais fascinantes de *A noite* eram as descrições que o autor fazia das fragilidades masculinas: ele falava da vida íntima dos homens mais honestamente do que qualquer um já falara. Acabava com todas as imagens idealizadas e tipificadas dos homens na literatura: a do "machão", a do "anão emocional", a do "velho demente" ou a do "lobo solitário". Uma revista feminista publicou uma resenha sobre o romance de estreia de Jordan e usou o título jocoso e bem apropriado "HOMENS TAMBÉM SÃO GENTE".

A ousadia de Jordan impressionava Perdu. Mas, ainda assim, via o romance como uma sopa transbordando do prato a todo instante, e seu criador também transbordava sentimentos, sem qualquer proteção: o oposto de Perdu.

Perdu se perguntava como seria viver tão intensamente e ainda sobreviver.

4

Perdu atendeu em seguida um inglês, que lhe perguntou:

— Há pouco tempo vi por aqui um livro com capa verde e branca. Ele já foi traduzido?

Perdu presumiu que se tratasse de um clássico já com dezessete anos de lançado, mas não foi esse que vendeu ao homem, e sim uma coletânea de poesias. Depois ajudou o carregador a levar para dentro do barco, num carrinho, as caixas de livros que encomendara e, em seguida, separou alguns lançamentos infantis para a professora de ensino fundamental sempre agitada da escola na margem oposta do Sena.

Perdu limpou o nariz de uma garotinha que estava absorta na leitura de *A bússola de ouro*. Para a mãe sempre muito ocupada da menina, fez um recibo que ela poderia usar para abater do imposto de renda o valor da enciclopédia de trinta volumes que comprava aos poucos.

A mulher apontou para a filha.

— Essa criança esquisita quer ler todos os volumes antes de fazer 21 anos. Ótimo, eu disse para ela, você vai ganhar a encicoplé… enciicloplé… essa obra de referência, mas vai ficar sem presente de aniversário. E de Natal também.

Perdu olhou para a menina de sete anos e meneou a cabeça para ela. A pequena, com uma expressão compenetrada, fez o mesmo.

— O senhor acha isso normal? — perguntou a mãe, ansiosa. — Nessa idade?

— Acho sua filha uma menina corajosa, inteligente e correta.

— Contanto que não se torne inteligente demais para os homens.

— Para os burros ela vai se tornar, Madame. Mas quem os quer, no fim das contas? Um homem estúpido é a ruína de uma mulher.

A mãe ergueu os olhos das mãos agitadas e vermelhas, surpresa.

— Por que ninguém nunca me disse isso? — perguntou com um sorriso irônico.

— Quer saber? — disse Perdu. — Escolha um livro que queira dar de aniversário para sua filha. Hoje é dia de promoção na Farmácia Literária: compre uma enciclopédia e leve um romance de graça.

A mulher aceitou a mentirinha de Perdu sem pestanejar e suspirou.

— Mas minha mãe está esperando lá fora. Maman diz que quer ir para um asilo, para que eu não precise mais tomar conta dela. Mas não consigo. O senhor poderia...?

— Pode deixar que cuido da sua mãe. Procure o presente, o.k.?

A mulher assentiu com um sorriso agradecido.

Perdu levou um copo de água para a avó da menina no cais. Ela não se sentia segura para atravessar a escada de portaló.

Perdu estava familiarizado com essa insegurança dos idosos; tinha muitos clientes com mais de setenta que atendia em terra firme, no mesmo banco de ferro no qual a avó estava sentada. Quanto mais adiante avançavam na vida, com mais cautela cuidavam de seus bons dias: nada deveria colocar em risco o tempo que lhes restava. Por isso não viajavam mais; por isso mandavam derrubar árvores centenárias diante de suas casas para que não tombassem no telhado; e por isso não atravessavam escadas de portaló de aço com cinco milímetros de espessura sobre um rio. Perdu também levou para a avó um catálogo de livros, que ela usou como leque para aliviar o calor do verão. A senhora deu tapinhas no banco, no espaço vazio ao seu lado, convidativa.

Ela lembrava Perdu de sua mãe, Lirabelle. Talvez fossem os olhos. Eram vivos e inteligentes.

Aproveitando a deixa, ele se sentou. O Sena brilhava e o céu se estendia azul e estival acima deles. Da Place de la Concorde vinham ruídos de tráfego e buzinas; não havia um instante de silêncio. A cidade ficaria um pouco mais vazia depois do 14 de Julho, quando os parisienses viajavam para invadir costas e montanhas durante as férias de verão. Mas, apesar disso, Paris continuaria barulhenta e voraz.

— O senhor também faz isso às vezes? — perguntou de repente a avó. — Olha fotos antigas para ver se havia no rosto dos falecidos alguma noção de que morreriam em breve?

Monsieur Perdu balançou a cabeça negativamente.

— Não.

Com dedos trêmulos e cheios de manchas senis, a senhora abriu o medalhão pendurado no colar que trazia no pescoço.

— Este é meu marido. Esta foto foi tirada duas semanas antes de ele morrer. E, de repente, lá está você, uma mulher jovem em um quarto vazio.

Ela correu o dedo indicador sobre a foto do marido, e deu batidinhas carinhosas no nariz dele.

— Como parecia relaxado. Como se todos os seus planos pudessem virar realidade. Olhamos para uma câmera e pensamos que tudo vai continuar, mas então: *bonjour*, vida eterna.

Ela fez uma pausa.

— Por via das dúvidas, não deixo mais que me fotografem — completou. E ergueu o rosto para o sol. — O senhor tem algum livro sobre morrer?

— Muitos, na verdade — respondeu Perdu. — Sobre envelhecer, sobre contrair doenças incuráveis, sobre morrer lentamente, depressa, sozinho no chão de uma enfermaria de hospital.

— Eu sempre me perguntei por que as pessoas não escrevem mais livros sobre viver. Morrer, qualquer um consegue. Agora, viver?

— A senhora tem razão, madame. Há tanta coisa a se escrever sobre viver. Viver com livros, viver com crianças, viver para principiantes.

— Escreva um, então.

Como se eu pudesse dar algum conselho a alguém.

— Eu preferiria escrever uma enciclopédia de sentimentos universais — confessou ele. — De A de "Aversão a dar caronas", passando por F de "Felicidade em acordar cedo", até Z de "Zelosa ocultação dos dedos dos pés, ou o medo de que a visão de seus pés possa dar um fim à paixão que o outro sente por você".

Perdu se perguntou por que estava contando aquilo para uma pessoa desconhecida.

Se ele simplesmente não tivesse aberto aquele quarto.

A avó deu tapinhas no joelho de Perdu. Ele se sobressaltou: contato físico era algo perigoso.

— Uma enciclopédia de emoções — disse ela, sorrindo. — Disso aí dos pés eu entendo bem. Um almanaque de sentimentos universais... O senhor conhece o escritor alemão Erich Kästner?

Perdu fez que sim com a cabeça. Em 1936, pouco antes de a Europa mergulhar na escuridão marrom e preta, Kästner lançara uma *Farmácia Lírica*, organizada a partir do armário de remédios poéticos de sua obra. "O presente volume é dedicado à terapia da vida privada", escreveu o poeta no prefácio. "É indicado — de preferência em doses homeopáticas — para as pequenas e grandes enfermidades da existência, e ajuda no 'tratamento da vida íntima comum'."

— Kästner foi uma das razões pelas quais batizei o meu barco-livraria de Farmácia Literária — comentou Perdu. — Queria tratar sensações que não são reconhecidas como doenças e que nunca são diagnosticadas por médicos. Todas aquelas pequenas emoções e todos os sentimentos pelos quais nenhum terapeuta se interessa, porque parecem pequenos demais e intangíveis. O sentimento que nos invade quando outro verão chega ao fim. Ou quando percebemos que não temos mais uma vida inteira pela frente para encontrar nosso lugar no mundo. Ou a leve tristeza de quando uma amizade não se aprofunda e você percebe que a busca por um amigo de verdade ainda não terminou. Ou a melancolia na manhã do aniversário. A saudade do ar da sua infância. Coisas assim.

Ele se lembrou de quando sua mãe lhe revelou certa vez que sofria de uma dor para a qual não havia remédio. "Existem mulheres que sempre olham às outras apenas nos sapatos, nunca no rosto. E outras que encaram as mulheres sempre no rosto e raramente nos sapatos." Lirabelle preferia as do segundo tipo; ela se sentia humilhada e subestimada pelas do primeiro.

Foi exatamente para atenuar esses sofrimentos inexplicáveis, mas ainda assim reais, que Perdu comprou o barco que, na época, ainda era uma barcaça de carga e se chamava *Lulu*; ele o reformara com as próprias mãos e o enchera de livros, os únicos remédios para as inúmeras e indeterminadas doenças da alma.

— Então, escreva. Uma enciclopédia de sentimentos para farmacêuticos literários. — A avó empertigou-se toda e ficou empolgada, bastante animada. — Inclua "Confiança em desconhecidos" na letra C. A sensação peculiar de quando você se abre mais para um desconhecido do que para aqueles da própria família. E "Prazer que os netos dão" na letra P. Ou a sensação de que a vida continua.... — Ela se calou, o olhar distante. — Eu fui uma zelosa ocultadora dos dedos dos pés. Mas ele gostava... gostava dos meus pés de qualquer jeito.

Quando a avó, a mãe e a menina se despediram e foram embora, Perdu refletiu sobre a concepção equivocada de que livreiros cuidam de livros.

Eles cuidam de pessoas.

Quando o fluxo de clientes diminuiu por volta do meio-dia — comer para os franceses é mais sagrado que religião, dinheiro e patriotismo juntos —, Perdu varreu a escada de portaló com a vassoura de pelos, desfazendo um ninho de aranhas tecelãs. Foi então que avistou Kafka e Lindgren caminhando em sua direção sob as árvores da alameda às margens do rio. Dera esses nomes aos gatos vira-latas que o visitavam diariamente por causa das predileções que desenvolveram. O gato cinzento com colarinho branco de padre gostava de afiar as garras em *Investigações de um cão*, de Franz Kafka, uma fábula na qual o mundo humano é analisado pela perspectiva de um cachorro. Já Lindgren, a gata ruiva e branca de orelhas compridas, gostava de se deitar sobre os livros de Píppi Meialonga; era uma bela felina de olhar afável que espreitava do fundo das estantes e observava com cuidado todos os visitantes. Às vezes, Lindgren e Kafka faziam o favor a Perdu de tombar uma das prateleiras superiores da estante sobre um cliente da terceira categoria, o de dedos engordurados.

Os dois gatos vira-latas literários esperavam até que pudessem entrar a bordo sem temer pés grandes e desavisados. Lá dentro, enroscavam-se carinhosamente nas pernas do livreiro, miando baixinho.

Monsieur Perdu ficava imóvel. Por um breve instante, muito breve, ele baixava a guarda. Gostava do calor dos gatos e de sua maciez. Por alguns poucos segundos desfrutava, com os olhos fechados, do toque incrivelmente suave em suas panturrilhas.

Esses "quase carinhos" eram os únicos contatos físicos na vida de Perdu.

Os únicos que ele permitia.

O precioso interlúdio acabou quando, de trás da estante na qual Perdu havia organizado livros contra as cinco categorias de males urbanos (a pressa, a indiferença, o calor, o barulho e — um mal naturalmente global — os motoristas de ônibus sádicos), veio um ataque infernal de tosse.

Os gatos correram para a penumbra e foram procurar na cozinha do barco a lata de atum que Perdu já havia colocado no chão para eles.

— Olá? — disse Monsieur Perdu. — Posso ajudar?

— Não estou procurando nada — arfou Max Jordan.

O autor best-seller deu um passo hesitante à frente, segurando um melão em cada mão. Na cabeça, os obrigatórios protetores de orelha.

— Faz tempo que vocês três estão aí, Monsieur Jordan? — perguntou Perdu, com seriedade exagerada.

Jordan assentiu, o rubor da vergonha se espalhando até as raízes dos cabelos escuros.

— Cheguei quando o senhor estava se recusando a vender meu livro para aquela mulher — disse ele, irritado.

Ah, não. O timing não poderia ter sido pior.

— O senhor realmente acha que ele é tão horrível assim?

— Não — respondeu Perdu de imediato. Jordan teria interpretado a menor hesitação como um "sim". Não era necessário fazer isso com ele. Além disso, Perdu realmente não achava o livro horrível.

— Mas então por que o senhor disse que não servia para ela?

— Monsieur... hum...

— Pode me chamar de Max.

Isso significaria que o jovem também poderia me chamar pelo nome, e não pelo sobrenome.

A última pessoa a fazer isso, com voz quente como chocolate, foi ***.

— Por enquanto, vamos manter Monsieur Jordan, se não se importa, Monsieur Jordan. Veja bem, eu vendo livros como remédio. Existem livros que servem para um milhão de pessoas; outros, para uma centena apenas. Há até remédios, *pardon*, livros que são escritos para uma única pessoa.

— Ah, meu Deus. Para uma só? Uma única? O trabalho de uma vida inteira?

— Mas é claro, se puder salvar a vida dessa pessoa! Aquela cliente não precisava de *A noite* agora. Ela não teria conseguido lidar com o seu livro. Os efeitos colaterais seriam muito graves.

Jordan refletiu. Observou os milhares de livros no barco, nas fileiras de estantes, nas poltronas e em pilhas no chão.

— Mas como o senhor sabe que problema as pessoas têm e quais são os efeitos colaterais?

E agora? Como ele poderia explicar para Jordan que não sabia exatamente *como* fazia isso?

Perdu utilizava os ouvidos, os olhos e o instinto. A partir de uma simples conversa, era capaz de identificar em uma alma o que lhe faltava. De certa forma, era capaz de ler cada corpo pela postura, por seus movimentos, pelos gestos, o que o afetava ou oprimia. E, por fim, possuía aquilo que seu pai chamava de transpercepção. "Você consegue enxergar e ouvir através da camuflagem da maioria das pessoas. E então vê tudo o que as preocupa, tudo com o que sonham, e as coisas que lhes faltam."

Todo mundo tem um dom, e a transpercepção era o dele.

Um de seus clientes cativos, o terapeuta Eric Lanson, cujo consultório ficava próximo ao Palais d'Élysée e que atendia funcionários do governo, confessou certa vez a Perdu a inveja que tinha de sua "capacidade psicométrica de esquadrinhar a alma com mais exatidão que um terapeuta que sofria de zumbido no ouvido depois de trinta anos escutando o desabafo de pacientes".

Lanson passava toda a tarde de sexta-feira na Farmácia Literária. Tinha uma paixão por livros de fantasia com espadas e dragões, e tentava arrancar um sorriso de Perdu com a psicanálise das personagens. Lanson recomendava Monsieur Perdu também para políticos e seus chefes de gabinete estressados — com "receitas médicas" nas quais o terapeuta anotava as neuroses deles num código literário: "kafkiano com um laivo de Pynchon", "Sherlock, totalmente irracional" ou "um magnífico exemplo de síndrome de Potter-embaixo-da-escada".

Perdu via como um desafio induzir pessoas que lidavam diariamente com ambição, abuso de poder e com a natureza sisífica do trabalho burocrático (em sua maioria homens) a uma vida com livros. E como era gratificante quando uma dessas atormentadas máquinas-de-dizer-sim pedia as contas no emprego, que até então lhe roubara qualquer restinho de singularidade! Com frequência um livro fazia parte dessa libertação.

— Veja bem, Jordan — disse Perdu, recorrendo a uma nova tática. — Um livro é médico e remédio ao mesmo tempo. Faz o diagnóstico e oferece tratamento. Combinar os romances certos com as enfermidades em questão: é assim que vendo livros.

— Entendo. E meu romance era o dentista, quando aquela mulher precisava de uma ginecologista.

— Hum... não.

— Não?

— Obviamente, livros são mais que médicos. Alguns romances são amorosos, companheiros de uma vida inteira; alguns são um safanão; outros são amigos que o envolvem em toalhas aquecidas quando bate aquela melancolia outonal. E muitos... bem. Muitos são algodão doce rosado, cutucam o cérebro por três segundos e deixam para trás um nada agradável. Como um caso de amor rápido e ardente.

— *A noite* então seria uma das "transas de uma noite só" da literatura? Uma vagabunda?

Droga. Eis uma velha regra da venda de livros: nunca fale com escritores sobre livros de outros autores.

— Não. Livros são como pessoas, e pessoas são como livros. Vou explicar como faço. Eu me pergunto: ele ou ela é protagonista da sua vida? Qual é a sua motivação? Ou ela é coadjuvante na própria trama? Ela está tentando se retirar da própria história, porque o marido, a carreira, os filhos, ou o emprego estão consumindo seu texto inteiro?

Os olhos de Max se arregalaram.

— Eu tenho mais ou menos trinta mil histórias na cabeça, o que não é muito, sabe, já que há mais de um milhão de títulos disponíveis só na França. Tenho aqui as oito mil obras mais úteis, como um kit de primeiros socorros, mas eu também prescrevo tratamentos completos. Preparo um remédio feito de letras: um livro de culinária com receitas que se leem como um maravilhoso domingo em família. Um romance no qual a heroína se parece com a leitora; poesias que fazem as lágrimas rolarem, que do contrário poderiam virar veneno se engolidas. Eu escuto com...

Perdu apontou para o plexo solar.

— E presto atenção a isso aqui também. — Ele esfregou a parte de trás da cabeça. — E a isto. — Então mostrou o ponto macio sobre o lábio superior. — Quando aqui coça...

— Ora, não é possível que...

— Pode apostar que é.

Funcionava com 99,99% das pessoas.

Porém, havia algumas que Perdu não conseguia transperceber.

Ele próprio, por exemplo.

Mas disso o Monsieur Jordan não precisa saber agora.

Enquanto Perdu apresentava seus argumentos para Jordan, um pensamento perigoso sem querer o afligiu e ficou perambulando por sua consciência.

Eu teria gostado de ter tido um filho. Com ***. Com ela, eu teria gostado de ter tido tudo.

Perdu sentiu que estava sufocando.

Desde que abrira o quarto proibido, algo estava fora de ordem. Havia uma rachadura em seu vidro blindado — várias fissuras bem fininhas —, e tudo se estilhaçaria se ele não recuperasse o autocontrole.

— O senhor parece não estar... respirando direito — Perdu ouviu a voz de Max Jordan dizer. — Não tive a intenção de ofendê-lo. Eu só queria saber como reagem as pessoas a quem o senhor diz: "Isso eu não lhe vendo, não é adequado para você."

— Essas? Elas vão embora. E quanto ao senhor? Como vai o seu próximo livro, Monsieur Jordan?

O jovem escritor deixou-se cair em uma poltrona cercada por pilhas de livros, ainda segurando os melões.

— Não vai. Não escrevi nenhuma linha.

— Ah. E quando o senhor precisa entregar?

— Seis meses atrás.

— Ah. E o que a editora pensa disso?

— Minha editora não tem a menor ideia de onde estou. Ninguém tem. Ninguém pode descobrir. Não consigo mais lidar com isso. Não consigo mais escrever.

— Ah.

Jordan se inclinou para a frente, apoiando a testa nos melões.

— O que *o senhor* faz quando não consegue seguir em frente, Monsieur Perdu? — perguntou ele sem forças.

— Eu? Nada.

Quase nada.

Eu ando por Paris à noite até ficar exausto. Limpo o motor de Lulu, as paredes externas, as janelas, e deixo o barco pronto para partir, até o último parafuso, embora faça duas décadas que não saia do lugar.

*Leio livros — vinte ao mesmo tempo. Em todos os lugares: no banheiro, na cozinha, no bistrô, no metrô. Monto quebra-cabeças que ocupam o chão da sala inteiro, desmonto tudo quando acabo e então começo tudo de novo. Dou comida para gatos de rua. Organizo meus mantimentos em ordem alfabética. Às vezes tomo remédio para dormir. Tomo uma dose de Rilke para acordar. Não leio livros em que aparecem mulheres como ***. Eu me transformo gradualmente em pedra. Sigo em frente. Todos os dias da mesma forma. É só assim que sobrevivo. Mas, tirando isso, não, não faço nada.*

Perdu fez um esforço consciente. O jovem tinha pedido ajuda; não queria saber como ele estava. Que seja.

O livreiro tirou seu tesouro de um pequeno cofre antigo atrás do balcão.

Luzes do Sul, de Sanary.

O único livro que Sanary escreveu — pelo menos assinando com este nome. "Sanary" — em homenagem ao antigo exílio de escritores, Sanary-sur-mer, na costa sul da Provence — era um pseudônimo indecifrável.

Duprés, o editor dele — ou dela —, estava em um asilo nas proximidades da Île-de-France, com Alzheimer mas muito bem-disposto. Nas visitas de Perdu, Duprés o regalara com dezenas de versões de quem seria Sanary e de como o manuscrito havia chegado às suas mãos.

Com isso, Monsieur Perdu continuava a investigar.

Durante duas décadas, ele analisara a cadência, a escolha vocabular e o ritmo frasal, comparando estilo e tema com outros autores. Perdu havia chegado a doze nomes possíveis: sete mulheres, cinco homens.

Teria adorado poder agradecer a um deles. Pois *Luzes do Sul* de Sanary fora a única obra que o tocara sem machucá-lo. Ler *Luzes do Sul* era uma dose homeopática de felicidade. Era o único bálsamo que conseguia aliviar as dores de Perdu — um riacho frio e lento correndo sobre a terra chamuscada de sua alma.

Não era um romance no sentido convencional da palavra, mas um conto sobre os vários tipos de amor, repleto de palavras inventadas maravilhosas e impregnado de uma grande compaixão. A melancolia com a qual o livro descrevia a incapacidade de viver cada dia plenamente, de perceber todos os dias como o que realmente eram, únicos, irreplicáveis e preciosos; ah, como essa melancolia lhe era familiar.

Entregou a Jordan seu último exemplar.

— Leia isto. Três páginas antes do café da manhã, deitado. Precisa ser a primeira ingestão do dia. Depois de algumas semanas, não vai mais se sentir tão atormentado. Será como se não tivesse mais de pagar a penitência do bloqueio criativo só porque obteve sucesso.

Max olhou-o por entre os melões, em choque. Em seguida, gritou:

— Como soube? Eu não consigo suportar o dinheiro e esse maldito ardor do sucesso! Queria que nada disso tivesse acontecido. Uma pessoa bem-sucedida é sempre odiada, ou não amada, pelo menos.

— Max Jordan, se eu fosse seu pai, lhe daria umas boas palmadas por dizer uma barbaridade dessas. É bom que seu livro tenha acontecido, e ele mereceu o sucesso, cada centavo suado.

De repente, Jordan pareceu se encher de orgulho, ainda que de um jeito meio tímido.

O quê? O que acabei de dizer? "Se eu fosse seu pai"?

Max Jordan entregou os melões solenemente a Perdu. Eram cheirosos. Um aroma perigoso. Muito semelhante ao de um verão com ***.

— Vamos almoçar? — perguntou o escritor.

O rapaz com protetores de orelha lhe dava nos nervos, mas fazia muito tempo que não tinha companhia para o almoço.

*E *** teria gostado dele.*

Enquanto partiam o segundo melão, ouviram passos de sapatos chiques de salto alto na escada de portaló.

Lá estava a cliente da manhã à porta do barco. Seus olhos estavam vermelhos de tanto chorar, mas havia um certo brilho neles.

— Tudo bem — disse ela. — Pode me dar os livros que sejam bons para mim, e para o inferno com os homens que não me dão valor.

Max ficou de queixo caído.

6

Perdu enrolou as mangas da camisa branca, verificou o ajuste da gravata, arrumou os óculos de leitura, que começara a usar havia pouco tempo, e conduziu a cliente com um gesto respeitoso ao coração de seu mundo literário: a poltrona de leitura de couro com um banquinho para o apoio dos pés e vista para a torre Eiffel pela janela frontal de dois metros de altura por quatro metros de comprimento. Claro que também havia uma mesinha lateral para bolsas de mão — a mãe de Monsieur Perdu, Lirabelle, havia doado a mesa para ele. E, ao lado, um antigo piano, que Perdu permitia ser afinado duas vezes ao ano, embora ele mesmo não tocasse.

Perdu fez algumas perguntas à cliente, que se chamava Anna. Profissão, costumes matinais, animal preferido na infância, pesadelos dos últimos anos, livros lidos mais recentemente... E se sua mãe lhe dizia o que vestir.

Perguntas que eram íntimas, mas não íntimas demais. Precisava fazer as perguntas e depois ficar em silêncio absoluto. Ouvir em silêncio era a base para a avaliação profunda da alma.

Anna trabalhava com comerciais de televisão, contou ela.

— Em uma agência com caras cuja data de validade já expirou, e que confundem mulheres com uma mistura de máquina de café expresso e sofá.

Ela precisava de três despertadores toda manhã para sair de seu sono profundo. E tomava banho quente a fim de se sentir aquecida para enfrentar a frieza dos dias.

Quando criança, se apaixonara pelos lóris, um macaquinho irritantemente preguiçoso e com nariz sempre úmido.

Anna gostava de usar uma *lederhosen* vermelha quando era menina, para desespero da mãe. Sonhava com frequência que afundava numa areia movediça usando apenas camisola diante de homens importantes. E todos, todos sem exceção, puxavam sua camisola, mas nenhum a ajudava a sair da armadilha.

— Ninguém nunca me ajudou — repetiu ela para si, baixinho, com amargura. Com olhos brilhantes, encarou Perdu.

— Então — disse ela —, sou muito estúpida?

— Não muito — respondeu ele.

A última vez que Anna havia lido alguma coisa para valer fora quando ainda era estudante. *Ensaio sobre a cegueira*, de José Saramago, que a deixara perplexa.

— Normal — disse Perdu. — O livro não é para quem está começando a vida, mas para os que já estão no meio dela. Que se perguntam para onde foi a primeira metade. Que levantam os olhos dos pés que vinham colocando avidamente um atrás do outro sem observar para onde estavam indo com tanta diligência e determinação. Cegos, embora consigam enxergar. Apenas os cegos na vida precisam da fábula de Saramago. Você, Anna, ainda consegue enxergar.

Depois disso, Anna nunca mais leu. Só trabalhou. Muito, por tempo demais, acumulando exaustão. Até aquele momento não tinha conseguido colocar nenhum homem em um de seus comerciais de produtos de limpeza ou de fraldas descartáveis.

— A propaganda é o último bastião do patriarcado — comentou ela com Perdu e com Jordan, que espreitava de forma discreta —, mais que os militares. Apenas na publicidade o mundo se mantém estático.

Depois de todas essas confissões, ela se recostou. "Então?", perguntava sua expressão. "Tenho cura? Diga a verdade nua e crua."

Suas respostas não influenciaram em nada a escolha de livros feita por Perdu. Apenas o deixaram familiarizado com o tom e o timbre da voz de Anna e seu jeito de falar.

Perdu reuniu as palavras que se sobressaíram no fluxo de frases do dia a dia. As palavras de destaque eram as que revelavam como essa mulher via, cheirava e sentia a vida. O que realmente considerava importante, o que a preocupava e como estava naquele momento. O que queria esconder sob muitas nuvens de palavras. Dores e saudade.

Monsieur Perdu pescou essas palavras. Anna dizia com frequência: "Não saiu como planejado" e "Com isso eu não contava". Falava de "inúmeras" tentativas e de "sequências de pesadelos". Vivia em um mundo de matemática, um recurso que oprimia o que era irracional e pessoal. Não se permitia seguir sua intuição e considerar o impossível possível.

Mas isso foi só uma parte do que Perdu ouviu e notou: o que tornava a alma infeliz. Ainda havia a segunda parte. O que deixava a alma feliz. Monsieur Perdu sabia que a textura das coisas que uma pessoa ama também colore sua fala.

Madame Bernard, a proprietária do nº 27, transferia sua paixão por tecidos para lares e pessoas: "Se comporta como uma camisa de poliéster amassada" era uma de suas frases favoritas. A pianista, Clara Violette, expressava-se em termos musicais: "A menininha dos Goldenberg ocupa o lugar de terceiro violino na vida da mãe." Goldenberg, o dono da mercearia, via o mundo em sabores, descrevia o caráter de uma pessoa como "podre", uma promoção no emprego como "madura demais". Sua filha, Brigitte, a "terceiro violino", amava o mar — um ímã para pessoas sensíveis. A menina, de quatorze anos, uma beleza precoce, comparou Max Jordan com "a paisagem marinha de Cassis, profunda e distante". Claro que a terceiro violino estava apaixonada pelo escritor. Até muito recentemente, Brigitte queria ter nascido menino. Mas mudara de ideia e agora queria desesperadamente ser mulher.

Perdu prometeu a si mesmo levar em breve um livro para Brigitte que poderia ser uma ilha salvadora no mar do primeiro amor.

— A senhora pede desculpas com frequência? — perguntou Perdu a Anna.

Mulheres sempre se sentem mais culpadas do que são.

— O senhor quer dizer "Desculpe, não acabei de falar" ou "Desculpe por eu ter me apaixonado por você e só lhe trazer problemas"?

— Ambos. Qualquer tipo de pedido de desculpa. Pode ser que a senhora tenha se acostumado a sentir culpa por tudo o que é. Geralmente não somos nós que moldamos as palavras, mas as palavras que nos moldam.

— O senhor é um livreiro estranho, sabia?

— Sim, eu sei, Mademoiselle Anna.

Monsieur Perdu pediu para Jordan tirar vários livros da "Biblioteca dos Sentimentos".

— Aqui, minha cara. Romances para teimosia, livros de não ficção para mudanças no pensamento, poemas para a dignidade.

Livros sobre sonhar, sobre morrer, sobre o amor e sobre a vida como artista. Ele deixou aos seus pés baladas místicas, histórias antigas, duras, sobre abismos, quedas, perigos e traições. Em pouco tempo, Anna estava cercada de pilhas de literatura como uma mulher cercada de caixas em uma loja de sapatos.

Perdu queria que Anna se sentisse em um ninho. Que tivesse consciência da imensidão que os livros ofereciam. Sempre haveria o bastante ali. Eles nunca parariam de amar um leitor, uma leitora. Eram o que havia de mais confiável em tudo que era imprevisível. Na vida. No amor. Após a morte.

Quando Lindgren, com um salto habilidoso, pousou no colo de Anna e, pata ante pata, ronronando, encontrou a posição mais confortável, a publicitária estressada, infeliz no amor e de consciência pesada o tempo todo recostou-se. Seus ombros rígidos relaxaram, seus dedões escondidos dentro de punhos emergiram. Seu rosto relaxou. Ela leu.

Monsieur Perdu observou como o que lia alterava seus contornos de dentro para fora. Viu que Anna havia encontrado em si uma caixa de ressonância que reagia às palavras. Era um violino que aprendia a tocar a si mesmo.

Monsieur Perdu reconheceu a pequena alegria de Anna e algo se apertou em seu peito.

Será que realmente não existe nenhum livro que me *ensine a tocar a música da vida?*

7

Quando Monsieur Perdu seguiu para a rue Montagnard, perguntou-se como Catherine se sentia naquela rua calma em meio ao agitado bairro do Marais.

— Catherine — murmurou Perdu. — Ca-the-rine.

Era muito fácil dizer seu nome.

Bem surpreendente.

O número 27 era um exílio malquisto? Ela via o mundo através da mancha que seu marido deixara para trás quando dissera "Eu não te quero mais"?

Era difícil alguém que não morasse ali perambular por aquela região. Os prédios não tinham mais de cinco andares, e todos exibiam uma fachada em diferentes tons pastel.

Ao longo da rue Montagnard enfileiravam-se um cabeleireiro, um padeiro, uma vendedora de vinhos e o vendedor de tabaco argelino. Os outros prédios abrigavam residências, consultórios e escritórios, até chegar à rotatória.

Lá reinava o Ti Breizh, bistrô bretão com marquise vermelha, cujos *galettes* eram macios e bem-temperados. Monsieur Perdu deixou com o garçom Thierry um *e-reader*, que um apressado representante de editora havia lhe dado. Para muitos leitores como Thierry, que enfiava o nariz num livro até entre um e outro pedido, e que já estavam com as costas encurvadas de tanto carregar livros para lá e para cá ("Só consigo respirar quando leio, Perdu"), esses aparelhos foram a invenção do século. Para um livreiro, era mais um prego no caixão.

Thierry convidou Perdu para um *lambig*, a aguardente de maçã bretã.

— Hoje não — esquivou-se Perdu. Dizia sempre a mesma coisa. Perdu não tomava bebidas alcoólicas. Não mais.

Pois quando bebia, cada gole abria mais um pouco o muro de retenção que segurava um mar espumante de pensamentos e sentimentos. Ele sabia disso, pois no passado havia tentado beber. Fora a época dos móveis quebrados.

Mas naquele dia tinha um motivo extraordinário para recusar o convite de Thierry: queria levar para Madame Catherine, ex-Le P., o mais rápido possível, os "livros de chorar".

Ao lado do Ti Breizh erguia-se a marquise verde e branca da mercearia de Joshua Goldenberg. Quando Goldenberg o viu se aproximar, se pôs no caminho de Perdu.

— Monsieur Perdu, me diga uma coisa... — começou Goldenberg, envergonhado.

Ah, não. Ele não vai me perguntar sobre os livros eróticos, vai?

— É sobre Brigitte. Acho que a menina está virando, bem, hum, mulher. E isso causa... certos problemas, entende o que quero dizer? O senhor tem algum livro para isso?

Por sorte, não era nenhuma conversa de homem para homem sobre livros para se ler com uma só mão.

Era apenas outro pai desesperado com a puberdade da filha, perguntando-se como poderia lidar com a questão antes que ela conhecesse o homem errado.

— Vá a uma das minhas consultas para os pais.

— Eu não sei, quer dizer, talvez minha esposa devesse...?

— Ótimo, venham os dois. Na primeira quarta-feira do mês, às oito da noite. Depois podem sair para comer alguma coisa.

— Eu? Com minha esposa? Mas por quê?

— Isso provavelmente a faria feliz.

Monsieur Perdu foi embora antes que Goldenberg pudesse mudar de ideia.

Mas, de qualquer forma, ele vai mudar.

Claro que, no fim das contas, iam só as mães — e não para falar sobre suas crias em fase de amadurecimento sexual. A maioria desejava livros esclarecedores que ensinassem fundamentos da anatomia feminina para homens.

Perdu digitou o código da porta do prédio e abriu. Não havia avançado um metro quando Madame Rosalette saiu de sua cabine de zeladora, afobada, com sua pug embaixo do braço. Edith, a pug, estava presa e mal-humorada sob os volumosos seios de Rosalette.

— Monsieur Perdu, finalmente o senhor chegou!

— Pintou os cabelos, Madame? — perguntou ele enquanto apertava o botão do elevador. A mão, vermelha pelo tempo gasto limpando a casa, ergueu-se até os cabelos bufantes.

— Rosé espanhol. Apenas um tom mais escuro que o brût de cereja. Mas creio que muito mais elegante. Como o senhor é observador! Mas, Monsieur, eu preciso confessar uma coisa. — Ela bateu os cílios. A pug arfou.

— Se for um segredo, esquecerei logo em seguida, Madame.

Rosalette tinha uma veia ordeira. Amava observar as neuroses, intimidades e costumes de seus conhecidos, registrá-los em escala de decência e, como uma especialista, informar sua opinião a outros conhecidos. Nesse sentido, era generosa.

— Ah, que safadinho! E não é da minha conta se Madame Gulliver está feliz com aqueles jovens. Não, não. É sobre… um… bem… um livro.

Perdu apertou novamente o botão do elevador.

— E a senhora comprou esse livro com outro livreiro? Está perdoada, Madame Rosalette, perdoada.

— Não. Pior. Pesquei em uma caixa de livros em Montmartre por incríveis cinquenta centavos. Mas o senhor mesmo disse que, se um livro tiver mais de vinte anos, eu posso gastar alguns centavos e salvá-lo de ser queimado.

— Certo, falei isso mesmo.

O que há de errado com esse elevador traiçoeiro?

Naquele momento, Rosalette curvou-se para a frente, e seu hálito de conhaque e café misturou-se ao do cachorro.

— Bem, preferia não ter comprado. Essa história da barata, horrível! Como uma mãe pode expulsar o filho a vassouradas de casa, que terror. Fiquei obcecada com limpeza por dias. É o normal desse Monsieur Kafka?

— A senhora resumiu bem o livro, Madame. Outros precisam estudar décadas para isso.

Madame Rosalette abriu um sorriso confuso, mas contente.

— Ah, sim, o elevador está quebrado. Parou de novo entre os Goldenberg e Madame Gulliver.

Era um sinal de que o verão chegaria de um dia para o outro. Sempre chegava quando o elevador enguiçava. Perdu foi pela escada, sempre de dois em dois degraus, todos coloridos com lajotas bretãs, mexicanas e portuguesas misturadas. Madame Bernard, a proprietária do prédio, amava padronagens; eram para ela os "sapatos do prédio e, como para uma dama, sapatos são a expressão do caráter". Seguindo esse raciocínio, qualquer ladrão que ousasse entrar ali tomaria o prédio da rue Montagnard nº 27 como uma criatura espetacularmente excêntrica.

Perdu estava quase no primeiro andar quando um par de tamancos com pompons sobre os dedos surgiu resoluto no patamar da escada.

No primeiro andar, sobre Madame Rosalette, residia Che, o podólogo cego. Sempre acompanhava Madame Bomme (também no primeiro andar, em frente) nas compras na mercearia do judeu Goldenberg (terceiro andar), e carregava a sacola da vizinha, ex-secretária de um famoso cartomante. Assim, percorriam as calçadas: o cego de braço dado com a senhora com o andador de rodinhas. Em geral, Kofi acompanhava a dupla.

Kofi — que significava "sexta-feira" em um dialeto de Gana — chegara ao número 27 vindo dos *banlieus*, os subúrbios de Paris. Era negro retinto, usava correntes de ouro sobre casacos com capuz tipo hip-hop e um brinco de argola. Um rapaz bonito, "uma mistura de Grace Jones com uma onça-pintada", segundo Madame Bomme. Kofi não raro carregava a bolsa de mão Chanel da Madame e era alvo de olhares desconfiados. Ele cuidava dos trabalhos de manutenção do prédio ou fazia figuras de couro cru e as pintava com símbolos que nenhum morador entendia. Mas não fora nem Che, nem Kofi, tampouco o andador de Madame Bomme que entrara no caminho de Perdu.

— Ah, Monsieur, que bom que o encontrei! Olha, foi um livro muito tenso aquele do Dorian Gray. Achei ótimo o senhor ter me indicado este depois de ver que *Desejo ardente* estava esgotado.

— Fico feliz, Madame Gulliver.

— Ora, pode me chamar de Claudine. Ou pelo menos de Mademoiselle. Não gosto de cerimônias. Bem, terminei o Gray em apenas duas horas de tão divertido que foi. Mas eu, no lugar de Dorian, nunca teria olhado para aquele quadro, é bem deprimente. E nem existia Botox naquela época.

— Madame Gulliver, Oscar Wilde passou mais de seis anos escrevendo o livro, foi preso por criar essa obra e morreu pouco tempo depois. Será que ele não merecia um pouco mais do que duas horas do seu tempo?

— Ah, que bobagem, agora não faz mais diferença para ele.

Claudine Gulliver. Solteira, com seus quarenta e poucos anos, de proporções rubenescas, funcionária de uma grande casa de leilões. Lidava diariamente com colecionadores muito ricos e extremamente ambiciosos. Uma espécie única. Madame Gulliver também era uma colecionadora de obras de arte, em especial aquelas com saltos altos e cores espalhafatosas. Sua coleção de tamancos compreendia 176 pares e possuíam um quarto próprio.

Um dos hobbies de Madame Gulliver era espreitar Monsieur Perdu e convidá-lo para um de seus passeios ou lhe contar do novo curso que estava fazendo ou dos novos restaurantes que diariamente abriam em Paris. O segundo hobby de Madame Gulliver eram os romances em que as heroínas se agarravam ao peito de um cafajeste e resistiam bravamente até que ele... bem... as dominasse de um jeito másculo.

— Então, o senhor vai comigo hoje...

— Não, eu prefiro não ir.

— Ouça primeiro o que tenho a dizer! Uma feira de quinquilharias na Sorbonne. Estudantes de arte barulhentas e de pernas compridas que se livram de suas coisas depois dos exames finais e vendem a preço de banana livros, móveis, às vezes até seus amantes. — Madame Gulliver ergueu a sobrancelha, toda coquete. — E então?

Ele imaginou rapazes agachados entre relógios-carrilhão e caixas cheias de livros de bolso, com um post-it na testa: "Usado uma vez, quase novo, em ótimo estado. Coração com pouca necessidade de reparos." Ou também: "De terceira mão, funções básicas intactas."

— Não quero mesmo, de verdade.

Madame Gulliver suspirou profundamente.

— Ai, ai. O senhor já percebeu que nunca quer nada?

— É... — *Verdade.* — Não é pela senhora. Realmente, não é. A senhora é charmosa, corajosa e... hum...

Sim, ele até que gostava de Madame Gulliver. Ela agarrava a vida com as duas mãos. Provavelmente com mais vigor do que precisava.

— ... uma vizinha muito amigável.

Céus. Já não sabia mais conversar com mulheres! Madame Gulliver começou a descer a escada, balançando os quadris. *Clac-xilap, clac-xilap*, faziam seus tamancos amarelo-milho. Quando chegou ao degrau em que ele estava, ergueu a mão. Ela percebeu que Perdu se encolheu quando ela fez como se fosse botar a mão no braço forte dele, e então, resignada, pousou a mão no corrimão.

— Não estamos ficando mais jovens, Monsieur — disse ela baixinho e com voz rouca. — A segunda metade das nossas vidas já começou faz tempo.

Clac-xilap, clack-xilap.

Sem pensar, Perdu levou a mão aos cabelos, àquele ponto na parte de trás da cabeça onde surge em muitos homens uma careca humilhante. Para ele, ainda não havia acontecido. Sim, já tinha cinquenta anos. Não tinha trinta. Os cabelos escuros já se agrisalhavam. O rosto estava marcado pelo tempo. A barriga... Ele a encolheu. Nada mal. Os quadris o incomodavam; a cada ano, uma camadinha a mais. E ele não conseguia mais carregar duas caixas de livro de uma vez, droga. Mas tudo isso era irrelevante; as mulheres não o olhavam mais — exceto por Madame Gulliver, mas ela via qualquer homem como um possível amante.

Ele espiou o piso seguinte, onde Madame Bomme poderia estar esperando para bater papo. Sobre Anaïs Nin e suas obsessões sexuais, em alto e bom som, pois havia deixado o aparelho de surdez por engano em uma caixa de bombons.

Perdu havia organizado um clube de leitura para Madame Bomme e as viúvas da rue Montagnard, que quase nunca recebiam a visita de filhos e netos e já definhavam diante da televisão. Elas amavam livros, mas, além disso, a literatura era uma desculpa para saírem de casa e se dedicarem à degustação de licores adocicados.

A maioria das senhoras escolhia obras eróticas. Perdu lhes entregava os livros disfarçados com sobrecapas de títulos mais discretos: *Flora dos alpes* para *A vida sexual de Catherine M.*, padrões de tricô provençal para *O amante*, de Duras, receitas de geleia de York para *Delta de Vênus*, de Anaïs Nin. As degustadoras de licores eram gratas pelo disfarce — no fim das contas, as viúvas conheciam seus parentes, que viam a leitura como um hobby excêntrico de pessoas esnobes demais para ver televisão, e a literatura erótica como algo bizarro para senhoras com mais de sessenta.

No entanto, nenhum andador bloqueou seu caminho. No segundo andar morava a pianista Clara Violette. Perdu a ouviu praticando os estudos de Czerny. Até as escalas pareciam geniais sob seus dedos. Ela estava entre as cinco melhores pianistas do mundo. Mas, como não conseguia suportar que ninguém ficasse no mesmo recinto que ela enquanto tocava, a fama lhe era negada. No verão, fazia concertos na sacada. Abria todas as janelas, e Perdu levava seu Pleyel de cauda até a porta da sacada e posicionava um microfone embaixo do instrumento. Então Clara tocava por duas horas. Os moradores do nº 27 ficavam sentados nos degraus diante do prédio ou abriam cadeiras dobráveis na calçada, estranhos apinhavam-se nas mesas do Ti Breizh. Quando Clara seguia até a sacada e, envergonhada, fazia uma reverência, recebia os aplausos do equivalente à metade dos habitantes de uma cidade pequena.

Perdu conseguiu subir o que faltava sem ser incomodado. Quando chegou ao quarto andar, viu que a mesa havia desaparecido; talvez Kofi tivesse ajudado Catherine.

Ele bateu à porta verde e percebeu que se alegrou em fazê-lo.

— Olá — sussurrou ele. — Eu trouxe os livros.

Ele deixou a sacola de papel encostada na porta.

Quando Perdu se levantou, Catherine abriu a porta. Os cabelos eram loiros e curtos, os olhos acinzentados sob sobrancelhas claras eram desconfiados, mas ternos. Estava de pés descalços e usava um vestido com um decote que deixava à mostra apenas a saboneteira. Ela segurava um envelope.

— Monsieur. Eu encontrei a carta.

8

Eram muitas impressões de uma vez. Catherine — seus olhos — o envelope com a escrita verde-clara — a proximidade de Catherine — seu cheiro — a saboneteira — a vida — a...

Carta?

— Um envelope lacrado. Estava na sua mesa, dentro da gaveta totalmente selada com a tinta branca. Eu abri. O envelope estava embaixo do saca-rolhas.

— Mas, não — disse Perdu, educadamente —, não havia nenhum saca-rolhas.

— Mas eu encontrei...

— Não encontrou! — Ele não queria ter falado tão alto, mas também não conseguia olhar para o envelope que ela segurava. — Me perdoe por gritar.

Ela estendeu o envelope para ele.

— Mas isso não me pertence.

Monsieur Perdu recuou em direção ao seu apartamento.

— É melhor a senhora queimar isso.

Catherine o seguiu. Ela o olhou nos olhos, e uma onda de calor lhe subiu pelo rosto.

— Ou jogue fora.

— Mas eu também poderia ler a carta — disse ela.

— Para mim tanto faz. Ela não me pertence.

Catherine ainda o encarava quando ele fechou a porta, e ela, junto com a carta, ficou do lado de fora.

— Monsieur? Monsieur Perdu! — Catherine bateu à porta. — Monsieur, seu nome está no envelope.

— Vá embora. Por favor! — gritou ele.

Havia reconhecido o envelope. A letra. Algo nele explodiu.

Uma mulher com cabelos escuros e cacheados, que puxa a porta de um aposento, passa um bom tempo olhando para fora e então se vira para ele com lágrimas nos olhos. Que caminha pela Provence, por Paris, pela rue Montagnard e finalmente entra em seu apartamento. Lá ela se banha, caminha nua pelo quarto. Uma boca que se aproxima da dele, na penumbra.

Úmida, a pele molhada, os lábios molhados que tiram seu fôlego, bebendo sua boca.

Um longo gole.

A lua sobre a barriga pequena, macia. Duas sombras entre um batente de janela vermelho, dançando.

Como ela se cobre com o corpo dele. *** dorme no sofá, no Quarto Lavanda, como chamava o quarto proibido, enrolada em sua colcha de retalhos provençal, que ela havia costurado durante o noivado.

Antes de *** ter se casado com seu vigneron, e antes...

Ela me deixou.

E então me deixou uma segunda vez.

*** dera nomes a todos os quartos em que se encontraram durante aqueles breves cinco anos. O Quarto do Sol, o Quarto do Mel, o Quarto do Jardim. Eram quartos que para ele — seu amante secreto, seu segundo marido — eram tudo. Havia batizado o quarto em seu apartamento de "Quarto Lavanda"; era seu lar fora de casa.

A última vez que dormiram lá havia sido numa noite quente de agosto de 1992. Haviam tomado banho juntos, estavam molhados e nus. Ela acariciara Perdu com as mãos resfriadas pela água, em seguida deslizara por cima dele erguendo suas mãos com as dela, apoiando-as no sofá coberto com um lençol. Em seguida, sussurrara para ele com olhar desvairado:

— Queria que você morresse antes de mim. Prometa.

Seu corpo havia tomado o dele, mais desinibido do que nunca, enquanto ela gemia:

— Prometa. Prometa para mim!

Ele prometera. Mais tarde naquela noite, quando não conseguia mais ver o branco dos olhos dela na escuridão, ele lhe perguntara por quê.

— Não quero que você precise ir sozinho do estacionamento do cemitério até meu túmulo. Não quero que fique de luto. Prefiro sentir sua falta pelo resto da minha vida.

— Por que nunca lhe disse que a amava? — sussurrou o livreiro. — Por que não, Manon? Manon! — Ele nunca havia lhe confessado seus sentimentos. Para não deixar Manon constrangida. Para não sentir seus dedos nos lábios enquanto ela sussurrava um "Shhh".

Talvez fosse uma pedra no mosaico de sua vida, pensava na época. Bela, brilhante, mas apenas uma pedra, não o mosaico inteiro. Por ela, ele queria sê-lo. Manon. A provençal forte, nunca frágil, nunca perfeita. Que usava palavras que ele pensava ser palpáveis. Ela nunca fazia planos, sempre estava lá, por inteiro. Nunca falava da sobremesa na hora do prato principal, da manhã seguinte quando estava para dormir, do reencontro na hora do adeus. Era sempre o agora.

Perdu dormira bem naquela noite de agosto, 7.216 noites atrás; e, quando despertara, Manon havia partido. Não vira os sinais. Tinha pensado e repensado, repassado milhares de gestos e olhares e palavras de Manon, mas não encontrara nada que lhe indicasse que partiria.

E que não haveria volta.

Em vez disso, algumas semanas depois, a carta.

Aquela carta.

Ele deixara o envelope por dois dias sobre a mesa. Ele o encarava enquanto comia sozinho, bebia sozinho, fumava sozinho. E enquanto chorava.

Lágrimas sobre lágrimas pingavam de suas bochechas na mesa e sobre o papel.

Ele não abriu o envelope.

Na época, ficara exausto de chorar e de não conseguir mais dormir naquela cama, que era tão grande e vazia sem ela, tão fria. Estava exausto de saudade.

Jogou o envelope na gaveta da mesa, furioso, desesperado, e, acima de tudo, sem abri-lo, sobre o saca-rolhas que haviam "pegado emprestado" de uma brasserie em Ménerbes e levado para Paris. Tinham vindo de Camargue, os olhos brilhantes, como se vidrados pela luz do sul, e fizeram uma parada em Luberon, em uma pensão que pendia como uma colmeia de abelhas sobre uma encosta íngreme, com um banheiro no meio da escada e mel de lavanda no café da manhã. Manon quis mostrar para ele tudo de si. De onde vinha, que terra estava em seu sangue, sim, até mesmo seu futuro marido, Luc, ela quis apresentar para Perdu, de longe, em seu trator alto, entre as videiras no vale abaixo de Bonnieux. Luc Basset, o *vigneron*, o vinicultor.

Como se ela desejasse que os três se tornassem amigos. E cada um compartilhasse com o outro seu desejo, seu amor. Perdu se recusara. Permaneceram no Quarto do Mel.

Quando ela o abandonou, a força pareceu se esvair dos braços de Perdu, como se ele não conseguisse fazer nada além de ficar lá, parado, no escuro atrás da porta.

Perdu sentia falta do corpo de Manon. Tinha saudade da mão de Manon, que durante o sono se encaixava embaixo do traseiro dele. Sentia falta da sua respiração, de seu ronronar infantil pela manhã quando ele a acordava cedo demais, sempre cedo demais, não importando que horas fossem.

E de seus olhos, que o observavam cheios de amor, e seus cabelos finos, macios, encaracolados, quando roçavam no pescoço — tinha saudade de tudo isso, tanta saudade que seu corpo se retorcia em câimbras quando se deitava na cama vazia. E também todos os dias, quando acordava.

Odiava acordar em uma vida sem ela.

A primeira coisa que destruiu foi a cama, em seguida os armários, a poltrona, rasgou os tapetes, queimou fotos, devastou o quarto. Doou todas as roupas, e se desfez de todos os discos.

Manteve apenas os livros que lera para ela. Todas as noites, ele lia em voz alta, versos, cenas, capítulos, colunas, pequenos fragmentos de biografias e livros técnicos, as *Pequenas orações da noite* de Ringelnatz (ah, como ela amava *A cebolinha*), para que ela conseguisse dormir naquele mundo tão aterrorizante e austero, o norte frio com seus habitantes gélidos. Ele não conseguiu se livrar daqueles livros.

Em vez disso, ergueu uma parede com eles, encobrindo a porta do Quarto Lavanda.

Mas não passou. Aquela saudade não passava de jeito nenhum. Só o que conseguiu foi fortalecê-la quando começou a evitar a vida. Trancara dentro de si, em seu íntimo, o amor e a saudade. No entanto, a saudade voltava para revirá-lo com imensa força naquele instante. Monsieur Perdu cambaleou até o banheiro e pôs a cabeça embaixo da água gelada. Odiava Catherine, odiava seu marido desgraçado, infiel, cruel.

Por que o desgraçado do Le P. teve de abandoná-la bem agora, sem nem mesmo lhe deixar uma mesa? Idiota!

Ele odiava a zeladora e Madame Bernard, e Jordan, e Madame Gulliver, e todos... sim, todos.

Ele odiava Manon.

Escancarou a porta com os cabelos molhados, grudados na cabeça. Se era isto que Madame Catherine queria, então ele diria: "É, droga, a carta é minha! Mas na época não quis abrir o envelope. Por orgulho. Por convicção."

E todo erro faz sentido quando é cometido com convicção.

Queria ler a carta quando estivesse pronto. Depois de um ano. Ou dois.

Nunca planejara esperar vinte anos e, além disso, passar dos cinquenta e poucos.

Não abrir a carta de Manon havia sido a única autodefesa possível na época. Recusar suas desculpas, a única arma que tinha.

Sem sombra de dúvida.

A pessoa abandonada devia responder com o silêncio. Não podia dar mais nada àquela que foi embora, precisava se desligar da mesma maneira que a outra fechara a porta para o futuro. Sim, decidira que era assim que tinha de ser.

— Não, não, não! — gritou Perdu.

Algo não estava certo, ele sentia, mas o quê? Aquilo o estava deixando maluco.

Monsieur Perdu foi até a porta à frente de seu apartamento. E tocou a campainha. E bateu à porta e tocou a campainha de novo após uma pausa razoável, o suficiente para que uma pessoa normal saísse do banho, tirasse a água dos ouvidos.

Por que Catherine não atendia? Estava lá um minuto atrás.

Correu até seu apartamento, arrancou a primeira página do primeiro livro sobre uma das pilhas e escreveu o seguinte bilhete:

Gostaria de pedir que a senhora me trouxesse a carta, não importa que horas sejam. Por favor, não leia. Perdoe-me pelo inconveniente.

Atenciosamente, Perdu.

Olhou fixamente para sua assinatura e se perguntou se algum dia conseguiria pensar em si mesmo pelo nome, e não pelo sobrenome.

Pois, quando pensava nele, ouvia também a voz de Manon. Como ela conseguia suspirar seu nome. E sorrir. Sussurrar, ah, sussurrar.

Ele espremeu sua inicial entre "Atenciosamente" e Perdu: J.

J de Jean.

Dobrou o papel ao meio e prendeu-o com um pedaço de fita adesiva na porta de Catherine, na altura dos olhos. A carta. Seriam mais ou menos aquelas explicações esfarrapadas que as mulheres dão a seus amantes quando se fartam. Não havia motivo para se incomodar com aquilo.

Não, com certeza não.

Em seguida, voltou ao apartamento vazio para esperar. Monsieur Perdu percebeu que estava incrivelmente sozinho, como um barco a remo estúpido, pequeno, no mar zombeteiro, irônico: sem vela, sem remo, sem nome.

9

Quando a noite alçou voo, entregando Paris à manhã de sábado, Monsieur Perdu ergueu-se com dor nas costas, pegou os óculos de leitura e massageou o topo inchado do nariz. Havia ficado ajoelhado durante várias horas sobre o quebra-cabeça, encaixando as peças de papelão em silêncio para não deixar de ouvir quando Catherine se movimentasse no apartamento da frente. Mas tudo continuava em silêncio por lá.

O peito de Perdu, a lombar e o pescoço doeram quando tirou a camisa. Tomou um banho de água gelada até a pele ficar roxa e, em seguida, bem vermelha após tirar o sabão com água quente. O vapor subia de sua pele quando foi até a janela da cozinha com uma de suas duas toalhas enrolada na cintura. Fez algumas flexões e agachamentos enquanto a cafeteira italiana borbulhava; Perdu lavou sua única xícara e serviu-se de café.

O verão havia chegado mesmo a Paris na noite anterior. O ar estava quente como uma xícara de chá fumegante. Será que ela havia deixado a carta em sua caixa de correio? Pela forma como Perdu se comportara, ela provavelmente não queria mais vê-lo pela frente.

De pés descalços, segurando a toalha pelo nó, Perdu desceu a escada até a caixa de correio.

— Escute aqui, isso não vai mais... ah, é o *senhor*?

Madame Rosalette surgiu, de robe, de seu apartamento. Perdu sentiu o olhar da mulher passear sobre sua pele, seus músculos, sobre a toalha. Achou que esta última havia encolhido um pouco.

E achou que Rosalette o observou por mais tempo do que deveria. Teria mesmo assentido com a cabeça, com ares de aprovação?

Com as bochechas em chamas, ele correu para cima.

Quando se aproximou da porta, percebeu o que antes não estava lá. Um bilhete. Impaciente, desdobrou o papel. O nó da toalha se desfez e ela caiu. Mas Monsieur Perdu nem tomou ciência da nudez que exibia em pleno corredor enquanto lia com irritação crescente.

Caro J.,

Venha jantar comigo hoje à noite. O senhor vai ler a carta. Precisa me prometer que lerá. Do contrário, não a devolvo. Não sinto muito.

CATHERINE.

P.S.: Traga um prato. O senhor cozinha? Eu, não.

Ao mesmo tempo em que a raiva tomava conta dele, algo incrível aconteceu.

O canto esquerdo de seus lábios se elevou.

E foi então que... ele começou a rir.

Meio rindo, meio perplexo, ele murmurou:

— Traga um prato. Leia a carta. O senhor nunca quer nada, Perdu. Prometa. Morra antes de mim. Prometa!

Promessas, todas as mulheres sempre queriam promessas.

— Eu não prometo nada mais, nunca mais! — gritou ele na escadaria vazia, nu e, de repente, furioso.

A resposta foi um silêncio inabalável.

Com raiva, bateu a porta com tudo ao entrar em seu apartamento e gostou do barulho. Torceu para que o imenso estrondo tivesse tirado todos de suas camas aconchegantes.

Em seguida, abriu de novo a porta e recolheu, um tanto timidamente, sua toalha.

Bam, uma segunda batida de porta.

A essa altura todos já deviam estar sentados na cama.

Enquanto Monsieur Perdu percorria a rue Montagnard a passos largos, parecia ver as casas sem suas fachadas. Como casas de boneca com a quarta parede aberta.

Conhecia cada biblioteca de cada lar. Afinal, ele as havia formado, ano após ano. No nº 14: Clarissa Menepeche. Que alma delicada em um corpo tão pesado! Ela amava a guerreira Brienne de *A canção de gelo e fogo*.

Atrás da cortina do nº 2: Arnaud Silette, que queria ter vivido nos anos 1920. Em Berlim. Como artista. E mulher.

E do lado oposto, no nº 5, com as costas retas diante de seu laptop: a tradutora Nadira del Pappas. Amava romances históricos nos quais mulheres se travestiam de homens e ultrapassavam suas possibilidades.

E no andar em cima? Nenhum livro mais. Todos doados.

Perdu hesitou e ergueu os olhos para a fachada do nº 5.

Margo, 84 anos, viúva. No passado, apaixonada por um soldado alemão que tinha a mesma idade que ela — quinze anos — quando a guerra lhes roubou a juventude. Como quisera amá-la antes de voltar ao fronte! Sabia que não sobreviveria lá. Mas como Margo tinha vergonha de se despir diante dele... e como agora desejava não ter tido vergonha! Fazia 67 anos que Margot lamentava a chance perdida. Quanto mais velha ficava, mais vagas ficavam as lembranças daquela tarde, na qual o jovem e ela se deitaram juntos, trêmulos, de mãos dadas.

Vejo que envelheci sem perceber. Como o tempo passa. O tempo maldito, perdido. Tenho medo, Manon, de que eu tenha cometido uma estupidez tremenda.

Fiquei tão velho em apenas uma noite, e sinto saudade de você.

Sinto saudade de mim.

Não sei mais quem eu sou.

Monsieur Perdu seguiu caminhando devagar. Na vitrine da loja de vinhos de Liona, parou. Ali, no reflexo do vidro. Era ele? O homem alto com roupas conservadoras, com aquele corpo sem uso, intocado; curvado para a frente como se pretendesse ficar invisível?

Quando viu Liona surgir do fundo da loja para lhe dar a costumeira sacola de sábado para o pai, Perdu lembrou-se de todas as vezes que passou por ali e se recusou a entrar para tomar uma tacinha de vinho. Para bater papo com ela ou com qualquer outro freguês, com pessoas gentis, normais. Quantas vezes, nos últimos vinte e um anos, ele preferiu passar direto em vez de parar, procurar pelos amigos, abordar uma mulher?

Meia hora depois, Perdu estava a uma mesa do Bar Ourcq, ainda fechado, em Bassin de la Valette. Era ali que os jogadores de *boule* estacionavam suas garrafinhas de água e baguetes de queijo e presunto. Um homem pequeno e atarracado ergueu os olhos para ele, surpreso.

— Por que veio para cá tão cedo? Alguma coisa aconteceu com Madame Bernier? Fale logo, Lirab...

— Não, maman está bem. Está comandando algum regimento de alemães que querem aprender a conversar com uma autêntica intelectual parisiense. Não se preocupe.

— Alemães, não é? Ah, claro. Mademoiselle Bernier certamente vai dar aulas ao mundo por muitas décadas, cheia de saúde, como fez para nós no passado.

Pai e filho calaram-se, unidos pela lembrança de como Lirabelle Bernier costumava explicar já no café da manhã, quando Perdu ainda estava no colegial, a elegância distanciada do *Konjunktiv* alemão em comparação com a emotividade do *subjonctif* francês. Com o indicador em riste, no qual o esmalte dourado na ponta da unha emprestava às palavras uma ênfase extra. "*Subjonctif* é quando o coração fala. Não se esqueça disso." Lirabelle Bernier. Seu pai sempre a chamava pelo nome de solteira, depois de tê-la chamado, em seu casamento de oito anos, primeiro de dona Encrenca, depois de Madame Perdu.

— E o que ela mandou dizer desta vez? — perguntou Joaquin Perdu ao filho.

— Que você precisa ir ao urologista.

— Diga que vou. Não precisa me lembrar disso a cada seis meses.

Haviam se casado aos 21 anos de idade para irritar os pais de ambos. Ela, a intelectual vinda de uma casa de filósofos e cientistas, que conheceu um ferreiro — *degoûtant*. Ele, filho do proletariado, com um pai policial de patrulha e uma mãe carola, costureira de fábrica, que se uniu a uma garota da alta sociedade — um traidor da classe.

— O que mais? — perguntou Joaquin e pegou a garrafa de moscatel da sacola que deixara na sua frente.

— Ela precisa de um carro usado. Quer que você ache um para ela. Mas não com uma cor estranha, como o último.

— Estranha? Era branco. Ah, francamente, sua mãe...

— Vai procurar?

— Claro. O vendedor de carros não falou com ela de novo?

— Não. Sempre pergunta pelo marido. Isso a deixa louca da vida.

— Eu sei, Jeanno. É um velho amigo meu, o Coco, joga em nosso trio de *pétanque*. Ele é bom.

Joaquin abriu um sorrisinho.

— Mamãe perguntou se sua nova namoradinha cozinha ou se vai comer com ela no 14 de Julho.

— Pode avisar à sua mãe que minha nova namoradinha, como ela insiste em chamar, cozinha muito bem, mas temos outras coisas para fazer quando nos encontramos.

— É melhor você mesmo dizer isso para ela, pai.

— Posso fazê-lo no 14 de Julho. Mademoiselle Bernier cozinha bem. Com certeza vai ter cérebro cozido com língua grande.

Joaquin quase caiu no chão de tanto rir.

Desde a separação prematura de seus pais, Jean Perdu visitava o pai todo sábado com o moscatel e diversas perguntas de sua mãe. Depois, seguia todo domingo até a mãe e levava as respostas do ex-marido e um relatório — editado — sobre a saúde e os relacionamentos deste.

— Meu filho querido, se você é mulher e se casa, entra irreversivelmente em um sistema de supervisão eterna. Cuida de tudo, do que seu marido faz e de sua saúde. E, mais tarde, quando chegam os filhos, cuida também deles. Vira babá, serviçal e diplomata de uma vez só. E isso não termina com algo tão banal como uma separação. Ah, não... o amor pode desaparecer, mas os cuidados permanecem.

Perdu e seu pai foram andar um pouco ao longo do canal. Joaquin, o mais baixo dos dois, os ombros largos, exibe uma postura ereta com a camisa xadrez branca e lilás, admirando uma mulher ou outra que passa. O sol dança nos pelos loiros dos braços de ferreiro de Joaquin. Estava com 75 anos, mas se comportava como se tivesse 25, assobiando os hits do momento, bebendo o tanto que lhe aprouvesse.

Ao lado dele, Monsieur Perdu olhava para o chão.

— Então, Jeanno — disse seu pai, sem rodeios. — Quem é ela?

— Quê? Como assim? Sempre precisa ser uma mulher, pai?

— Sempre é uma mulher, Jeanno. Não tem outra coisa que tire um homem do prumo desse jeito. E você parece bem desaprumado.

— Para você talvez possa ser sempre uma mulher. Ou, em geral, mais de uma.

Joaquin sorriu, perdido em pensamentos.

— Eu gosto das mulheres — disse ele, e puxou um maço de cigarros do bolso da camisa. — Você, não?

— Sim, claro, de certa forma...

— De certa forma? Como se fossem elefantes, bonitos de ver, mas não quer ter um? Ou você é daqueles que gosta de homens?

— Ah, para com isso, não sou gay. Vamos falar de cavalos.

— Ótimo, meu filho, como quiser. Mulheres e cavalos têm muito em comum. Quer saber por quê?

— Não.

— Ótimo. Bem, quando um cavalo diz não, você só formulou a pergunta do jeito errado. É assim com as mulheres. Você não pergunta: "Vamos sair para jantar hoje?" E sim: "O que você quer que eu prepare para o jantar?" Ela pode responder não para isso? Não, não pode.

Perdu sentiu-se como um garotinho. Seu pai estava mesmo lhe ensinando como lidar com as mulheres.

E o que devo cozinhar hoje à noite para Catherine?

— Em vez de sussurrar instruções para elas como faz com um cavalo, como deite-se, mulher, ponha as rédeas, você deve ouvir o que elas querem. Na verdade, elas querem ser livres e voar por aí.

Catherine deve estar cansada de cavaleiros que desejam treiná-la e deixá-la na reserva.

— Basta apenas uma palavra, alguns segundos, uma batida estúpida e impaciente com o chicote para magoar. Mas, para reconquistar a confiança, leva anos. Às vezes, não há tempo suficiente.

É impressionante como as pessoas não valorizam serem amadas quando isso não está em seus planos. O amor então se torna tão pesaroso que trocam a fechadura ou vão embora sem aviso prévio.

— E quando um cavalo nos ama, Jeanno... nós merecemos tão pouco esse amor como merecemos o das mulheres. São criaturas superiores a nós, homens. Quando amam, é uma bênção, pois damos apenas poucos motivos para nos amarem. Isso eu aprendi com sua mãe, e infelizmente, infelizmente, ela tem razão.

E por isso dói tanto. Quando as mulheres param de amar, os homens caem em seu próprio vazio.

— Jeanno, as mulheres conseguem amar de um jeito muito mais inteligente que nós! Nunca amam um homem pelo corpo, mesmo quando podem fazer bom uso dele, claro, e como. — Joaquin suspirou, feliz. — As mulheres te amam pelo caráter. Pela força. Pela inteligência. Ou porque você pode proteger uma criança. Porque você é uma boa pessoa, tem honra e dignidade. Nunca amam da forma estúpida como os homens amam as mulheres. Não porque você tem panturrilhas bonitas ou fica tão bem em um terno que as colegas de trabalho olham com inveja quando ela te apresenta. Essas mulheres existem, mas apenas como um exemplo, um alerta para as outras.

Eu gosto das pernas de Catherine. Ela gostaria de me apresentar para alguém? Eu sou... inteligente o bastante? Sou honrado? Tenho algo de valor para as mulheres?

— Um cavalo simplesmente admira sua personalidade como um todo.

— Um cavalo? Como assim um cavalo? — perguntou Perdu, genuinamente irritado. Estava ouvindo tudo pela metade.

Viraram uma esquina e estavam se aproximando novamente dos jogadores de *pétanque* à beira do Canal de l'Ourcq. Joaquin foi cumprimentado com apertos de mão, enquanto Jean recebeu apenas um meneio de cabeça dos *boulistes*.

Observou como o pai entrou na área de arremesso. Como se curvou e dobrou o braço direito como um pêndulo.

Um barril satisfeito com braços. Sou sortudo por ter esse pai, que sempre gostou de mim, apesar de não ser perfeito.

Ferro bateu contra ferro. Joaquin Perdu acertou com destreza uma *boule* do time adversário.

Aplausos entre murmúrios.

Eu poderia me sentar aqui, gritar e nunca mais parar. Como eu, idiota, fiquei sem amigos? Tive medo de que também partissem um dia, como meu melhor amigo, Vijaya, fizera no passado? Ou medo de que rissem porque nunca superei o fim da vida com Manon?

Ele olhou para o pai e quis dizer:

"Manon gostava de você, lembra-se de Manon?" Mas o pai já estava se virando para olhá-lo:

— Diga a sua mãe, Jeanno… ah. Diga que não há ninguém como ela, ninguém.

Pelo rosto de Joaquin passou a expressão de tristeza pelo fato de o amor não ser o suficiente para impedir que uma mulher queira trucidar o marido por ele ser um pé no saco.

10

Catherine inspecionou o salmonete, as ervas e o creme de leite fresco de vacas normandas de ancas largas, em seguida ergueu suas batatinhas novas, o queijo, e apontou para as peras cheirosas e para o vinho.

— Consegue fazer algo com isso?

— Consigo. Mas uma coisa de cada vez, não tudo junto — disse ele.

— Fiquei o dia todo ansiosa por este momento — confessou ela. — E com um pouquinho de medo dele também. E você?

— O contrário — respondeu Perdu. — Fiquei com muito medo dele e só um pouquinho ansioso. Me desculpe.

— Não, não precisa se desculpar. Se tem algo incomodando agora, por que agir como se nada estivesse acontecendo?

Com estas palavras, jogou nele o pano de prato quadriculado de azul e cinza para que usasse como avental. Ela estava com um vestido azul, e prendeu seu pano de prato ao cinto vermelho. De perto, ele conseguiu ver que seus cabelos loiros estavam brancos nas têmporas, e que seu olhar não estava mais dominado pelo terror e pela confusão.

Logo os vidros estavam embaçados, as chamas sob as panelas e frigideiras sibilavam, o molho de vinho branco, chalotas e creme de leite fresco borbulhava, e o azeite dourava as batatas com alecrim e sal em uma frigideira grande.

Conversavam como se se conhecessem há muitos anos e só tivessem ficado sem se ver por um tempo. Sobre Carla Bruni e como cavalos-marinhos machos levam suas crias em uma bolsa na barriga. Conversaram sobre moda, sobre comprar sal com sabores diferentes e, claro, falaram sobre os moradores do prédio.

Esses assuntos, pesados e leves, lhes ocorriam entre vinho e peixe, em pé diante do fogão. Parecia a Perdu que Catherine e ele descobriam afinidades a cada frase.

Ele continuava a preparar o molho, Catherine escaldava uma posta de peixe após a outra. Comeram direto das panelas, em pé, pois ainda faltava a Catherine uma segunda cadeira.

Ela serviu o vinho, um *Tapie* suave e dourado de Gascogne. E ele o bebeu em goles cuidadosos.

O mais surpreendente em seu primeiro encontro desde 1992 foi que se sentiu extremamente seguro quando entrou no apartamento de Catherine. Todos os pensamentos que em geral o perseguiam não o alcançavam no território dela. Como se um feitiço na porta os detivesse.

— O que tem feito atualmente? — perguntou Perdu em algum momento, quando já haviam falado de Deus, do mundo e do alfaiate dos presidentes.

— Eu? Estou à procura — respondeu ela. Pegou um pedaço de baguete. — À procura de mim mesma. Antes... antes de acontecer o que aconteceu, eu era assistente, secretária, relações públicas e admiradora do meu marido. Agora estou em busca de todas as possibilidades que eu tinha antes de conhecê-lo. Para ser mais exata, procuro saber se são possíveis. É isso que tenho feito. Procurado.

Ela começou a separar o miolo branco e macio da casca e a lhe dar forma entre os dedos finos.

O livreiro lia Catherine como um romance. Ela permitia que ele a folheasse, observasse sua história.

— Hoje, com quarenta e oito anos, eu me sinto como me sentia quando tinha oito. Odiava ser ignorada na época. E, ao mesmo tempo, ficava aflita quando alguém me achava interessante. Só as pessoas "certas" podiam me notar. A menina rica de cabelos lisos que tinha de querer ser minha amiga, o professor benevolente que se impressionava com a forma como eu modestamente ocultava meu brilhantismo. E minha mãe. Ah, minha mãe.

Catherine hesitou.

Distraída, continuava a amassar o miolo da baguete.

— Eu sempre quis ser notada pelos maiores egoístas. Os outros me eram indiferentes: meu pai querido; a Olga, uma gorda suarenta do térreo. Embora fossem muito mais legais. Mas, quando eu gostava de pessoas legais, ficava constrangida. Tola, eu, né? Também fui essa menina besta durante o meu casamento. Queria que meu marido, aquele estúpido, me notasse, e eu não ligava para mais ninguém. Mas estou pronta para mudar. Pode me passar a pimenta?

Ela havia criado uma forma com o miolo de pão, com seus dedos pequenos e finos: um cavalo-marinho, e pôs nele dois olhos de grão de pimenta, antes de entregá-lo a Perdu.

— Eu já fui escultora. Em algum momento do passado. Tenho quarenta e oito anos e estou começando a reaprender tudo. Não sei quanto tempo faz que dormi com meu marido pela última vez. Eu fui fiel, burra e tão terrivelmente solitária que sou capaz de devorar você se for legal comigo. Ou de matá-lo, por não conseguir aguentar.

Perdu achou aquilo muito surpreendente; estava sozinho com uma mulher daquelas.

Ele se perdeu na contemplação do rosto de Catherine, de sua cabeça, como se pudesse se esgueirar para dentro dela e vasculhar o que houvesse de interessante por lá.

Catherine tinha orelha furada, mas não usava brinco. ("A namorada nova dele usa aqueles com rubi agora. Uma pena, de verdade, eu teria adorado jogá-los nos pés dele.") Às vezes, passava a mão no pescoço, como se procurasse algo, talvez um colar que agora a outra usava.

— E o que *você* tem feito atualmente? — perguntou ela.

Ele descreveu a Farmácia Literária.

— Tenho um barco com casco fundo, uma cozinha, duas cabines-dormitórios, um banheiro e oito mil livros. É um mundo dentro do nosso mundo. — E uma aventura limitada, como em qualquer barco ancorado à terra firme, mas isso ele não disse.

— E o rei desse mundo é Monsieur Perdu, farmacêutico literário que prescreve tratamentos para os perdidos de amor.

Catherine apontou para o pacote de livros que ele havia trazido na noite anterior.

— Aliás, está ajudando.

— O que você queria ser quando pequena? — perguntou ele antes que a vergonha tomasse conta.

— Ah, eu queria ser bibliotecária. E pirata. Seu barco-livraria era tudo de que eu precisava. Eu teria resolvido todos os mistérios do mundo através da leitura.

Perdu a escutava com afeição crescente.

— À noite, eu roubaria das pessoas ruins tudo o que haviam tirado dos bons com suas mentiras. E deixaria para elas apenas um livro, que as purificaria, faria com que se arrependessem e as transformaria em pessoas boas, e assim por diante... óbvio.

Ela irrompeu em uma gargalhada.

— Óbvio. — Perdu embarcou na ironia dela.

Este era o único aspecto trágico dos livros: eles mudavam as pessoas. Mas não as realmente más. Essas não se tornavam pais melhores, maridos melhores, amigos melhores. Continuavam sendo tiranos, torturavam seus funcionários, filhos e cães, eram odiosos nas pequenas coisas e covardes nas grandes, e se rejubilavam com o constrangimento de suas vítimas.

— Os livros eram meus amigos — disse Catherine, e esfriou na taça de vinho as bochechas quentes por causa do calor do forno. — Acho que aprendi todos os meus sentimentos com os livros. Neles amei mais, sorri mais e aprendi mais do que em toda a minha vida sem leitura.

— Eu também — murmurou Perdu.

Eles se olharam, e algo simplesmente aconteceu.

— J é a inicial de... — disse Catherine com voz mais rouca.

Ele precisou pigarrear antes de responder.

— Jean — sussurrou ele. Sua língua bateu nos dentes de tão estranho que era dizer seu nome. — Eu me chamo Jean. Jean Albert Victor Perdu. Albert em homenagem ao meu avô paterno. Victor em homenagem ao meu avô materno. Minha mãe é professora, e o pai dela, Victor Bernier, era toxicólogo, socialista e prefeito. Tenho cinquenta anos, Catherine, e não conheci muitas mulheres, nem dormi com muitas. Amei uma. Ela me abandonou.

Catherine observou-o com atenção.

— Ontem. Ontem fez vinte e um anos. A carta é dela. Tenho medo do que pode ter escrito.

Ele esperou que ela o mandasse embora. Que desse um tapa na sua cara. Virasse o rosto. Mas não o fez. Em vez disso:

— Ah, Jean — sussurrou Catherine, cheia de compaixão. — Jean.

Lá estava mais uma vez. A doçura de ouvir o próprio nome. Eles se olharam, Perdu percebeu que as pálpebras de Catherine batiam de leve, sentiu que também estava amolecendo, deixou que ela entrasse, o invadisse — sim, eles se invadiram mutuamente com os olhares e as palavras não ditas.

Dois pequenos barcos no mar, que pensam estar sozinhos à deriva desde que perderam sua âncora, mas que agora...

Ela acariciou o rosto de Perdu por um instante. O carinho o atingiu como um tapa — um tapa maravilhoso, fabuloso.

Mais uma vez. Mais uma vez!

Seus braços nus se roçaram quando ela pousou a taça de vinho.

A pele. Os pelos. O calor.

Não ficou claro quem se surpreendeu mais, mas os dois souberam logo que o que os deixara perplexos não fora a estranheza, a intimidade repentina e o toque.

Eles ficaram surpresos por ter sido tão bom.

11

Jean se deslocou para ficar atrás de Catherine e cheirar os cabelos dela, sentir seus ombros lhe tocando o peito. O coração acelerou. Pousou a mão com extrema lentidão e calma em seu pulso magro. Ele abraçou Catherine com delicadeza e acariciou seus braços com os polegares e os outros dedos num movimento circular de calor e pele.

Ela arfou, quase um trinado abafado ao dizer seu nome.

— Jean?

— Sim, Catherine.

Jean Perdu sentiu um tremor percorrendo o corpo todo da mulher. Começou bem no meio, abaixo do umbigo, um estremecimento e uma ondulação. Espalhou-se como ondas na água. Ele a abraçou por trás, segurando-a com firmeza.

Seu corpo tremia, entregando o fato de fazer muito, mas muito tempo que ela não era tocada. Era um botão de flor preso em um casulo calejado.

Tão solitária. Tão sozinha.

Catherine recostou-se de leve nele. Seus cabelos curtos cheiravam bem.

Jean Perdu tocou-a com mais delicadeza ainda, acariciando apenas a ponta dos pelos, apenas o ar sobre seus braços nus.

É tão maravilhoso.

Mais, implorava o corpo de Catherine, ah, por favor, mais, faz tanto tempo, estou sedento. E, por favor, não, não tão forte, é demais, demais. Eu não aguento! Como senti falta disso. Era uma falta suportável até este momento. Fui tão dura comigo mesma, mas, agora, estou me rompendo, me esvaindo como areia, desapareço. Me ajude, continue.

Consigo ouvir os sentimentos dela?

Da boca de Catherine saíam apenas diferentes entonações de seu nome.

Jean. Jean! Jean?

Ela se recostou toda nele e entregou-se às mãos de Perdu. O calor corria por seus dedos. Perdu se sentiu como sendo mão, pau, sentimento, corpo, alma e homem e todos os músculos ao mesmo tempo, concentrados na ponta de cada dedo.

Ele tocava apenas o que conseguia alcançar de pele nua, sem afastar seu vestido. Seus braços, firmes e bronzeados, até o contorno das mangas; ele os tocava e os moldava. Acariciou a nuca morena, o pescoço delicado e macio, a clavícula curvada, maravilhosa, hipnotizante. Usou as pontas dos dedos, seguiu o contorno dos músculos, rígidos, macios, com os polegares.

A pele de Catherine ficava cada vez mais quente. Ele sentia seus músculos ficando mais tensos, a vivacidade, a suavidade e o calor crescendo em todo o seu corpo. Uma flor densa, pesada, que desabrocha de um botão. Uma dama-da-noite.

Ele deixou o nome dela rolar de sua língua.

— Catherine.

Sentimentos esquecidos havia muito sacudiram nele a crosta do tempo. Perdu sentiu o baixo ventre repuxar. Suas mãos não sentiam apenas o que faziam com Catherine, mas também a forma como sua pele reagia, como o corpo da mulher acariciava suas mãos também. Seu corpo beijava as palmas das mãos, as pontas dos dedos de Perdu.

Como ela faz isso? O que está fazendo comigo?

Poderia Perdu carregá-la e deitar seu corpo onde as pernas trêmulas de Catherine pudessem repousar? Onde ele pudesse explorar a pele das panturrilhas, da parte de trás dos joelhos? Conseguiria liberar outras melodias dela?

Queria vê-la deitada, diante dele, os olhos abertos, seu olhar no dela; queria tocar seus lábios com os dedos, seu rosto. Queria que o corpo todo da mulher beijasse suas mãos, cada parte de seu corpo.

Catherine virou-se, os olhos cinzentos de céu tempestuoso, arregalados, loucos, inquietos.

Nesse momento, Perdu a levantou. Catherine se fundiu nele. Ele a levou até o quarto, embalando-a de leve pelo caminho. O quarto dela era um reflexo do dele. Um colchão no chão, uma arara de roupas no canto, livros, luminária para leitura — e uma vitrola.

Seu próprio reflexo encontrou-o nas janelas altas, uma silhueta sem rosto. Mas ereto. Firme. Com uma mulher nos braços — *e que mulher.*

Jean Perdu sentiu como se seu corpo se livrasse de algo. De um torpor emocional, de uma cegueira de si mesmo.

Do desejo de ser invisível.

Sou um homem... de novo.

Ele deitou Catherine sobre a cama simples, sobre o lençol branco e liso. Ela ficou ali, pernas juntas, braços esticados ao lado do corpo. Ele se estendeu ao lado dela, observou-a, como respirava, como seu corpo tremia em vários pontos, como se pequenos terremotos repercutissem sob a pele.

Ali, no vão da garganta. Entre os seios e o queixo, sob o pescoço. Ele se curvou e pousou os lábios sobre o tremor. De novo o trinado.

— Jean...

As pulsações dela. As batidas de seu coração. Seu calor. Perdu sentiu Catherine se derramar em seus lábios. Seu cheiro, e como os músculos dele se contraíam. O calor que ela emanava o envolvia.

E então — *Ah! Vou morrer!* —, ela o tocou.

Dedos no tecido. Mãos na pele.

Ela correu a mão pela gravata até entrar debaixo da camisa.

Quando a mão de Catherine o tocou, foi como se uma sensação muito antiga saísse da cabeça dele, estendendo-se, dando contornos a Monsieur Perdu de dentro para fora e subindo, mais e mais, em cada fibra e célula, até chegar à garganta e lhe tirar o fôlego.

Não se mexeu para não perturbar essa sensação maravilhosa, assustadora, totalmente cativante; prendeu a respiração.

Vontade. Tanto desejo. E ainda mais...

Mas, para não revelar o quanto estava paralisado pelo prazer e também para não deixar Catherine insegura por seu silêncio avassalador, ele se obrigou a respirar o mais lentamente possível.

Amor.

A palavra cresceu dentro dele, junto com uma lembrança desse sentimento; sentiu os olhos marejarem.

Sinto tanta falta dela.

Uma lágrima também rolou do canto do olho de Catherine. Ela chorava por si? Ou por ele?

Ela tirou a mão da camisa, desabotoou-a de baixo para cima, tirou a gravata dele. Perdu se sentou, ainda parcialmente acima dela, para facilitar.

Em seguida, ela passou as mãos pela nuca de Perdu. Sem pressionar. Nem puxar.

Seus lábios se abriram em uma fenda pequena que disse:

— Me beija.

Ele acarinhou os lábios de Catherine com os dedos, correndo várias vezes pelas várias texturas com diferentes níveis de maciez.

Teria sido fácil continuar.

Percorrer a última distância abaixando a cabeça. Beijar Catherine. O jogo das línguas, deixar a novidade se transformar em familiaridade, a curiosidade em cobiça, a felicidade em...

Vergonha? Infelicidade? Tesão?

Tocar seu corpo embaixo do vestido, despi-la pouco a pouco, primeiro a calcinha, então o vestido, sim, assim ele faria. Queria conhecê-la, nua, por baixo do vestido.

Mas não o fez.

Catherine fechou os olhos pela primeira vez desde que se tocaram. No momento em que seus lábios se abriram, os olhos se fecharam.

Ela bloqueou Perdu. Ele não conseguia mais ver o que ela realmente queria.

Sentiu que algo havia acontecido no íntimo de Catherine. Algo estava à espreita para magoá-la.

A lembrança de como era ser beijada pelo marido? (E não fazia tanto tempo desde a última vez? E ele já não tinha uma amante? E já não tinha dito coisas, coisas horríveis como: "Fico enojado quando você adoece" ou também "Quando um homem não quer mais uma mulher em sua cama, a mulher tem sua parcela de culpa"?) Lembrou-se de seu corpo, de como fora ignorado, sem carinho, sem massagens, sem reconhecimento. A lembrança de ser tomada pelo marido (nunca a ponto de satisfazê-la; ela não devia ficar mal-acostumada, dizia ele, pois mulheres mal-acostumadas amavam de forma diferente e, além disso, o que mais ela queria, ele já havia terminado). A lembrança das noites na qual ela duvidava se um dia se sentiria novamente mulher, se seria tocada novamente, se alguém a acharia bonita e se voltaria a ficar a sós com um homem entre quatro paredes?

Os fantasmas de Catherine estavam lá, e também tinham trazido os dele para a festa.

— Não estamos mais sozinhos, Catherine.

Catherine abriu os olhos. A tempestade neles havia se transformado de uma luz prateada em uma imagem esmaecida de redenção.

Ela meneou a cabeça. Lágrimas encheram seus olhos.

— Sim. Ah, Jean. O idiota apareceu bem no momento em que pensei: "Finalmente. Finalmente um homem me toca como eu sempre desejei." Não como… bem, como o idiota.

Ela virou de lado e afastou-se de Jean.

— Até mesmo a pessoa que eu costumava ser. A Cathy estúpida, pequena, submissa. Que sempre culpava a si mesma quando o marido era horrível ou quando sua mãe a ignorava por dias. Eu devo ter ignorado algo… negligenciado algo… não fui silenciosa o bastante. Feliz o bastante. Não o amei o suficiente, não a amei o suficiente, do contrário eles não seriam tão…

Catherine chorou.

Primeiro baixinho, e depois, quando ele a enrolou no cobertor e abraçou o corpo dela com firmeza, a mão pousada com suavidade atrás da cabeça, o choro ficou mais alto. Era de cortar o coração.

Ele sentia que, em seus braços, ela cruzava todos os vales que já havia sobrevoado milhares de vezes em pensamento. Cheia de medo de cair, de perder o controle, de se afogar na dor, mas mesmo assim o fez.

Ela estava caindo. Vencida pela preocupação, pela tristeza e pela humilhação, chegava ao fundo do poço.

— Não tenho mais nenhum amigo… ele disse que só queriam se aproveitar da fama dele. Dele. Não conseguia conceber que *me* achassem interessante. Dizia "Eu preciso de você", mas não precisava de mim, nem me queria… Queria a arte apenas para si… Eu desisti da minha por seu amor, mas foi muito pouco para ele. Será que eu teria de morrer para provar que ele era tudo para mim? Que era mais do que eu jamais seria? — E então, por último, Catherine sussurrou, rouca: — Vinte anos, Jean. Vinte anos que não vivi... Cuspi na minha vida e deixei que outros cuspissem nela.

Em algum momento, ela começou a respirar mais devagar. Depois, adormeceu.

Seu corpo amoleceu no abraço de Perdu.

Ela também. Vinte anos. Obviamente, há várias maneiras diferentes de se arruinar uma vida.

Monsieur Perdu sabia que agora era sua vez. Agora era ele quem precisava chegar ao fundo do poço.

Na sala de estar, em sua velha mesa branca, estava a carta de Manon. Foi um triste consolo saber que não fora o único a perder tempo na vida.

Por um instante chegou a se perguntar o que teria acontecido se Catherine não tivesse conhecido Le P., e sim ele.

Passou um bom tempo se perguntando se estava pronto para a carta.

Claro que não.

Ele rompeu o selo, cheirou o papel por alguns segundos. Fechou os olhos e baixou a cabeça por um momento.

Então, Monsieur Perdu se sentou na cadeira bistrô e começou a ler a carta que Manon havia lhe deixado vinte e um anos antes.

12

Bonnieux, 30 de agosto de 1992.

*Já escrevi milhares de vezes para você, Jean, e todas as vezes
precisei começar com a mesma palavra, pois é a mais verdadeira
de todas: "Amado."*

Amado Jean, meu tão amado e distante Jean.

Cometi uma burrice.

Não lhe contei por que o abandonei.

*E agora me arrependo das duas coisas: de tê-lo abandonado
e do meu silêncio sobre o porquê.*

Por favor, continue a ler, não me queime.

Eu não o deixei porque não queria ficar com você.

*Eu queria. Muito mais do que aquilo que está acontecendo
agora comigo.*

Jean, vou morrer muito em breve, acham que no Natal.

Quando fui embora, desejei tanto que você me odiasse.

*Vejo você balançando a cabeça, mon amour. Mas quis fazer
o que o amor considerava correto. E ele não diz: faça o que é
bom para o outro? Pensei que seria bom se você se enfurecesse
a ponto de me esquecer. Assim você não se entristeceria por
mim, não se preocuparia se não soubesse nada da minha morte.
Rompimento, raiva, término — e a vida seguindo em frente.*

Mas me enganei.

Não funciona assim, ainda preciso dizer o que aconteceu comigo, com você, conosco. É belo e ao mesmo tempo horrível, é grande demais para uma carta tão pequena. Se vier até aqui, podemos conversar sobre tudo.

E por isso eu peço, Jean: venha até mim.

Eu tenho tanto medo de morrer.

Mas esperarei até você chegar.

Eu te amo.

MANON

P.S.: Se você não vier porque seus sentimentos não são fortes o suficiente, eu aceitarei. Você não me deve nada, nem mesmo compaixão.

P.P.S.: Os médicos não me deixam mais viajar. Luc está a sua espera.

Monsieur Perdu ficou sentado no escuro e sentiu como se tivesse levado uma surra.

Em seu peito, tudo se contraía.

Não pode ser, pode?

Sempre que piscava, via a si mesmo. Mas o homem de vinte e um anos antes. Exatamente como havia se sentado à mesa, tenso, e se negado a abrir a carta.

Impossível.

Mas ela certamente não teria...?

Ela o traíra duas vezes. Estivera convicto disso. Construíra sua vida sobre essa conclusão.

Teve vontade de vomitar.

Agora precisava admitir que fora ele quem a traíra. Manon esperara em vão que ele fosse até lá enquanto ela...

Não. Por favor, por favor... não.

Ele fizera tudo errado.

A carta, o P.S.... deve ter parecido a ela que se seus sentimentos não eram fortes o suficiente. Como se Jean Perdu nunca tivesse amado Manon o bastante para satisfazer seu louco desejo... seu último, íntimo, tão fervoroso desejo.

E com essa certeza, sua vergonha chegou ao infinito.

Ele a viu diante de si, nas horas e horas durante as semanas após a carta. Como ela esperara que um carro parasse diante de sua casa e que Jean batesse à porta.

O verão fora embora, o outono congelara as folhas caídas, o inverno varrera os galhos das árvores.

Mas ele não chegara.

Ele bateu uma palma diante do rosto, preferia ter se dado um tapa na cara.

E agora é tarde demais.

Com os dedos tremendo muito, Monsieur Perdu dobrou a frágil carta, que surpreendentemente ainda tinha o cheiro de Manon, e enfiou-a de volta no envelope. Em seguida, com uma concentração absoluta, abotoou a camisa, e procurou os sapatos. Arrumou os cabelos no reflexo da janela escurecida pela noite.

Pule agora, idiota repulsivo. Seria uma solução.

Quando ergueu os olhos, viu Catherine à porta.

— Ela era minha... — começou ele, apontando para a carta. — Eu era seu... — Ele não encontrava as palavras. — Mas, na época, tudo pareceu tão diferente.

Qual era mesmo a palavra?

— Amante? — perguntou Catherine depois de um tempo.

Ele assentiu.

Exatamente. Era essa a palavra.

— Isso é bom.

— É tarde demais — disse ele.

Tudo está destruído. Eu estou destruído.

— Parece que ela...

Diga logo.

— ...me deixou por amor. Sim, por amor. Me deixou.

— Vocês vão se ver de novo? — perguntou Catherine.

— Não. Ela está morta. Manon está morta faz muito tempo.

Ele fechou os olhos para não encarar Catherine, para não ver como a magoava.

— E eu a amei. Tanto que parei de viver quando ela se foi. Ela morreu, mas só pensei em como ela havia sido má para mim. Fui um imbecil. E, Catherine, me perdoe, ainda sou. Nem consigo falar direito sobre esse assunto. Preciso ir antes que eu a magoe ainda mais, tudo bem?

— Claro que pode ir. Você não me magoou. A vida é assim mesmo, e não temos mais quatorze anos. Ficamos estranhos quando não temos alguém para amar. E antigos sentimentos acabam tingindo os novos por um tempo. Assim são as pessoas — sussurrou Catherine, tranquila e prudente.

Ela olhou para a mesa branca, o desencadeador de tudo aquilo.

— Queria que meu marido tivesse me deixado por amor. Sem dúvida é o jeito mais bonito de ser deixado.

Perdu andou até Catherine e abraçou-a de forma desajeitada, mesmo sentindo uma grande estranheza naquilo.

13

Ele fez cem flexões enquanto a cafeteira italiana borbulhava. Depois do primeiro gole de café, ele se forçou a fazer duzentos abdominais até os músculos tremerem.

Tomou uma ducha fria e outra quente, barbeou-se e se cortou várias vezes com profundidade. Esperou até o sangue estancar, passou uma camisa branca e fez o nó da gravata. Enfiou algumas notas de dinheiro no bolso da calça e pendurou o casaco no braço.

Ao sair de casa, não olhou para a porta de Catherine. Seu corpo ansiava muito pelo abraço da mulher.

E depois? Eu me consolo, ela se consola, no fim seremos como dois lenços usados.

Pegou os pedidos de livros que os vizinhos deixavam na caixa de correio; cumprimentou Thierry, que limpava as mesas molhadas pelo sereno.

Comeu uma omelete de queijo, sem prestar atenção nem ao menos saborear seu gosto, pois lia concentrado o jornal.

— Como vai? — perguntou Thierry, pousando a mão sobre o ombro de Perdu.

O gesto foi tão sutil, tão cordial — e Monsieur Perdu teve de se esforçar para não afastar a mão de Thierry.

Como ela morreu? De quê? Doeu, ela chamou meu nome? Olhava todos os dias para a porta? Por que fui tão orgulhoso?

Por que precisava acontecer dessa maneira? Que castigo eu mereço? Seria melhor eu me matar? Fazer o que é certo pelo menos uma vez?

Perdu fitou as resenhas dos livros. Esforçou-se para lê-las com total concentração, disposto a não perder nenhuma palavra, nenhuma opinião, nenhuma informação. Ele sublinhava, escrevia comentários e esquecia o que acabara de ler.

Leu novamente...

Não ergueu os olhos nem mesmo quando Thierry disse:

— Aquele carro ali. Ficou a noite toda ali. Será que tem gente dormindo nele? São de novo aquelas pessoas procurando o escritor?

— Procurando Max Jordan? — perguntou Perdu.

Que esse jovem nunca cometa uma tolice como a minha.

Quando Thierry decidiu se aproximar do carro, Perdu saiu da mesa, apressado.

Quando ela ouviu a morte chegando, teve medo. E quis que eu a protegesse. Mas eu não estava lá. Estava ocupado, sentindo pena de mim mesmo.

Perdu sentiu-se mal.

Manon. Suas mãos.

Tinha algo vivo em sua carta, no cheiro, na letra. Tenho tanta saudade dela.

Eu me odeio. Eu a odeio!

Por que ela se deixou morrer? Deve ser um engano. Deve estar viva, em algum lugar.

Ele correu até o banheiro e vomitou.

Não foi um domingo tranquilo.

Ele varreu a escada de portaló, levou os livros que havia se recusado a vender nos últimos dias de volta aos seus lugares. Encaixou-os milimetricamente. Pôs um novo rolo de papel na caixa registradora, não sabia o que fazer com as mãos.

Se eu sobreviver a este dia, sobreviverei também a todos os outros que me restam.

Atendeu um italiano.

— Vi há pouco tempo um livro com um corvo de óculos na capa. Já está traduzido?

Tirou fotografia com um casal de turistas, recebeu pedidos de obras sírias de crítica ao Islã, vendeu meias de compressão para uma espanhola, encheu os pratinhos de Kafka e Lindgren.

Enquanto os gatos perambulavam pelo barco, Perdu folheou o catálogo de materiais de escritório que oferecia não apenas jogos americanos com os contos de seis palavras mais famosos de Hemingway a Murakami, mas também saleiros, pimenteiros e potinhos para tempero na forma das cabeças de Schiller, Goethe, Colette, Balzac e Virginia Woolf, que espalhavam sal, pimenta ou açúcar do cocuruto.

Pra que serve uma coisa dessas?

"Best-seller absoluto na área de *não livros*: os novos marcadores de livros para sua livraria. E com oferta exclusiva: *Degraus*, de Hesse — o apoio *cult* para seu departamento de poesia!"

Perdu encarou a página.

Sabe de uma coisa? Basta. Enfiem seus saleiros de Goethe, seus romances policiais em rolos papel higiênico onde quiserem. E transformaram os Degraus *de Hesse — "Em todo começo reside um encanto." — em decoração de estante. Por favor! Basta!*

O livreiro olhou pela janela, para o Sena. Como a água brilhava, como o céu se fechava.

É bonito, na verdade.

Manon estava tão chateada comigo que precisou me abandonar desse jeito? Porque sou como sou, e por isso não havia outra possibilidade? Falar comigo, por exemplo. Simplesmente dizer o que se passava. Me pedir ajuda. Me contar a verdade.

— Sou um homem que não aguentaria esse tipo de coisa? No fim das contas, que tipo de homem eu sou? — disse ele em voz alta.

Jean Perdu fechou o catálogo, enrolou-o e enfiou-o no bolso de trás da calça cinza.

Era como se os últimos vinte e um anos o tivessem levado exatamente ao lugar onde estava. Àquele minuto, quando ficou claro o que precisava fazer. O que ele deveria ter feito o tempo todo, mesmo sem a carta de Manon.

Monsieur Perdu abriu sua caixa de ferramentas meticulosamente arrumada na sala de máquinas, pegou a aparafusadora a pilha, colocou a broca no bolso da camisa e foi até a escada de portaló. Lá, pôs o catálogo sobre o degrau de metal, ajoelhou-se no papel colorido, encaixou a broca na ferramenta e começou a soltar os grandes parafusos que prendiam a escada de portaló à base do embarcadouro. Um por um.

Para terminar, soltou também a mangueira do tanque de água potável do cais, tirou a tomada do quadro de distribuição de energia do píer e soltou as cordas que prendiam a Farmácia Literária às margens do rio havia duas décadas.

Perdu deu alguns chutes fortes na escada de portaló para que ela finalmente se soltasse da base. Ele empurrou a escada, arrastou-a para dentro do acesso ao barco-livraria, pulou logo atrás dela e fechou a escotilha.

Perdu foi até a popa, onde ficava o leme, pensou na rue Montagnard — "Catherine, me perdoe" — e virou a chave para aquecer o motor.

Então, após os dez segundos de contagem regressiva que Perdu fez com gosto, virou a chave toda.

O motor ligou sem hesitar.

— Monsieur Perdu! Monsieur Perdu! Ei! Espere!

Ele olhou para trás.

Jordan? Sim, era mesmo Jordan! Usava os protetores de orelha e óculos de sol, que Perdu havia identificado como iguais aos de Madame Bomme, um modelo "olhos de mosca" enfeitado com *strass*.

Jordan correu em direção ao barco-livraria, com uma mochila verde no ombro, que sacudia enlouquecida a cada passo, e várias sacolas que se balançavam no braço. Atrás dele corria um casalzinho, os dois com máquinas fotográficas.

— Aonde o senhor vai? — berrou Jordan em pânico.

— Para longe daqui! — gritou Perdu em resposta.

— Excelente, também quero ir!

Jordan jogou seus pertences com força a bordo, quando *Lulu*, tremendo e sacolejando com vibrações incomuns, já havia se afastado um metro da margem. Metade das sacolas caiu na água, entre elas a bolsa de Jordan com celular e carteira.

O motor estalou, o diesel queimou preto e fumacento. Metade do rio ficou coberto por uma névoa azul. Monsieur Perdu viu o capitão do porto xingar e correr na direção deles.

Ele levou a alavanca para a posição "Força Total".

E então o escritor pegou impulso.

— Não! — gritou Perdu. — Monsieur Jordan! Não, está fora de questão! Eu lhe...

E Max Jordan saltou.

14

– ...peço!

Jean Perdu observou enquanto Max Jordan se levantava, esfregando o joelho, olhava para trás, para a metade perdida de suas coisas, que giraram por um instante na superfície da água antes de afundarem — e depois saía mancando e sorrindo até a cabine de controle. Claro que ainda estava com seus protetores de orelhas.

— Bom dia — disse o autor perseguido, feliz. — O senhor também costuma viajar neste barco?

Perdu revirou os olhos. Mais tarde, daria uma bronca em Max Jordan e o botaria para fora do barco educadamente. Naquele momento, precisava se concentrar em tudo que estava por vir! Barcos de vistoria, barcas de transporte, casas-barcos, pássaros, moscas, borrifos de água... Quais eram mesmo as regras? Quem tinha preferência, e qual era a velocidade máxima que podia atingir? E o que significavam aqueles losangos amarelos na parte de baixo das pontes?

Max parecia esperar algo.

— Jordan, cuide dos gatos e dos livros. E faça um café para nós dois. Nesse meio-tempo, vou tentar não matar ninguém com esta coisa.

— Quê? Quem o senhor quer matar? Os gatos? — perguntou o autor, sem compreender.

— Tire essa coisa aí — Perdu apontou para os protetores de orelha de Jordan — e vá fazer café para nós.

Quando, um pouco mais tarde, Max Jordan deixou uma caneca de lata com café forte no suporte ao lado do timão, que tinha o tamanho de um pneu, Perdu já havia se acostumado um pouco com a vibração e a navegação contra a corrente. Fazia tempo que não conduzia a barcaça. Era só controlar o bico que estava diante dele! Tinha o comprimento de três carrocerias de caminhão. E ainda assim era tão discreto. O barco-livraria singrava silenciosamente a água.

Ao mesmo tempo sentia medo e empolgação. Queria cantar e gritar. Os dedos comprimiam o timão. Era loucura o que estava fazendo, era estúpido, era... *fabuloso!*

— Onde o senhor aprendeu a navegar um barco de carga e tudo o mais? — perguntou o escritor, e apontou, surpreso, para os instrumentos de navegação.

— Meu pai me ensinou. Eu tinha doze anos. Com dezesseis, tirei o certificado de navegação, pois pensei que um dia transportaria carvão para o norte.

E me tornaria um homem grande, tranquilo, que nunca chegaria a ser feliz. Meu Deus, como a vida passa rápido.

— Sério? Meu pai não me ensinou nem a dobrar barquinhos de papel.

Paris deslizava ao redor como um rolo de filme. A Pont Neuf, Notre Dame, o Port de l'Arsenal.

— Foi uma verdadeira fuga *à la* James Bond. Leite e açúcar, Mister Bond? — perguntou Jordan. — E o que levou o senhor a fazer isso?

— Como assim? Sem açúcar, Miss Moneypenny.

— Digo, jogar tudo pro alto. Dar no pé. Fazer o Huckleberry Finn na balsa. O Ford Prefect, o...

— Uma mulher.

— Uma mulher? Não pensei que o senhor fosse tão interessado em mulheres.

— Em geral, não. Apenas em uma. Mas muito. Quero ir até ela.

— Ah, ótimo. Por que o senhor não pegou um ônibus?

— Acha que só personagens de livros fazem coisas malucas?

— Não. Só estou pensando que eu não sei nadar e que o senhor dirigiu um monstro desses pela última vez quando ainda era um moleque. E estou pensando que o senhor organizou em ordem alfabética as cinco latas de comida de gato. Provavelmente, o senhor é maluco. Meu Deus! O senhor já teve doze anos? Foi mesmo um menino? Incrível! O senhor age como se sempre tivesse sido tão...

— Tão?

— Tão adulto. Tão... controlado. Tão soberano das coisas.

Se ele soubesse que sou um diletante.

— Eu não teria chegado nem à estação de trem. Isso me daria tempo demais para pensar, Monsieur Jordan. E teria encontrado motivos para não partir. Daí não teria partido. Teria ficado lá em cima — Perdu apontou para a ponte do Sena de onde algumas garotas de bicicleta acenavam para ele —, onde sempre estive. Não teria dado um passo para fora da minha vida normal. Que é uma merda, mas é segura.

— O senhor disse merda.

— Sim, e daí?

— Muito bom! Agora fico muito menos preocupado com as coisas todas em ordem alfabética na sua geladeira.

Perdu pegou o café. Será que Max Jordan ficaria muito mais preocupado se desconfiasse que a mulher pela qual Jean Perdu havia cortado as cordas do barco de forma tão repentina estava morta fazia vinte e um anos? Perdu imaginou como contaria isso a Jordan. Logo. Quando ele soubesse como.

— E o senhor? — perguntou ele. — O que fez o senhor partir, Monsieur?

— Eu quero... procurar uma história — explicou Jordan, hesitante. — Porque dentro de mim... não tem mais nada. Não quero voltar para casa até encontrá-la. Na verdade, eu estava no píer apenas para me despedir, e daí o senhor partiu... Posso ir com o senhor? Por favor? Posso?

Ele olhou para Perdu de forma tão esperançosa que sua intenção de deixar Max Jordan no próximo grande porto e lhe desejar boa sorte foi postergada.

Com o mundo diante de si e a vida malquista ficando para trás, sentiu-se novamente o rapaz que ele — de fato — fora um dia. Mesmo que Max Jordan, em sua juventude, achasse isso difícil de acreditar.

Jean se sentia, na verdade, como quando tinha doze anos. Quando raramente ficava solitário, mas gostava de estar sozinho, ou com Vijaya, o filho magrelo da família vizinha à sua, formada por matemáticos indianos. Quando ainda era criança o suficiente para acreditar que seus sonhos noturnos eram um mundo real alternativo e cheio de provas. Sim, na época acreditava que havia tarefas nos sonhos que, se cumprisse, o levariam um estágio adiante na vida real.

"Encontre a saída do labirinto! Aprenda a voar! Vença o Cérbero! Então, quando estiver acordado, um desejo se tornará realidade."

Na época, era capaz de acreditar na força de seus desejos, que naturalmente era associada à oferta de renunciar a algo amado ou muito importante. "Por favor, faça com que meus pais voltem a olhar um para o outro durante o café da manhã! Dou um olho por isso, o esquerdo. Preciso do direito para conduzir a barca."

Sim, assim ele fugia quando ainda era menino e não tão... como dissera Jordan? Tão controlado? Escrevera cartas a Deus e as selara com sangue tirado do polegar. E naquele momento, com um atraso de mais ou menos mil anos, estava novamente no controle de um barco gigantesco e sentia que ainda tinha desejos.

Perdu deixou escapar um "Rá!" e empertigou-se um pouco mais.

Jordan brincava com os botões do rádio até encontrar a frequência da *VNF Seine*, que controlava o tráfego fluvial.

— ...uma repetição do anúncio aos dois palhaços que encheram o Port des Champs-Élysées de fumaça: o capitão do porto manda seus cumprimentos. O boreste fica para o lado onde seu polegar está à esquerda.

— Ele está falando com a gente? — perguntou Jordan.

— Quem se importa? — desdenhou Monsieur Perdu.

Eles se olharam e abriram um sorrisinho malicioso.

— O que queria ser quando pequeno, Monsieur... hum, Jordan?

— Pequeno? Tipo, quase ontem? — Max gargalhou, animado. Em seguida, falou baixinho: — Queria ser um homem que meu pai levasse a sério. E interpretador de sonhos, o que já contraria o primeiro desejo — acrescentou.

Perdu pigarreou.

— Procure um caminho até Avignon para nós, Monsieur. Procure um belo caminho pelos canais do sul. Um que possa nos trazer... sonhos importantes. — Perdu apontou para uma pilha de mapas, que mostravam uma rede densa de vias fluviais azuis, canais, marinas e eclusas.

Quando Jordan observou-o com olhar questionador, Monsieur Perdu aumentou a velocidade. Com olhos grudados na água, ele disse:

— Sanary diz que, para encontrar as respostas para nossos sonhos, é preciso navegar para o sul. E que é possível se reencontrar lá, mas apenas se a gente se perder no caminho, se a gente se perder totalmente. Pelo amor. Pela saudade. Pelo medo. No sul, deve-se ouvir o mar para entender que o riso e o choro se parecem muito, e que a alma às vezes precisa chorar para ser feliz.

Em seu peito, um pássaro despertou e, com cuidado, abriu as asas, surpreso por ainda viver. Queria sair. Queria romper o peito e levar consigo o coração, queria subir aos céus.

— Estou indo — murmurou Jean Perdu. — Estou indo, Manon.

Diário de Viagem de Manon

No caminho para a minha vida, entre Avignon e Lyon
30 de julho de 1986

É um milagre que não estejam todos a bordo comigo. Já foi bastante irritante que eles (meus pais, tia Julia, que diz que mulheres não precisam de homem nenhum, as primas Daphne, que se acha gorda demais, e Nicolette, que está sempre cansada) tenham descido de suas colinas que cheiram a tomilho e vindo até nossa casa no vale para me acompanhar até Avignon e ver se eu embarcaria mesmo no trem expresso de Marselha a Paris. Imagino que todos quisessem apenas visitar uma cidade de verdade, ir ao cinema e comprar alguns discos do Prince.

Luc não me acompanhou. Teve medo de que eu não fosse querer partir se ele estivesse na estação. E tem razão, pois consigo identificar de longe como ele está se sentindo apenas ao observar o jeito como se levanta ou se senta ou como sustenta os ombros e a cabeça. É um francês sulista da cabeça aos pés, sua alma é fogo e vinho, não sabe o que é ter sangue frio, não consegue fazer nada sem sentimento, nunca é indiferente. Dizem que em Paris a maioria das pessoas é indiferente à maioria das coisas.

Estou na janela do trem expresso, e por mim passam jovens e adultos ao mesmo tempo. É a primeira vez que me despeço de verdade da minha terra natal. Na verdade, eu a vejo pela primeira vez quando me afasto dela quilômetro por quilômetro. O céu tomado de luz, os cantos das cigarras sobre as árvores centenárias, os ventos que fazem girar cada uma das folhas da amendoeira. O calor que é como uma febre. O tremer e faiscar dourado no ar quando o sol se põe e as montanhas íngremes e seus vilarejos encarapitados colorem-se de rosa e mel. E a terra não para de produzir, não para de brotar para nós: faz surgir alecrim e tomilho das pedras, cerejas que quase estouram nas cascas, sementes gordas de tílias que cheiram à risada das garotas quando os jovens camponeses vão até elas à sombra dos plátanos. Os rios brilham como fios finos turquesa entre os penhascos escarpados, e no sul o mar brilha com um azul tão nítido, tão azul quanto as manchas na pele deixadas pelas azeitonas pretas quando se faz amor embaixo de uma oliveira… o tempo todo a terra desafia o homem, cada vez mais, é inclemente. Os espinhos. As rochas. O aroma. Papai diz que a Provence criou seres humanos a partir de árvores, penhascos e fontes coloridas, e os batizou de franceses. São amadeirados, maleáveis, rígidos e fortes, falam das profundezas do seu ser e fervem tão rápido quanto uma panela de água no fogão.

Lá consigo sentir o calor diminuindo, o céu estreitando e perdendo seus raios de cobalto… vejo os contornos da paisagem ficando mais suaves e fracos, quanto mais avançamos a norte. O norte mais frio, mais cínico! Você sabe amar?

Claro que maman tem medo de que algo possa acontecer comigo em Paris. Mas não teme tanto que eu seja feita em pedacinhos por uma das bombas da Facção Libanesa, como tem acontecido desde fevereiro na Galerie Lafayette e na Champs-Élysées, quanto por um homem. Ou, Deus não permita, por uma mulher. Uma das intelectuais de St. Germain, que tem tudo na cabeça, mas nenhum sentimento, e que poderiam me fazer gostar da vida em frias residências de artistas, nas quais as mulheres sempre acabam lavando os criativos pincéis dos homens.

Acho que maman teme que eu me encante por algo fora dos Bonnieux e de seus cedros-do-atlas, vinhas Vermentino e os ocasos róseos que possa colocar em risco meu futuro. Noite passada, na cozinha com ar de verão, eu a ouvi chorar de desespero; ela teme por mim.

Dizem que em Paris todos são extremamente competitivos, e os homens seduzem as mulheres com sua frieza. Toda mulher quer domar um homem e transformar sua crosta de gelo em paixão... toda mulher. Em especial as do sul. É o que diz Daphne, e eu acho que ela enlouqueceu. Sem dúvida, as dietas estão lhe fazendo delirar.

Papa é o provençal controlado. O que o povo da cidade tem a oferecer a alguém como você?, são suas palavras. Eu o amo quando tem seus cinco minutos de humanismo e vê a Provence como berço de toda a cultura nacional francesa. Murmura suas frases occitanas e acha maravilhoso que os últimos agricultores de oliveiras e criadores de tomate suarentos falem a língua de artistas, filósofos, músicos e jovens há quatrocentos anos. Não são como os parisienses, que atribuem a criatividade e o espírito cosmopolita apenas a seus burgueses educados...

Ah, papa! Platão com uma pá de camponês e tão intolerante com os intolerantes. Sentirei falta de seu cheiro de especiarias, do calor de seu peito. E da voz, o estrondo da tempestade no horizonte.

Sei que também sentirei falta das colinas, do azul, do mistral que varre e limpa as montanhas de vinhedos... Trouxe comigo um saquinho de terra e um punhado de ervas. Além disso, um caroço de nectarina, que chupei até ficar bem limpa, e um seixo, que ponho embaixo da língua quando tenho sede da minha terra natal, como fazia Pagnol.

Se Luc me fará falta? Ele sempre esteve lá, nunca senti falta dele. Gostaria de ter saudades dele. Não conheço a atração da qual a prima Daphne que se acha gorda fala, omitindo palavras importantes: "É como se o homem lançasse uma âncora no peito, na barriga, entre as pernas; e quando não está lá, as correntes são puxadas com força." Me pareceu algo terrível de sentir, e, ainda assim, eu ri do que ela disse.

Como será desejar um homem dessa forma? E eu lançarei também esse gancho dentro dele, ou um homem esquece com mais facilidade? Será que Daphne leu isso em um daqueles romances horríveis?

Sei tudo sobre homens, mas nada sobre o homem. Como será um homem quando está com uma mulher? Será que com vinte anos ele sabe como a amará aos sessenta — porque também sabe exatamente como ele pensará, agirá e trabalhará com sessenta anos?

Voltarei daqui a um ano, Luc e eu vamos nos casar, como passarinhos. E então vamos fazer vinhos e filhos, ano após ano. Estou livre neste ano e também para o futuro. Luc não vai fazer perguntas se eu voltar para casa tarde ou se eu, também nos anos seguintes, viajar sozinha para Paris ou a outros lugares. Foi seu presente de noivado: um casamento com liberdade. Ele é assim. Papa não o entenderia — liberação da fidelidade por amor? "A chuva não basta para a terra toda", diria ele; o amor seria a chuva, o homem, a terra. E nós, mulheres, somos o quê? "Vocês cultivam o homem, ele floresce sob suas mãos, esse é o poder das mulheres."

Não sei ainda se eu quero ter o presente da chuva de Luc. É algo muito grande, talvez eu seja pequena demais para ele.

E se eu quiser retribuir? Luc disse que não insistirá nisso e que essa também não seria uma condição.

Sou filha de uma árvore grande e forte.

Minha madeira forma navios, mas não tem âncora nem bandeira. Eu parto em busca de sombra e luz; eu bebo o vento e esqueço todos os portos. Para o inferno com a liberdade, dada ou tomada; em caso de dúvida, sempre é melhor aguentar sozinha.

Ah, e devo ainda mencionar uma coisa antes que minha Joanna d'Arc interior rasgue novamente a camisa e murmure mais versos de liberdade: eu conheci o homem que me viu chorar e escrever no meu diário de viagem. No compartimento do trem. Ele viu minhas lágrimas, e eu as escondi, junto com o sentimento infantil de "quero tudo de volta" que me acometeu assim que saí do meu valezinho...

Ele perguntou se eu sentia muita saudade de casa.

— Eu poderia estar sofrendo de amor, não poderia? — perguntei a ele.

— Ter saudade de casa é sofrer de amor. Só que pior.

Ele é grande para um francês. Livreiro, seus dentes são brancos e o sorriso, afável, os olhos verdes, verdes como as ervas. Um pouco como a cor dos cedros que ficam diante do meu quarto em Bonnieux. A boca tem o vermelho das uvas tintas, os cabelos tão cheios e fortes como galhos de alecrim.

Chama-se Jean. Acabou de reformar uma barca flamenga; quer plantar livros nela, diz ele, "barcos de papel para a alma". Explicou que vai transformá-la numa farmácia, uma pharmacie littéraire, *dedicada a todos os sentimentos para os quais não há remédio. Saudade de casa, por exemplo. Ele diz que há diferentes tipos. Desejo de abrigo, nostalgia familiar, medo de despedida ou anseio de amar.*

"O anseio de amar logo algo que seja bom: um lugar, uma pessoa, uma cama específica."

Ele fala essas coisas de um jeito que não soa bobo, mas sim lógico.

Jean prometeu me dar livros que possam atenuar a saudade de casa. Ele disse isso como se falasse de algo meio místico, mas ainda assim oficialmente medicinal.

Parece um corvo branco, esperto e forte, pairando sobre as coisas. É como um pássaro grande, orgulhoso, que observa tudo do céu.

E, não, eu não fui exata: ele não falou que me daria livros — diz que não suporta promessas. Ele fez uma sugestão.

— Posso ajudá-la. Se a senhorita quiser chorar mais ou parar de chorar. Ou rir para chorar menos: eu ajudo.

Tenho desejo de beijá-lo para ver se ele é capaz, além de falar e saber, de também sentir e acreditar.

E até que altura ele consegue voar, o corvo branco que vê tudo que tem dentro de mim.

⚡ 15 ⚡

— Estou com fome — disse Max.

— Temos água potável suficiente? — perguntou Max.

— Também quero pilotar! — exigiu Max.

— Não temos nenhum anzol a bordo? — lamentou-se Max.

— Eu me sinto meio castrado sem telefone nem cartão de crédito. O senhor não? — suspirou Max.

— Não. O senhor pode limpar o barco — retrucou Perdu. — É meditação com movimento.

— Limpar? Sério? Olha, lá vêm os velejadores suecos de novo — disse o escritor. — Sempre velejam no meio do rio como se fossem seus descobridores. Os ingleses são diferentes; dão a impressão de que são os únicos que pertencem ao rio e todos os outros deviam aplaudir e acenar bandeirinhas para eles. Bem, é a batalha de Trafalgar. Ainda lhes causa incômodo.

Ele abaixou os binóculos.

— Temos mesmo que hastear uma bandeira nacional lá na traseira?

— Popa, Max. O traseiro do navio se chama popa.

Quanto mais avançavam pelo sinuoso Sena, mais agitado ficava Max — e mais tranquilo Jean Perdu.

O rio serpenteava em grandes curvas, suaves e tranquilas por florestas e parques. Às margens, enfileiravam-se terrenos amplos, grandiosos, com casas que indicavam fortunas antigas e segredos familiares.

— Procure no baú do navio, ao lado das ferramentas, uma bandeira e um estandarte *tricolore* — instruiu Perdu. — E procure também estacas e uma marreta, porque precisaremos delas para atracarmos se não encontrarmos um porto.

— Arrá! E como vou saber como se atraca?

— Hum... veja a explicação em um livro sobre férias em barcos.

— Tem livros de pesca também?

— Ficam na seção marcada como "Sobrevivência no campo para moradores da cidade grande".

— E onde está o balde de limpeza? Também em um livro?

Max deu uma risada meio grunhida e pôs novamente os protetores de orelha.

Perdu viu um grupo de canoístas adiante e apertou com força a buzina do barco para alertá-los de sua presença. O tom era profundo, alto, e ecoou em seu peito e estômago — bem embaixo do umbigo e de lá ainda mais para baixo.

— Ai — sussurrou Monsieur Perdu.

Ele puxou de novo a alavanca da buzina.

Só homens poderiam ter inventado isso.

Com o estrondo e seu eco, sentiu novamente a pele de Catherine sob seus dedos. Como a pele do músculo deltoide sobre o ombro relaxara. Suave, morno, liso. E arredondado. A lembrança de ter tocado Catherine deixou Jean totalmente atordoado por um instante.

Acariciar mulheres, dirigir barcos, simplesmente fugir.

Bilhões de células pareceram acordar dentro dele, piscavam adormecidas, estiravam-se, diziam: Ei! Sentimos sua falta. Mais, por favor. Pisa fundo!

Boreste à direita, bombordo à esquerda, o canal era limitado por tonéis coloridos, suas mãos ainda sabiam disso e navegavam entre eles. E as mulheres é que são espertas, não lutam contra sentimentos e pensamentos e amam sem limites — sim, disso ele sabia bem.

E cuidado com os redemoinhos diante da porta de uma eclusa.

Cuidado com as mulheres que sempre querem ser fracas. Elas não deixam os homens revelarem nenhuma fraqueza.

Mas o capitão tem a última palavra.

Ou sua esposa.

Atracar em algum momento? Estacionar com aquela coisa era de certa forma tão fácil quanto silenciar pensamentos na hora de dormir. Ah, bem! Naquela noite simplesmente desviaria para a bela, longa e clemente amurada de um cais, manobraria suavemente com os remos laterais, quando ele os encontrasse, e... então?

Talvez fosse melhor mirar nas margens mesmo.

Ou continuar navegando até o fim da vida.

De um jardim bem-cuidado às margens, um grupo de mulheres o observava. Uma delas acenou. Era raro passarem por ali barcas ou embarcações de carga flamengas, antepassados distantes de *Lulu*, conduzidas por fleumáticos capitães que passavam devagar e tranquilos e viravam apenas com um polegar os grandes e suaves timões.

Então, de repente, a civilização desapareceu. Depois de Melun, mergulharam em um verde de verão.

E que aroma! Tão puro, tão fresco e limpo.

Mas ainda havia outra coisa que era totalmente diferente de Paris. Faltava algo bem distinto, algo a que Perdu estava muito acostumado, cuja ausência lhe dava uma leve tontura e um zumbido nos ouvidos.

Quando percebeu o que era, um alívio gigantesco o varreu.

Faltava o ruído dos carros, o rugir do metrô, o zumbir do ar--condicionado. O chiar e murmurar de milhões de máquinas e aparelhos, elevadores e escadas rolantes. Faltavam os ruídos de ré dos caminhões, dos freios do trem ou dos pneus em seixos e pedras. A música do baixo dos vizinhos valentões dois prédios adiante, os estrondos dos skates, o barulhar das mobiletes.

Era uma tranquilidade dominical que Perdu sentira pela primeira vez de forma tão plena e profunda quando seu pai e sua mãe o levaram para visitar parentes na Bretanha. Lá, entre Pont-Aven e Kerdruc, o silêncio lhe parecera como a verdadeira vida, que se escondia do povo da cidade grande em Finistère, o fim do mundo. Para ele, Paris era uma máquina gigantesca e estrondosa que produzia um mundo de ilusões para seus habitantes. Punha-os para dormir com aromas de laboratório que imitavam a natureza, ninava as pessoas com sons, com luz artificial e oxigênio falso. Como na obra de E. M. Forster, que ele amava quando jovem. Quando a "máquina" literária de Forster para um dia, as pessoas que se comunicavam apenas pela tela do computador morrem com o silêncio repentino, o sol puro e a intensidade das próprias percepções não filtradas. Morrem de tanto viver.

Foi exatamente assim que Perdu se sentiu naquele momento: assolado por percepções mais que intensas, que nunca tivera na cidade. Como seus pulmões doíam quando ele respirava fundo! Como seus ouvidos estalavam nessa liberdade desconhecida da tranquilidade! Como seus olhos se recuperavam porque viam formas vívidas.

O aroma do rio, o vento sedoso, o espaço aberto sobre a cabeça. A última vez que sentira essa tranquilidade e essa amplidão fora quando Manon e ele cavalgaram por Camargue, no fim do verão, sob um céu azul-claro. Os dias ainda eram tão claros e quentes como um forno. Nas noites, no entanto, o mato alto das campinas e as florestas beirando os lagos pantanosos se encharcavam de orvalho. O ar era permeado pelo aroma outonal, pelo sal das salinas. Cheirava a fogueiras dos ciganos e dos sinti, que, escondidos entre pastos de touros, colônias de flamingos e pomares antigos e esquecidos, viviam em acampamentos de verão.

Jean e Manon cavalgaram em dois cavalos brancos esguios e de passos firmes entre as regiões ermas dos lagos e as estradinhas serpenteantes que terminavam na floresta até as praias desertas. Apenas esses cavalos, nascidos em Camargue, que conseguiam se alimentar com o focinho embaixo da água, encontravam os caminhos ali, naquele vazio encharcado. Na vastidão tão vazia. Na tranquilidade tão distante.

— Entendeu, Jean? Eu e você, Adão e Eva no fim do mundo?

Como a voz de Manon conseguia ser sorridente. Como um chocolate derretido sorridente.

Era como se tivessem descoberto um mundo novo no fim do mundo, que permanecera intocado nos últimos dois mil anos pelas pessoas e sua loucura de transformar a natureza em cidades, ruas e supermercados.

Não havia árvores altas, colinas nem prédios à vista. Apenas o céu e, embaixo dele, suas cabeças eram o limite. Viram cavalos selvagens passando em manadas. Garças e gansos selvagens pescando, cobras perseguindo lagartos cor de esmeralda. Sentiam todas as orações de milhares de peregrinos que o Ródano havia arrastado de sua fonte sob a geleira até esse delta imenso que agora corria entre giestas, salgueiros e pequenas árvores.

As manhãs eram frescas e inocentes, deixavam-no mudo de gratidão por ter nascido. Todos os dias nadava à luz do sol nascente no Mediterrâneo, corria nu, aos berros, pela praia de areia fina, e sentia-se unido e pleno com o vazio natural. Tão cheio de força. Manon ficava admirada: como ele nadava, arriscava pegar peixes e realmente capturava alguns. Haviam começado a se apartar da civilização. Jean deixara crescer a barba, os cabelos de Manon lhe caíam sobre o peito, enquanto cavalgavam seus animais de orelhas pequenas, bondosos e compreensivos. Os dois já tinham a pele castanha de tanto se bronzearem, e, à noite, quando se amavam na areia ainda morna, ao lado da fogueira de madeira à deriva colhida no rio, Jean sorvia a mistura adocicada e herbal da pele de Manon. Sentia o gosto de sal marinho, do sal do suor da mulher, do sal das campinas do delta, nas quais rio e mar se entrelaçavam como amantes.

Quando se aproximava da penugem preta entre as coxas dela, Jean era arrebatado pelo aroma hipnótico de feminilidade e vida. Manon tinha o cheiro da égua que cavalgava de forma tão íntima e controlada, cheiro de liberdade. Exalava uma mistura de temperos orientais e da doçura de flores e mel — cheirava a mulher!

Sem parar, ela sussurrava, suspirava seu nome, envolvia as letras em um jorro cheio de desejo ofegante. "Jean! Jean!"

Nessas noites, ele era mais homem do que jamais fora. Ela se abria para ele, apertava-se contra ele, sua boca, seu ser, seu pau. E em seus olhos arregalados e fixos nos dele sempre se refletia a lua. Apenas um filete, em seguida um semicírculo e, finalmente, o disco vermelho inteiro.

Ficaram em Camargue por meia rota lunar, selvagens, Adão e Eva na cabana de junco. Eram fugitivos e descobridores; e ele nunca perguntou a quem Manon precisara mentir para sonhar ali, no fim do mundo, com touros, flamingos e cavalos. Às noites, apenas a respiração dela embrenhava-se no silêncio absoluto sob o céu estrelado. A respiração doce, tranquila e profunda de Manon.

Ela era a respiração do mundo.

Apenas quando Monsieur Perdu abandonou essa imagem de Manon dormindo, respirando fundo no fim estranho e selvagem do sul, aos poucos, muito aos poucos, como se lançasse um barquinho de papel na água, percebeu que havia ficado o tempo todo encarando a paisagem com os olhos arregalados. E que podia se lembrar de sua amada sem desmoronar.

16

— Tire esses protetores de orelha de uma vez por todas, Jordan. Ouça como é silencioso aqui.

— Psiu! Não fale tão alto! E não me chame de Jordan. É melhor eu escolher um pseudônimo.

— Ah, tá. Qual?

— Agora sou Jean. Jean Perdu.

— Desculpe, *eu* sou Jean Perdu.

— Genial, não é? Já podemos parar de nos tratar pelo sobrenome?

— Não, não podemos.

Jordan puxou os protetores de orelha para trás. Em seguida, fungou.

— Está cheirando a ovas de peixe aqui.

— O senhor cheira com as orelhas?

— O que acontece se eu cair nas ovas de peixe e um bando subdesenvolvido de peixes-gatos me devorar?

— Monsieur Jordan, em geral as pessoas só caem do barco quando estão bêbadas e tentam mijar na amurada. Use o banheiro e vai sobreviver. Além disso, peixes-gatos não comem gente.

— Ah, é? Como sabe? Isso também está em um livro? O senhor sabe muito bem que o que as pessoas escrevem nos livros é apenas a verdade que elas conhecem a partir de sua escrivaninha. Por exemplo, a Terra já foi um disco que pendia no espaço como uma bandeja de cantina esquecida. — Max Jordan espreguiçou-se, e seu estômago roncou alto e acusador. — Deveríamos comer alguma coisa.

— Na geladeira o senhor vai encontrar...

— ... principalmente comida de gato. Coração e frango, não, obrigado.

— Não se esqueça da lata de feijões brancos.

Precisavam fazer compras com urgência. Sim, mas onde? Perdu quase não tinha dinheiro no caixa, e os cartões de Jordan haviam afundado no Sena. De qualquer forma, o tanque de água duraria por um tempo para privada, pia e banho. Ainda tinha duas caixas de água mineral. Mas, para o longo caminho até o sul, não bastariam. Monsieur Perdu suspirou. Havia se sentido até então um bucaneiro, mas começou a se ver como um grumete.

— Eu sou um desbravador! — disse Jordan, triunfante, pouco depois, quando saiu do ventre de *Lulu* para a cabine de comando com uma pilha de volumes e um tubo de papelão embaixo do braço. — O que temos aqui? Um livro de testes sobre navegação com todos os sinais de tráfego que um burocrata entediado da União Europeia pode imaginar. — Ele bateu o volume ao lado do timão. — Além disso... um livro sobre como fazer nós. Vou ficar com ele. E olhe para isto: um estandarte para o traseiro... *pardon*... para a popa e, atenção, senhoras e senhores, uma bandeira!

Ele ergueu o tubo de papelão e desenrolou uma grande bandeira.

Era um pássaro preto e dourado com asas estendidas. Vendo mais de perto, era possível enxergar um livro estilizado com a lombada formando o corpo do pássaro, a capa e as páginas sendo as asas. O pássaro de papel tinha cabeça de águia e usava um tampão de olho, como um pirata. Era bordado em tecido castanho-avermelhado.

— Então? Essa é nossa bandeira ou não?

Jean Perdu sentiu uma pontada no lado esquerdo do esterno. Ele se curvou.

— O que está acontecendo? — perguntou Max Jordan, assustado. — O senhor está tendo um infarto? Se sim, não me diga para procurar em um livro como inserir um cateter!

Mesmo sem querer, Perdu teve de rir.

— Está tudo bem — arfou. — É só... surpresa. Me dê um segundo.

Jean tentou engolir a dor. Acariciou os pontos filigranados, o tecido, o bico do pássaro-livro. E, em seguida, o único olho. Manon havia bordado a bandeira para a inauguração do barco-livraria, enquanto trabalhava ao mesmo tempo em sua colcha provençal de noivado. Seus dedos, seus olhos deslizaram pelo tecido — aquele tecido...

Manon. É a única coisa que restou de você?

— Por que vai se casar com ele, com o vinicultor?

— Ele se chama Luc. E é meu melhor amigo.

— Meu melhor amigo é Vijaya, mas nem por isso quero me casar com ele.

— Eu amo Luc, e vai ser bonito me casar com ele. Ele deixa que eu seja eu mesma em tudo. Incondicionalmente.

— Você poderia se casar *comigo* e também seria bonito.

Manon deixou a bandeira bordada cair no colo; o olho do pássaro já fora quase preenchido até a metade.

— Eu já estava nos planos de vida de Luc quando você nem sabia que pegaríamos o mesmo trem.

— E você não quer pedir para ele mudar os planos.

— Não, Jean. Não. Eu não quero fazer isso *comigo*. Luc sentiria falta de mim. Ele não exige nada. Eu o quero. Quero você também. Quero o norte e o sul. Quero a vida com tudo o que a vida pode me dar! Eu me decidi contra o "ou" e a favor do "e". Luc me permite todos os "e". Você conseguiria fazer isso se fôssemos marido e mulher? Se houvesse mais alguém, um segundo Jean, um Luc, ou dois ou...

— Eu preferiria ter você toda para mim.

— Ah, Jean. O que eu desejo é egoísta. Eu sei. Só posso pedir para você que fique comigo. Preciso de você para sobreviver.

— A vida toda, Manon?

— A vida toda, Jean.

— Isso basta para mim.

Como um pacto, ela espetou a agulha no dedão e manchou a parte do olho do pássaro com sangue.

Talvez fosse apenas sexo. Era o que ele temia: que ele significasse apenas sexo para ela. Mas, quando dormiam juntos, nunca era "apenas sexo". Era a conquista do mundo. Era uma oração fervorosa. Reconheciam o que eram, as almas, os corpos, a ânsia pela vida, o medo da morte. Era uma celebração da vida.

Agora, Perdu já conseguia respirar fundo de novo.

— Sim, essa é nossa bandeira, Jordan. É perfeita. Hasteie na proa, onde todos possam vê-la. Lá na frente. E a *tricolore* aqui, na popa. Rápido.

Enquanto Max se inclinava na direção da popa para descobrir qual dos cabos que batiam com o vento era adequado para pregar a bandeira francesa, e em seguida saía aos tropeços pela livraria até a proa, Perdu sentiu uma ardência nos olhos. Mas sabia que não poderia chorar.

Max encaixou a bandeira, puxando-a para hasteá-la bem alto.

A cada puxada, o coração de Perdu se contraía.

A bandeira tremulou orgulhosa ao vento. O pássaro-livro voou.

Perdão, Manon. Perdão. Eu era jovem, tolo e vaidoso.

— Ai, ai. A polícia vem vindo! — gritou Max Jordan.

❦ 17 ❦

A embarcação da *gendarmerie* aproximou-se com rapidez. Perdu diminuiu a velocidade enquanto o barco a motor manobrável prendia-se nos ganchos laterais de *Lulu*.

— Acha que ficaremos em uma cela dupla? — perguntou Max.

— Preciso pedir que me incluam no programa de proteção a testemunhas — disse Max.

— Ah, será que minha editora os mandou? — questionou Max, preocupado.

— Na verdade, o senhor deveria ir lavar umas janelas ou treinar dar alguns nós — murmurou Perdu.

Um *gendarme* elegante, com óculos de aviador, pulou a bordo e subiu habilmente até a cabine de comando.

— *Bonjour Messieurs. Service de la navigation de la Seine, Arrondissement Champagne*, sou o cabo Levec — falou ele rapidamente.

Era perceptível como o homem amava sua posição. Perdu estava quase esperando que o cabo Levec lhe desse uma multa pelo abandono não autorizado da própria vida.

— Infelizmente, sua placa de Navegação Fluvial Francesa não está visível. E peço que o senhor me mostre os coletes salva-vidas obrigatórios, por favor. Obrigado.

— Vou ali limpar umas janelas — disse Jordan.

Quinze minutos, uma reprimenda e uma multa depois, Monsieur Perdu esvaziou o caixa e o dinheiro que tinha nos bolsos em troca de uma placa de navegação em águas francesas, um conjunto de coletes salva-vidas neon, que eram obrigatórios nas eclusas do Ródano, e uma edição oficial das diretrizes da NFF. Mas o dinheiro não foi suficiente.

— Então — disse o cabo Levec. — O que fazemos agora?

Havia um brilho de satisfação em seus olhos?

— Por acaso o senhor gosta de ler? — perguntou Perdu, e sentiu que murmurava envergonhado.

— Claro. Não considero correto esse costume bobo de botar no mesmo barco homens que leem e fracotes e afeminados — respondeu o *gendarme* fluvial, enquanto acariciava Kafka, que fugiu dele com a cauda empinada.

— Posso oferecer talvez um livro... ou alguns livros como saldo do pagamento?

— Bem, posso levá-los em troca dos coletes. Mas o que fazemos com a multa? E como os senhores querem pagar a taxa de detenção? Não tenho certeza se os proprietários da marina são muito... fanáticos por livros. — O cabo Levec pensou um pouco. — Sigam os holandeses. Eles sabem onde almoçar e atracar de graça.

Quando passaram pelas estantes de livros no ventre de *Lulu* para que Levec pudesse escolher o pagamento do saldo, o cabo da NFF virou-se para Max, que polia a janela ao lado da poltrona de leitura e evitava olhar diretamente para o *gendarme*.

— Ei, o senhor não é aquele escritor famoso?

— Eu? Não. Com certeza não. Eu sou... hum... — Jordan olhou rapidamente para Perdu — ... filho dele, um vendedor de meias esportivas totalmente normal.

Perdu encarou-o. Jordan havia acabado de se oferecer para adoção?

Levec pegou *A noite* de uma pilha. O *gendarme* examinou a imagem de Max na orelha do livro.

— Tem certeza?

— Hum... talvez seja eu, sim.

Levec deu de ombros, compreensivo.

— Claro. Com certeza o senhor tem muitas fãs.

Max mexeu nos protetores de orelha que trazia ao redor do pescoço.

— Sei lá — murmurou ele. — Pode ser.

— Bem, minha ex-noiva amou seu livro. Falava dele sem parar para mim. *Pardon*, digo, o livro do camarada que parece com o senhor. Talvez o senhor pudesse... escrever o nome dele aqui?

Max assentiu.

— Para Frédéric — ditou Levec —, meu grande amigo.

Max escreveu a dedicatória com dentes cerrados.

— Ótimo — disse Levec, e abriu um sorriso para Perdu. — Seu filho também vai pagar a multa?

Jean Perdu assentiu.

— Mas é claro. Ele é um bom rapaz.

Depois de Max esvaziar os bolsos e entregar algumas notas e moedas de pouco valor, os dois ficaram lisos. Com um suspiro, Levec pegou outras publicações recentes "para os colegas" e um livro de receitas, *Cozinha para solteiros*.

— Espere aí — pediu Perdu.

Em seguida, pesquisou rapidamente a seção "Amor para principiantes" e pegou a autobiografia de Romain Gary.

— Para que isso?

— O que o senhor quer saber é o que isso cura, caro cabo — corrigiu Perdu com delicadeza. — Cura a decepção de saber que nenhuma mulher nos ama mais do que aquela que nos deu à luz.

Levec enrubesceu e saiu bem rápido do barco-livraria.

— Obrigado — sussurrou Max.

Quando o barco da *gendarmerie* se foi, Perdu teve mais certeza ainda de que romances sobre fugitivos e aventureiros fluviais deixava de fora coisas tão banais como selos tributários e multas por coletes salva-vidas.

— O senhor acha que ele vai contar para alguém que estou aqui? — perguntou Jordan quando o barco policial se afastou.

— Por favor, Jordan. O que há de tão terrível assim em conversar com algumas fãs ou com a imprensa?

— Eles podem perguntar em que estou trabalhando?

— Sim, e daí? Diga a verdade. Que o senhor está refletindo, que o senhor tirou um tempo para encontrar uma história e vai contá-la quando a tiver encontrado.

Jordan encarou-o como se nunca houvesse olhado para ele antes.

— Anteontem liguei para o meu pai. Ele não lê muito, sabe? Apenas jornais esportivos. Contei para ele das traduções, dos royalties e que logo terei meio milhão de livros vendidos. Que eu poderia ajudá-lo, já que a aposentadoria dele não é lá essas coisas. O senhor sabe o que meu pai me perguntou?

Monsieur Perdu aguardou.

— Se eu não vou trabalhar em algo sério. E que já ouviu dizer que eu escrevi uma história pervertida. Que metade da vizinhança já o difamava à boca pequena. Se eu sabia o que estava causando com a minha loucura.

Max parecia infinitamente magoado e perdido.

Monsieur Perdu sentiu um impulso incomum de abraçar Max. Quando finalmente o fez, precisou de duas tentativas até saber onde passar o braço para acomodar Max Jordan em seu ombro. Eles ficaram lá parados, tensos, com os quadris levemente afastados.

Então, Perdu sussurrou por baixo dos protetores de orelha:

— Seu pai é um covarde ignorante.

Max teve um sobressalto, assustado, mas Perdu segurou-o com força. Falava devagar, como se compartilhasse um segredo com o jovem.

— Ele merece imaginar que as pessoas estão falando dele. Em vez disso, provavelmente estão falando do senhor. Se perguntando como uma pessoa como seu pai pode ter um filho tão surpreendente, tão maravilhoso. Talvez seja seu maior feito.

Max resfolegou alto. Sua voz era frágil quando sussurrou:

— Minha mãe disse que ele não pensa assim. Só não consegue expressar seu amor. E todas as vezes que ele me xingava e batia, na verdade estava apenas me amando muito.

Nesse momento, Perdu tomou seu jovem acompanhante pelos ombros, fitou seus olhos intensamente e disse, enfático:

— Monsieur Jordan. *Max*. Sua mãe mentiu porque queria confortá-lo. Mas é loucura interpretar maus tratos como amor. O senhor quer saber o que *minha* mãe dizia?

— Não brinque com essas crianças sujas.

— Ah, não. Ela não é elitista. Ela dizia que muitas mulheres são cúmplices de homens cruéis, indiferentes. Mentem por esses homens. Mentem para seus filhos. Porque elas mesmas foram tratadas dessa maneira pelos pais. Essas mulheres querem acreditar que, por trás da crueldade, se esconde o amor, para não enlouquecerem de dor. Mas o fato, Max, é que isso não é amor.

Max limpou uma lágrima do canto do olho.

— Muitos pais não amam seus filhos. Para eles, os filhos são um fardo. Ou enfadonhos. Ou assustadores. Esses pais se ressentem dos filhos porque viraram pessoas diferentes do que eles imaginaram. E se irritam com os filhos porque são o desejo da mulher de solidificar um casamento em que não há o que solidificar. Seu meio de forçar um casamento amoroso onde não há amor. E esses pais descontam nos filhos. Não importa o que façam, os pais sempre os tratarão de forma odiosa e malvada.

— Pare, por favor.

— E os filhos, os filhos pequenos, carinhosos, saudosos — continuou Perdu, com suavidade, pois a tortura íntima de Max o tocava imensamente —, fazem de tudo para ser amados. De tudo. Pensam que com certeza são culpados pelo fato de o pai não conseguir amá-los. Mas, Max — nesse momento, Perdu ergueu o queixo de Jordan —, eles não são culpados. Você já descobriu isso em seu maravilhoso romance. Não podemos decidir amar. Não podemos fazer ninguém nos amar. Não há receita. Há apenas o amor. E nós estamos a sua mercê. Não podemos fazer nada.

Max chorava copiosamente, caído de joelhos e abraçado às pernas de Monsieur Perdu.

— Está bem, está bem — murmurou ele. — Vai passar. Quer pilotar um pouco?

Max apertou as pernas da calça.

— Não! Eu quero fumar! Quero tomar um porre! Quero me reencontrar! Quero escrever. Quero decidir quem me ama e quem não me ama, quero determinar se o amor dói, quero beijar mulheres, quero...

— Está bem, Max, calma. Está bem. Vamos atracar, conseguir algo para fumar e beber e a questão das mulheres... veremos. — Perdu ergueu o rapaz; Max recostou-se nele e encheu a camisa bem-passada com lágrimas e perdigotos.

— Isso me dá vontade de vomitar! — soluçou ele.

— É, o senhor tem razão. Mas, por favor, vomite na água, não no convés, do contrário vai ter que limpar.

Uma risadinha invadiu o choro aos soluços de Max Jordan. Ele chorava e ria enquanto Perdu passava o braço por seu ombro. Quando o barco-livraria tremeu e bateu com tudo na margem com o convés de ré, os homens caíram juntos, primeiro sobre o piano e depois no chão. Das estantes, choveram livros.

— Humpf — fez Max quando um volume pesado caiu sobre a barriga.

— Dira o joelho za mina boca — pediu Perdu.

Em seguida, olhou pela janela e o que viu não lhe agradou.

— Estamos à deriva!

18

Com valentia, Perdu levou o barco, empurrado de lado pela correnteza, para longe da margem. Infelizmente, a popa de *Lulu* girou com a manobra, deixando a longa barca atravessada no rio como uma rolha no gargalo de uma garrafa e em meio ao fogo cruzado de uma buzinação agressiva das embarcações que tiveram a passagem bloqueada. Uma barcaça de canal inglesa, daquelas casas-barcos com dois metros de largura, mas muito compridas, por pouco conseguiu evitar bater no casco de Lulu.

— Seus asnos de rio! Avestruzes idiotas! Peixes cegos! — xingaram os ingleses do barco verde-escuro.

— Monarquistas! Infiéis! Cortadores de casca de pão! — gritou Max com a voz anasalada pelo choro, fungando algumas vezes para dar mais força à voz.

Quando a Farmácia Literária de Perdu se virou para não ficar mais atravessada no rio, mas na direção certa, ouviram aplausos. Eram três mulheres com camisetas listradas em uma embarcação alugada.

— Olá, paramédico literário! Que manobra maluca!

Perdu puxou a alavanca da buzina e cumprimento a nau do mulheril com três toques gentis. As três acenaram enquanto o barco-livraria as ultrapassava com naturalidade.

— Siga aquelas damas, *mon* capitão. Precisamos virar à direita em Saint-Mammès. Quer dizer, a boreste, como se diz — observou Max. Havia escondido os olhos vermelhos de choro por trás dos óculos de sol de strass igual ao de Madame Bommes. — Lá procuraremos uma filial do meu banco e faremos compras. Os ratos estão com tanta fome que já se enforcaram em seu armário organizado por ordem alfabética.

— Hoje é domingo.

— Ah, é. Então vamos ter mais ratos suicidas.

Com um entendimento implícito, os dois concordaram em agir como se não estivessem em um momento de desespero.

Quanto mais o dia avançava, mais pássaros cruzavam o céu — gansos cinzentos, patos, ostraceiros que piavam, avançando para seus ninhos nos bancos de areia e às margens do rio. Perdu ficou fascinado pelos milhares de variações de verde que encarava. E tudo aquilo estava escondido o tempo todo, tão perto de Paris?

Os homens aproximaram-se de Saint-Mammès.

— Meu Deus — murmurou Perdu. — Está agitado aqui.

No porto fluvial, barcos de todos os tamanhos apinhavam-se, portando estandartes com dezenas de cores de países. Dentro deles havia muitas pessoas sentadas, jantando — e todas, sem exceção, encararam o grande barco-livraria.

Perdu ficou tentado a acelerar para longe dali.

Max Jordan examinava o mapa.

— Daqui se pode continuar em todas as direções: para o norte até a Escandinávia, ao sul até o Mediterrâneo, para leste e para cima até a Alemanha. — Ele olhou para a marina. — É como estacionar de ré diante da única sorveteria da cidade no meio do verão e todos olharem. Inclusive a rainha do baile e seu noivo rico com sua gangue.

— Obrigado, fico muito mais tranquilo.

Perdu conduziu Lulu com a menor velocidade possível até se aproximar do porto.

Tudo que ele precisava era de espaço. De muito, muito espaço.

E encontrou. Bem no fim do porto, lá, onde estava atracado apenas um único barco. Uma barcaça de canal inglesa verde-escura.

Conseguiu na segunda tentativa, dando apenas uma encostadinha no barco inglês, com relativa delicadeza.

Da cabine, saiu um homem nervoso segurando uma taça com vinho pela metade. A outra metade do vinho havia aterrissado em sua blusa. Junto com as batatas. E o molho.

— Que diabos nós fizemos aos senhores para que nos ataquem o tempo todo? — gritou ele.

— Desculpe — gritou Perdu. — Nós… hum… o senhor gosta de ler, por acaso?

Max levou o livro de como fazer nós até a amurada. Em seguida, atracou o barco com as cordas da popa e o espringue de popa nos cabeços de amarração como as imagens do livro mostravam. Precisou de muito tempo e recusou-se a pedir ajuda. Enquanto isso, Perdu procurou um punhado de romances em língua inglesa e os deu para o britânico. Ele os folheou e estendeu a mão para Perdu.

— O que você deu para ele? — perguntou Max em um murmúrio.

— Literatura de relaxamento da biblioteca dos sentimentos medianos — rouquejou Perdu como resposta. — Em caso de raiva, nada é mais tranquilizador que uma bela obra de violência, em que só falta espirrar sangue das páginas.

Quando Perdu e Jordan passaram pelo pontão, na direção da capitania fluvial, sentiram-se como meninos que tinham acabado de beijar uma garota pela primeira vez e voltavam para casa vivos e com uma experiência incrivelmente excitante para contar.

O capitão do porto, um homem com pele de iguana queimada de sol, mostrou-lhes onde ficavam as caixas de força, a água potável e o tanque de dejetos. Além disso, exigiu quinze euros de adiantamento como taxa de atracação. Não havia opção: Perdu precisou quebrar o cofre de gatinho onde ficavam as gorjetas em seu caixa; na fenda entre as orelhas de porcelana caía de vez em quando uma ou outra moeda.

— Seu filho pode esvaziar o tanque de dejetos, para isso a gente não cobra nada.

Perdu suspirou fundo.

— Claro. Meu *filho...* vai cuidar dos banheiros.

Jordan lançou para ele um olhar nada amigável.

Quando Max saiu com o capitão do porto para encaixar as mangueiras do tanque de dejetos, Jean olhou para ele. Como o jovem Jordan caminhava faceiro! Ainda tinha todo o cabelo. E provavelmente conseguia comer de tudo sem se preocupar com barriga ou culotes. Será que sabia que tinha a vida toda pela frente para cometer erros terríveis?

Ah, não, não quero voltar a ter vinte e um anos, pensou Jean. Só se pudesse ter o mesmo conhecimento de hoje.

Ah, que droga. Ninguém ficaria inteligente se não tivesse sido jovem e estúpido em algum momento.

No entanto, quanto mais pensava em tudo que perdera e no que Jordan ainda tinha, mais irritadiço ficava. Era como se os anos tivessem escorrido por seus dedos — quanto mais velho ficava, mais rápido escorriam. E antes que se desse conta, precisaria de remédio para pressão alta e um apartamento no térreo.

Jean teve de pensar em Vijaya, seu amigo de juventude. A vida dele fora muito parecida com a de Perdu — até este perder seu amor e o outro o encontrar. Naquele mês de verão em que Manon abandonara Perdu, Vijaya conhecera sua futura esposa, Kiraii, em um acidente de carro — ele circulava havia horas em velocidade mínima ao redor da Place de la Concorde com sua *scooter*, com medo de cruzar as pistas movimentadas da rotatória. Ela era uma mulher cosmopolita, cordial e decidida, que sabia exatamente como queria viver. Para Vijaya fora fácil entrar nos planos de vida dela, pois seus próprios planos cabiam no período das 9h às 18h: ele havia se tornado chefe de pesquisa científica, especializado na estrutura e na capacidade reativa de células humanas e de seus receptores sensoriais. Queria saber por que as pessoas sentiam amor quando comiam algo específico, por que os cheiros desencadeavam lembranças da infância há muito enterradas. Por que se tinha medo dos sentimentos. Por que as pessoas tinham nojo de meleca e de aranhas. Como as células no corpo se comportavam quando um ser humano agia como ser humano.

— Ou seja, você procura a alma — Perdu lhe falara naquela época, em um de seus telefonemas noturnos.

— *No, sir.* Eu procuro o mecanismo. É tudo ação e reação. Envelhecimento, medo, sexo regem a sua capacidade de sentir. Se beber um café, posso lhe explicar por que gosta dele. Se se apaixonar, posso lhe dizer por que seu cérebro se comporta como um neurótico obsessivo — explicara Vijaya a Perdu.

Kiraii pedira o tímido biólogo em casamento, e o amigo de Perdu murmurara um "sim" totalmente perplexo de felicidade. Com certeza pensara em seus receptores, que giravam como um globo espelhado. Partira com Kiraii grávida para os Estados Unidos e enviava a Perdu fotos dos gêmeos com frequência — primeiro impressas, depois via anexo de e-mail. Eram rapazes atléticos, cândidos, que sorriam para a câmera de forma astuta e se pareciam com a mãe, Kiraii. Tinham a idade de Max.

Como estes últimos vinte anos foram diferentes para Vijaya!

Max, escritor, usuário de protetores de orelha, futuro interpretador de sonhos. Meu "filho" por decreto. Estou tão velho assim a ponto de parecer paternal? E... isso seria tão ruim assim?

Monsieur Perdu sentiu ali, no meio da marina fluvial, um desejo intenso de ter uma família. De alguém que se lembrasse dele com carinho. Da possibilidade de voltar ao momento em que não havia lido a carta.

E você negou exatamente a Manon o seu desejo — recusou-se a se lembrar dela. A dizer seu nome. A pensar nela, todos os dias, com carinho e amor. Em vez disso, você a baniu. Ai de você, Jean Perdu. Ai de você, que escolheu o medo.

"O medo muda seu corpo como um escultor desastrado altera uma pedra perfeita", Perdu ouviu a voz de Vijaya dentro de si. "Só que você é esculpido por dentro, e ninguém vê quantas lascas e camadas foram tiradas. No íntimo, fica cada vez mais fino e instável, até o menor sentimento chateá-lo. Alguém te dá um abraço, e você pensa que vai quebrar e se perder."

Se Jordan alguma vez precisasse de um conselho paternal, Perdu lhe diria: "Nunca ouça o medo! O medo emburrece."

19

— E agora? — perguntou Max Jordan após o passeio de reconhecimento.

A pequena loja de conveniência da marina e a creperia no camping vizinho negaram-se a aceitar livros como forma de pagamento. Afinal, seus fornecedores vivam de dinheiro, não de leitura.

— Feijão branco com coração e frango — sugeriu Perdu.

— Não, por favor. Eu só conseguiria gostar de feijão branco se o senhor fizesse uma operação bem sofisticada no meu cérebro.

Max deixou o olhar pairar pela marina. Em todos os cantos havia pessoa nos conveses, comendo, bebendo e conversando com animação.

— Precisamos nos enturmar — decidiu ele. — Eu faço com que nos convidem. Talvez com aquele bom cavalheiro britânico?

— De jeito nenhum! Isso é ser bicão demais. Isso é...

Mas Max já seguia determinado para um barco.

— Olá, senhoras! — gritou ele. — Infelizmente nossa comida caiu do barco e foi devorada por peixes-gatos. Por acaso as senhoras não teriam um pedacinho de queijo para dois peregrinos solitários?

Perdu queria enterrar a cabeça no chão de tanta vergonha. Não se podia falar daquele jeito com as mulheres! Ainda mais quando se precisava de ajuda. Aquilo não era... *correto*.

— Jordan — sibilou ele, e puxou o jovem pela manga da camisa azul —, por favor, não me sinto à vontade com isso. Não podemos simplesmente incomodar as senhoras desse jeito.

Max olhou-o exatamente da forma como todos os outros sempre olharam Jean e Vijaya quando ainda eram jovens. Os dois sentiam-se muito bem na presença de livros, como peixes no mar. Mas na presença de pessoas, especialmente de garotas e mulheres, os dois ficavam tão tímidos que perdiam a fala. Festas eram uma tortura. E conversar com garotas equivalia à morte por haraquiri.

— Monsieur Perdu, queremos comer alguma coisa e retribuir o favor sendo uma companhia divertida e flertando de modo inocente. — Ele examinou o rosto de Perdu. — O senhor lembra como é fazer isso? Ou essa informação também está em um livro, onde não pode incomodá-lo? — Max abriu um sorriso.

Jean não respondeu. Para os jovens, parecia impensável que pudessem ser levados ao desespero pelas mulheres. Na verdade, aquilo piorava com o avanço da idade. Quanto mais se sabia sobre as mulheres e sobre tudo que os homens podiam fazer de errado aos olhos delas... Começavam pelos sapatos e iam até as orelhas que nunca as ouviam, mas não paravam por aí.

As coisas que escutava durante as consultas que oferecia a pais!

As mulheres eram capazes de passar anos tirando sarro com suas amigas sobre uma maneira equivocada de dizer "olá". Ou sobre as calças erradas. Ou os dentes. Ou um pedido de casamento.

— Eu gosto muito de feijão branco — disse Perdu.

— Ah, por favor. Quando foi a última vez que o senhor teve um encontro?

— Foi em 1992.

Ou anteontem, mas Perdu não sabia se aquele jantar com Catherine havia sido um "encontro". Ou mais. Ou menos.

— Em 1992? O ano em que eu nasci. Isso é... incrível. — Jordan refletiu. — Tudo bem. Prometo que não vai ser um encontro. Vamos comer. Com mulheres inteligentes. O senhor só precisa ter na manga alguns elogios e assuntos para conversas de que as mulheres gostem. Como livreiro, isso não deve ser um problema para o senhor. É só jogar alguma referência.

— Tudo bem — disse Perdu.

Ele pulou a cerca baixa, correu até um campo próximo e voltou pouco depois com o braço cheio de flores de verão.

— Isto é uma referência — afirmou ele.

As três mulheres de camisetas listradas chamavam-se Anke, Corinna e Ida. Eram alemãs, todas com cerca de 45 anos, amavam livros, seu francês era meio bizarro e viajavam pelos rios "para esquecer", como disse Corinna.

— Sério? O quê, por exemplo? Não os homens? — perguntou Max.

— Nem todos. Apenas um — respondeu Ida.

Sua boca no rosto sardento de artista de cinema dos anos 1920 abriu um sorriso, mas apenas por um segundo. Sob os cachos ruivos, os olhos revelavam angústia e esperança ao mesmo tempo.

Anke mexia um risoto provençal. O aroma de cogumelo enchia a cabine minúscula, enquanto os homens sentavam com Ida e Corinna no convés de ré do *Balu*, bebiam vinho tinto de uma caixinha de três litros bem como de uma garrafa local de *Auxerrois* com gás.

Jean revelou para elas que entendia alemão, a primeira língua de todo livreiro.

E assim conversavam em uma mistura animada, ele respondendo em francês e fazendo suas perguntas em uma combinação de sons que tinha uma semelhança distante com o alemão. Era como se tivesse atravessado a porta do medo, e, precisava admitir, para sua surpresa, que atrás daquela porta não havia um abismo — mas outras portas, corredores claros e aposentos amigáveis. Lançou a cabeça para trás e o que viu lá no alto o tocou profundamente — o céu. Sem o adorno de casas, mastros, luzes, o firmamento estava coalhado de estrelas cintilantes de todos os tamanhos e intensidades. Era como se uma chuva de estrelas tivesse caído pela janela do céu, de tão intensas que eram as luzes. Uma visão que nenhum parisiense tinha se não saísse da cidade.

E lá estava a Via Láctea.

Perdu vira a nuvem manchada de estrelas pela primeira vez quando criança, aquecido em uma jaqueta e com cobertor de lã, em um campo de ranúnculos amarelos na costa bretã. Encarara o céu noturno azul-escuro por horas, enquanto os pais tentavam novamente salvar o casamento no *fest-noz*, o festival da noite bretão, em Pont-Aven. Sempre que uma estrela-cadente caía, Jean Perdu desejava que Lirabelle Bernier e Joaquin Perdu rissem um com o outro em vez de um do outro. Que dançassem ao ritmo da gaita de fole, da rabeca e do *bandoneón* em vez de ficarem calados, de braços cruzados, ao largo da pista de dança.

Maravilhado com o céu que continuava a girar, Jean, o menino, olhava para a ampla escuridão. Sentia-se protegido nas profundezas daquela eterna noite de verão.

Na época, durante aquelas horas, Jean Perdu entendera todos os segredos e obrigações da vida. Dentro dele havia paz, e tudo entrara nos eixos.

Sabia que nada chegava ao fim. Que tudo na vida se entremeava. Que não havia nada que ele pudesse fazer de errado.

Mais tarde, já homem feito, sentira aquilo com a mesma intensidade apenas uma vez. Junto com Manon.

Manon e ele procuravam as estrelas, sempre avançavam para longe das cidades para encontrar os locais mais escuros da Provence. Nas montanhas ao redor de Sault descobriram aquelas proprie-dades abandonadas que se escondiam nas trincheiras de pedra, gargantas e encostas, nas quais o tomilho brotava. E apenas lá o céu noturno de verão exibia-se, completo, claro e profundo.

— Sabia que todos nós somos filhos das estrelas? — Manon lhe perguntara com carinho e bem perto do ouvido para não perturbar o silêncio das montanhas. — Quando, há bilhões de anos, as estrelas implodiram, choveu ferro e prata, ouro e car-bono. E o ferro da poeira estelar hoje está dentro da gente. Em nossas mitocôndrias. As mães passam as estrelas e o ferro para os filhos. Você e eu, Jean, quem sabe, talvez tenhamos vindo da poeira de uma mesma estrela, e nos reconhecemos em sua luz. Nós nos procuramos. Somos caçadores de estrelas.

Ele olhara para cima e se perguntara se ainda conseguiriam ver a luz das estrelas mortas, que continuam vivendo neles. Ma-non e ele escolheram uma pérola reluzente no céu. Uma estrela que ainda brilhava, embora talvez já estivesse no passado fazia muito tempo.

— A morte não significa nada, Jean. Continuaremos sendo sempre o que fomos um para o outro.

As pérolas celestes refletiam-se no rio Yonne. As estrelas dan-çavam na água, balançando, cada uma sozinha, se acariciando apenas quando as ondas faziam uma se chocar na outra, e, em um piscar de olhos, duas pérolas de luz se mesclavam em uma.

Jean nunca mais reencontrara sua estrela com Manon.

Quando Perdu percebeu que Ida o observava, ele a encarou. Não era um olhar entre um homem e uma mulher, mas entre pessoas que partiram pelo rio em busca de algo. Algo específico.

Perdu enxergou o sofrimento de Ida. Tremeluzia em seus olhos. Jean viu que a ruiva lutava para receber de braços abertos um novo futuro que ainda parecia uma segunda opção. Ela fora abandonada ou partira por conta própria antes que isso acontecesse. A pessoa que era sua referência, e a quem ela provavelmente renunciara, ainda pairava em seu sorriso como um véu.

Sempre queremos conservar o tempo. Conservamos as antigas versões daquelas pessoas que nos deixaram. E também mantemos essas antigas versões de nós mesmos, sob a pele, embaixo das camadas de rugas, experiências e risos. Exatamente ali embaixo ainda somos o que éramos. A antiga criança, o antigo amante, a antiga filha.

Ida não buscava nenhum consolo nos rios — estava em busca de si mesma. Seu lugar nesse futuro novo, desconhecido, ainda uma segunda opção. Ela, sozinha.

"E você?", perguntavam seus olhos. "E você, estranho?"

Perdu sabia apenas que queria ir até Manon para pedir perdão por seus atos tolos e vãos.

E então Ida disse, de repente:

— Eu não queria ser livre. Não queria ter de me preocupar com uma vida nova. Para mim tudo estava tão certo. Talvez eu não amasse meu marido como nos livros. Mas não era ruim. Não ser ruim é bom o suficiente. Basta para não ir embora. E não trair. E não se arrepender de nada. Não, eu não me arrependo do pequeno amor da minha vida.

Anke e Corinna olharam a amiga com carinho, e Corinna perguntou:

— Essa foi a resposta para a minha pergunta de ontem? Por que você não tinha largado seu marido antes, já que ele nunca foi o grande amor da sua vida?

O pequeno amor. O grande amor. Era realmente cruel que ele existisse em vários formatos. Não é? Quando Jean olhou para Ida, que não se arrependia de sua vida anterior, não se arrependia mesmo, ele hesitou, mas ainda assim perguntou:.

— E... como *ele* via esse tempo de vocês?

— Nosso pequeno amor se revelou pequeno demais para ele depois de vinte e cinco anos. E ele encontrou seu grande amor.

Ela é dezessete anos mais jovem que eu e flexível, consegue pintar a unha do pé enquanto segura o pincel de esmalte na boca.

Corinna e Anke cuspiram uma gargalhada, em seguida Ida também riu. Mais tarde, jogaram cartas. Por volta da meia-noite, uma estação de rádio começou a tocar músicas lentas. A alegre *"Bei mir biste scheen"*, a sonhadora "Cape Cod" e, em seguida, também a nostálgica "We have all the time in the world", de Louis Armstrong. Max Jordan dançou com Ida — ou pelo menos mexeu os pés milimetricamente para os lados —, e Corinna e Anke dançaram uma com a outra. Jean ficou grudado na cadeira.

A última vez que ouvira todas aquelas canções, Manon ainda estava viva. Como era horrível aquele pensamento, "ainda estava viva". Quando Ida viu como Perdu se esforçava para manter a compostura, ela sussurrou algo para Max e foi até Jean, puxando-o pelo braço.

— Ora, venha cá — disse ela.

Ficou feliz por não precisar enfrentar sozinho todas aquelas músicas que traziam tantas lembranças.

Pois ele ainda ficava desconcertado por Manon ter ido embora enquanto as canções, os livros, a vida simplesmente... continuaram a existir.

Como pode?

Como tudo podia simplesmente... continuar!

Ele temia demais a morte. E a vida. Temia todos os dias que ainda lhe restavam sem Manon.

Em cada canção, via Manon caminhando, deitada, lendo, dançando sozinha, dançando para ele. Ele a via dormir e sonhar e roubar de seu prato seu queijo preferido.

— Por isso você quis passar o resto da vida sem música? Mas Jean! Você amava música. Cantava para mim quando eu tinha medo, para dormir e para passar o tempo com você. Você compôs canções sobre meus dedos das mãos, dos pés, sobre o meu nariz. Você é música, Jean, por completo, por inteiro... como você pôde se matar desse jeito?

É, como? Com a prática, é claro.

Jean sentiu o vento carinhoso, ouviu a risada das mulheres, sentiu-se um pouco bêbado — e foi preenchido pela gratidão sem palavras por Ida tê-lo puxado para dançar.

Manon me amou. E aquelas estrelas, lá em cima, viram como ficamos juntos.

～♥ 20 ♥～

Ele sonhou que estava acordado.

Estava no barco-livraria, mas tudo ao seu redor mudava: o timão se partia, as janelas batiam, as pás não funcionavam. O ar era pesado demais, como se ele caminhasse dentro de um pudim. E novamente Perdu se perdia no labirinto de túneis--d'água. O barco estalava e estourava.

Manon estava ao seu lado.

— Mas você está morta — gemeu ele.

— Estou mesmo? — perguntou ela. — Que pena.

O barco quebrou-se em dois, e ele caiu na água.

— Manon! — gritou Jean.

Ela o observou lutar contra a corrente, contra uma trincheira que se formava na água escura. Ela apenas olhava. Não lhe estendeu a mão. Simplesmente assistia enquanto ele se afogava.

Enquanto afundava, afundava.

Mas não acordava.

Perdu inspirava e expirava, resignado — inspirava e expirava.

Posso respirar embaixo d'água!

Em seguida, tocou o fundo.

Assim, Monsieur Perdu despertou. Deitou de lado e viu uma espiral de luz dançar sobre o pelo branco e ruivo de Lindgren. A gata estava entre seus pés. Ela se ergueu, espreguiçou-se e passeou, ronronando, perto do rosto de Jean para lhe fazer cócegas com os bigodes. "E aí?", parecia perguntar seu olhar. "O que eu disse para você?" Seu ronronar era delicado como o roncar baixo do motor de um barco.

Ele se lembrou de já ter acordado de forma tão surpreendente e assustadora assim uma vez. Quando jovem, na primeira vez que sonhara que voava. Saltara de um telhado e sobrevoara um pátio de castelo com os braços abertos. E compreendera que precisava pular para aprender a voar.

Subiu ao convés. Sobre o rio pairava uma névoa branca como teia de aranha, desvanecendo sobre o campo próximo. A luz ainda era jovem, o dia havia acabado de nascer. Ele aproveitou para observar toda aquela vastidão do céu. E quantas cores havia ao redor. A névoa branca. Os tons cinzentos. O rosa delicado, o laranja leitoso.

Nos barcos da marina reinava o silêncio do sono. Também lá adiante, no *Balu*, tudo estava em silêncio. Jean Perdu observou Max em silêncio. O escritor havia preparado um acampamento entre os livros, sobre um dos sofás de leitura na seção que Perdu batizara de "Como se tornar uma pessoa de verdade". Lá ficava também o livro da terapeuta de divórcio Sophie Marcelline, colega de seu cliente habitual das sextas-feiras, o terapeuta Eric Lanson. Sophie aconselhava, no caso de dor de amor, a guardar um mês de luto para cada ano passado juntos. No caso de amizades desfeitas, dois meses para cada ano de amizade. E para aqueles que se foram para sempre, para os mortos, "tire, por favor, a vida toda. Pois os mortos que amamos no passado, vamos amar para sempre. Sua falta nos acompanhará até nosso último dia".

Caído ao lado de Max — encolhido como um bebê, os joelhos dobrados junto ao peito, a boca formando um bico — estava o *Luzes do Sul*, de Sanary.

Perdu pegou o livro fino do chão. Max havia sublinhado frases a lápis, escrito perguntas ao lado; leu o livro como ele gostava de ser lido.

Ler é uma viagem sem fim. Uma viagem longa, até mesmo eterna, na qual nos tornamos mais brandos, mais carinhosos e mais humanos.

Max havia começado essa viagem. A cada livro traria para si mais do mundo, das coisas e das pessoas.

Perdu começou a folhear o volume de trás para a frente. Parou ali, naquele ponto, que ele também havia gostado muito. "O amor é uma morada. Tudo em uma morada deve ser utilizado, nada deve ser escondido ou 'poupado'. Só vivem aqueles que habitaram o amor por completo e não se deixaram intimidar por nenhum quarto, nenhuma porta. Brigar e se acariciar com delicadeza, ambos têm a mesma importância; ficar juntos e depois se separar também. É essencial que cada quarto do amor seja utilizado. Do contrário, os fantasmas e boatos crescem dentro deles. Quartos e casas abandonados podem ser insidiosos e fedorentos..."

O amor se ressente de mim porque me neguei a abrir a porta do quarto para... para quê? O que devo fazer? Construir um altar para Manon? Dizer adieu? O que, por favor, o que devo fazer?

Jean Perdu deixou o livro ao lado de Max, que ainda dormia. Depois de um tempo, tirou os cabelos de cima dos olhos do jovem.

Em seguida, procurou em silêncio alguns livros. Não gostava muito de usá-los como moeda de troca, pois sabia de seu valor. Livreiros nunca esqueciam que livros ainda são um meio muito novo de se expressar, de mudar o mundo e derrubar tiranos.

Quando Monsieur Perdu via os livros, não enxergava apenas histórias, preço de capa sugerido e um bálsamo essencial para alma. Ele enxergava liberdade com asas de papel.

Um pouco mais tarde, pegou uma bicicleta emprestada de Anke, Ida e Corinna, e pedalou pelas vias serpenteantes, vazias e estreitas, passando por campos, cavalos e pastos até o próximo vilarejo.

Na *boulangerie*, na praça da igreja, a filha alegre e corada do padeiro tirava baguetes e croissants do forno. Parecia feliz por estar onde estava: em uma pequena padaria frequentada pelos barqueiros no verão, e no restante do ano por camponeses, vinicultores, operários, açougueiros e aqueles que fugiam das grandes cidades da região da Borgonha, de Ardennen e de Champagne. Aqui e ali um baile no moinho, festa da colheita, competição dos melhores assados, associações locais. Ser a ajuda doméstica para os artistas que viviam ali na região, em cabanas e estábulos reformados. A vida em meio ao verde e ao silêncio e sob estrelas e luas vermelhas.

Aquilo seria o bastante para se estar satisfeito com a vida?

Perdu respirou fundo quando entrou na loja antiga. Não tinha escolha além de lhe fazer sua oferta incomum.

— *Bonjour, Mademoiselle*, com licença. A senhorita gosta de ler?

Depois de uma breve negociação, ela lhe "vendeu" um jornal, selos e cartões-postais com a marina de Saint-Mammès, além de baguetes e croissants — tudo por um único livro: *Abril encantado*, no qual quatro damas inglesas fogem para um paraíso italiano.

— Isso cobre todos os meus custos — garantiu ela, com um ar inocente. Em seguida, abriu o livro, colocou-o diante do nariz e cheirou as páginas, respirando fundo. O rosto reapareceu, reluzente de prazer. — Acho que tem cheiro de panquecas. — Ela escondeu o livro com cuidado no bolso do avental. — Meu pai diz que ler deixa a gente insolente.

Ela deu uma risadinha como se se desculpasse. Jean foi sentar na fonte diante da igreja e partiu um croissant quentinho.

Ah, como ele fumegava, como seu recheio macio e dourado cheirava bem. Comeu devagar e observou o vilarejo despertar.

Ler deixa a gente insolente. Ah, sim, pai desconhecido, deixa mesmo.

Com cuidado, Perdu escreveu algumas linhas para Catherine. Sabendo que Madame Rosalette leria antes, decidiu que seria melhor escrever para todos.

Ma chère Catherine, querida Mdme Rosalette (Cabelo novo? Maravilha! É mocha?), cara Mdme Bomme e todos do nº 27,
Até última ordem, façam seus pedidos de livros para os colegas da Voltaire et plus. Não os abandonei, tampouco os esqueci. Mas há alguns capítulos não terminados que ainda preciso ler… e terminar. Parti para apaziguar meus fantasmas.
— JP

Fora seco demais, esfuziante de menos?

Seus pensamentos correram pelos campos e sobre o rio até Paris. O sorriso de Catherine, seus gemidos. De repente, uma onda imensa de sensações o invadiu. Não soube identificar de onde vinha essa necessidade repentinamente borbulhante de sentir um toque, um corpo, a nudez e o calor sob um cobertor só. De amizade, de lar, de um lugar, onde pudessem ficar e se fartar. Pertencia a Manon? Ou a Catherine? Sentiu-se constrangido quando as duas giraram juntas em sua cabeça. E, mesmo assim: fora tão bom ter ficado com Catherine. Ele deveria se reprimir? Seria aquilo errado?

Não queria precisar de ninguém, nunca mais… sou um covarde.

Monsieur Perdu voltou de bicicleta ao barco, rodeado de águias e calhandras que pairavam alto no céu e se equilibravam nas rajadas de vento sobre os trigais. Sentiu o vento passar pela camisa.

Teve a sensação de que era outra pessoa voltando ao barco, diferente daquela que saíra uma hora antes.

Pendurou no guidão da bicicleta de Ida uma sacola com croissants frescos, um ramalhete de papoulas vermelhas e três volumes de *A noite*, nos quais Max havia escrito longas dedicatórias antes de dormir.

Em seguida, preparou na cozinha do barco um café na prensa francesa, alimentou os gatos, verificou a umidade do ar nos compartimentos de livros (suficiente), o nível de combustível (quase preocupante) e preparou *Lulu* para a partida.

Quando o barco-livraria deslizou pelo rio intocado, Perdu viu Ida aparecer no convés de ré do *Balu*. Ele acenou até fazer uma curva. Desejava de coração que um dia Ida encontrasse um grande amor que compensasse a perda de seu pequeno amor. Tranquilamente, conduziu o barco manhã adentro. O frio dissipou-se e transformou-se no ar morno e suave de verão.

— O senhor sabia que Bram Stoker sonhou seu *Drácula*? — perguntou Jean Perdu, todo animado, quando, uma hora depois, Max pegava um café e agradecia.

— Sonhou? *Drácula*? Onde estamos, na Transilvânia?

— No Canal de Loing, na direção do Canal de Briare. Vamos seguir a rota de Bourbonnais que o senhor escolheu. Por ela, chegaremos ao Mar Mediterrâneo. — Perdu deu um gole no café. — E foi salada de caranguejo. Stoker comeu uma salada de caranguejo estragada, sofreu com sintomas de intoxicação alimentar a noite toda e sonhou pela primeira vez com o Senhor dos Vampiros. Foi o que acabou com seu bloqueio criativo.

— Sério? Não sonhei com nenhum best-seller — murmurou Max, faminto, mergulhando seu croissant no café, cuidando para que nenhuma migalha se perdesse. — Queria ler meu livro, mas as letras ficam escorrendo das páginas. — Em seguida, ficou mais animado. — O senhor acha que, se eu comer algo estragado, consigo sonhar com uma história?

— Quem sabe?

— Dom Quixote também foi um pesadelo antes de se tornar um clássico. O *senhor* já sonhou com algo útil?

— Que eu podia respirar embaixo d'água.

— Uau. E o senhor sabe o que isso significa?

— Que, em sonho, posso respirar embaixo d'água.

Max repuxou o lábio para cima como uma risadinha de Elvis. Em seguida disse, solene:

— Não. Significa que seus sentimentos não tiram mais seu fôlego. Principalmente os mais profundos.

— Os mais profundos? Onde o senhor viu isso, no Calendário das Donas de Casa de 1905?

— Não. No Grande Léxico de Interpretação de Sonhos de 1992. Era a minha bíblia. Minha mãe cobriu as palavras chulas com caneta preta. Com ele, eu interpretava os sonhos de todo mundo, dos meus pais, dos vizinhos, dos meninos e meninas da turma... Era Freud dos pés à cabeça. — Jordan esticou-se e fez algumas posições de tai-chi. — Só me meti em enrascada quando interpretei o sonho equestre da diretora da escola. É o que eu digo, mulheres e cavalos são algo à parte.

— Meu pai diz a mesma coisa.

Perdu lembrou-se de que, no início, quando estavam se conhecendo, tinha sonhos com Manon, nos quais ela se transformava em uma águia. E ele tentava capturá-la e domá-la. Ele a mergulhava na água, pois não podia escapar com as asas molhadas.

Nos sonhos de nossos amados, somos imortais. E nossos mortos continuam a viver depois da morte em nossos sonhos. Sonhos são pontos de interseção entre todos os mundos, entre o tempo e o espaço.

Quando Max pôs a cabeça ao vento para espantar de vez o sono, Perdu disse:

— Preste atenção. Lá adiante está nossa primeira eclusa.

— O quê? Aquela bacia de bebê ao lado da casinha de boneca com as flores? Nunca vamos passar por ali.

— Claro que vamos passar.

— Somos compridos demais.

— Estamos em uma *péniche*, menor que a medida de Freycinet. Todas as eclusas da França são feitas segundo essa medida.

— Não essa daí. É muito estreita!

— Temos 5,04 metros de largura, resta no mínimo seis centímetros de espaço. Três à esquerda, três à direita.

— Estou ficando enjoado.

— Imagine eu. O senhor que vai operar a eclusa.

Os homens se entreolharam e irromperam em gargalhadas.

Impaciente, o operador da eclusa acenou para que eles se aproximassem. Seu cão latia na direção do barco com as pernas abertas; enquanto isso, a esposa do operador surgiu com um bolo de ameixa fresquinho e entregou o prato em troca do novo livro do John Irving.

— E um beijo do jovem escritor ali.

— Por favor, Perdu, dê mais um livro para ela — sussurrou Jordan. — A mulher tem pelos na cara!

Ela insistiu em receber o beijo no rosto.

O operador da eclusa chamou a esposa de monstra no momento em que seu cão branco e peludo latiu roucamente e mijou na mão de Max, enquanto este se segurava na escada. A ríspida mulher do operador chamou o marido de exibido e de amador. Ele gritou, impaciente:

— Pode entrar agora!

Abaixar a porta esquerda da eclusa, girar, fechar a porta direita da eclusa. Avançar, abrir a proteção superior dos dois lados — a água entra. Abrir a porta direita da eclusa, girar, abrir à esquerda.

— Pode sair agora!

Um operador sério, que certamente sabia dar essa ordem em doze idiomas diferentes.

— Quantas eclusas temos ainda até o Ródano?

— Cerca de cento e cinquenta. Por que a pergunta, Jordan?

— No caminho de volta, deveríamos vir pelo canal entre Champagne e Borgonha — sugeriu Jordan.

Volta?, pensou Perdu. *Não há caminho de volta.*

21

O canal afluente de Loing corria no mesmo nível da terra firme. No caminho que ladeava o rio, viam alguns ciclistas concentrados, pescadores adormecidos ou corredores solitários. Pastos em que se alimentava o forte gado branco charolês, e campos de girassóis que se alternavam com florestas exuberantes. Às vezes, o motorista de algum carro buzinava, amigável. Os lugarejos que passavam possuíam bons ancoradouros, muitos deles gratuitos e ansiosos para que um dos barcos parasse neles e a tripulação deixasse um pouco de dinheiro nas lojas.

Então, a paisagem se alterou. O canal ficou mais alto que o entorno, e eles podiam olhar os jardins das casas de cima. Quando entraram na região de Champagne, com suas muitas áreas de pesca, por volta do meio-dia, Max operou as eclusas de forma tão rotineira que quase parecia um navegador profissional.

O canal dividia-se em vários braços de rio que alimentavam as lagoas. Dos juncais e arbustos, gaivotas voavam soltando ruídos nervosos, rondando curiosas a Farmácia Literária flutuante.

— Qual é o próximo ancoradouro importante? — perguntou Perdu.

— Montargis. O canal passa direto pelo centro da cidade. — Max folheava o livro sobre casas-barcos. — A cidade das flores, onde os bombons foram inventados. Deveríamos procurar um banco. Eu mataria por um pedacinho de chocolate.

E eu por um frasco de sabão líquido para roupas e uma camisa limpa.

Max havia lavado as regatas dos dois com sabonete líquido. Agora os dois cheiravam a pot-pourri.

Então, um pensamento ocorreu a Perdu.

— Montargis? Ah, poderíamos visitar Per David Olson.

— Olson? *O* P. D. Olson? O senhor também o conhece?

"Conhecer" seria dizer demais. Quando Per David Olson fora cogitado para o Prêmio Nobel de Literatura — ao lado de Philip Roth e Alice Munro —, Jean Perdu era um jovem livreiro.

Quantos anos teria Olson agora? Oitenta e dois? Havia se mudado para a França trinta anos antes. *La grande nation* era muito mais suportável para o descendente de um clã viking do que seu povo natal, os norte-americanos.

"Uma nação como esta, com menos de mil anos de cultura desenvolvida, não possui mitos, superstições, lembranças coletivas, valores ou senso de vergonha; só tem uma pseudomoral militar cristã, trigo transgênico, um lobby de armas amoral e racismo sexista", foi o que vociferou sobre os Estados Unidos no *New York Times* antes de deixar o país.

Mas o mais interessante nele era que P. D. Olson era um dos doze nomes na lista de Jean Perdu de possíveis candidatos de terem escrito *Luzes do Sul*, de Sanary. Além disso, P. D. vivia em Cepoy, um vilarejo antes de Montargis. Ficava ao lado do canal.

— E o que vamos fazer? Tocamos a campainha e dizemos: "Oi, P. D., velho amigo, foi você quem escreveu *Luzes do Sul*?" — perguntou Max.

— Exatamente. Tem outra ideia?

Max encheu as bochechas de ar.

— Bem, pessoas normais costumam mandar um e-mail — disse ele.

Jean Perdu precisou se conter para não retrucar algo que parecesse com "no passado não tínhamos nada disso e, mesmo assim, tudo era melhor".

Em Cepoy encontraram, no lugar de um porto, duas grandes argolas de ferro na grama, e prenderam ali mesmo os cabos da Farmácia Literária.

Logo depois, o dono do albergue da juventude à beira do rio — um homem queimado de sol com uma protuberância vermelha na nuca — indicou-lhes o caminho até a antiga residência paroquial onde P. D. Olson morava.

Bateram à porta e foram atendidos por uma mulher que poderia ter saído diretamente de uma tela de Pieter Bruegels. Rosto achatado, cabelos como linhas grosseiras saídas da roca, gola branca pontuda em um vestido simples cinzento. Em vez de dizer "Bom dia", "O que vocês querem?" ou mesmo "Não queremos comprar nada", ela abriu a porta e esperou, calada. Um silêncio duro como rocha.

— *Bonjour,* Madame. Gostaríamos de falar com o Monsieur Olson — disse Perdu depois de um tempo.

— Ele não sabe que estamos aqui — completou Max.

— Viemos de barco, de Paris. Infelizmente, não temos telefone.

— Nem dinheiro.

Perdu cutucou Max com o cotovelo.

— Mas não foi por isso que viemos.

— Ele está em casa?

— Sou livreiro, nós nos encontramos uma vez, em uma feira de livros. Em Frankfurt, 1985.

— Eu sou interpretador de sonhos. E escritor. Max Jordan. A senhora por acaso teria um restinho de guisado de ontem? Temos apenas uma lata de feijão branco e comida de gato a bordo.

— Os senhores podem confessar o que quiserem, meus senhores, mas não haverá perdão nem guisado — ouviram dizer uma voz. — Margareta é surda desde que seu noivo se jogou de uma torre de igreja. Ela quis salvá-lo e foi atingida por uma badalada. Só consegue ler os lábios de pessoas que ela conhece. Maldita Igreja! Traz a infelicidade àqueles que ainda têm esperança.

Lá estava o notório crítico dos Estados Unidos, P. D. Olson, um viking atarracado com calças grosseiras de camponês, camiseta sem gola e um colete listrado.

— Monsieur Olson, desculpe por termos vindo sem avisar, mas temos uma questão urgente que...

— Sim, sim. Claro. Em Paris, tudo é urgente. Aqui não funciona assim, meus senhores. Aqui, o tempo dita seu ritmo. Aqui, os inimigos da humanidade não têm vez. Vamos beber algo primeiro e nos conhecer — disse, convidando os dois visitantes a entrar.

— Inimigos da humanidade? — fez Max com os lábios.

Ficou claro que estava com medo de terem dado de cara com um maluco.

— O senhor é considerado uma lenda — disse em voz alta, tentando puxar conversa depois que Olson pegou um chapéu do mancebo, e eles o seguiram a passos largos em direção à tabacaria.

— Não me chame de lenda, rapaz, pois parece estar falando de um cadáver.

Max calou-se, e Jean Perdu decidiu seguir o exemplo.

Enquanto Olson atravessava o vilarejo na frente deles em passos que denunciavam um leve derrame já superado, disse:

— Olhem ao redor! O povo daqui luta por sua terra natal há séculos. Ali, os senhores veem como as árvores foram plantadas? Como os tetos são cobertos? Como as grandes vias correm ao redor do vilarejo? Tudo estratégia. Pensada por séculos. Aqui, ninguém pensa no agora. — Ele cumprimentou um homem que passou por eles em um Renault barulhento com um bode no banco do passageiro. — Aqui, trabalham e pensam para o futuro. Sempre para aqueles que vêm depois deles. E estes fazem exatamente o mesmo. Apenas quando uma geração parar de pensar nas próximas, e tudo se transformar, esta terra será destruída.

Chegaram à tabacaria. Lá dentro, sobre o balcão, uma televisão estava ligada na corrida de cavalos. Olson pediu três taças pequenas de vinho tinto.

— Apostas, árvores e um pouco de alegria etílica. O que mais um homem pode querer? — disse ele, satisfeito.

— Bem, temos uma pergunta... — começou Max.

— Calma, meu jovem — disse Olson. — Você cheira a pot-pourri e parece um DJ com esses protetores de orelha. Mas eu conheço você, você escreve. Verdades perigosas. Nada mau para o começo. — Ele brindou com Jordan. Perdu sentiu uma pontada de inveja. — E o senhor? É farmacêutico literário? — Olson virou-se naquele momento para ele. — Contra o que o senhor recomenda meus livros?

— Para o tratamento da síndrome do aposentado casado — respondeu Perdu de forma mais ríspida do que planejara. Olson encarou-o.

— Muito bem. E como funciona?

— Quando um homem casado se aposenta e passa a atormentar tanto a esposa a ponto de ela desejar matá-lo, ela lê seus livros e passa a querer matar o senhor. É um desvio de agressividade.

Max encarou-o, estupefato. Olson fitou Perdu e, em seguida... irrompeu em uma imensa gargalhada.

— *Oh my god,* isso me traz recordações. Meu pai vivia atrás da minha mãe, enchendo o saco dela. Por que não descascou a batata antes de cozinhar? Oi, querida, que bom que voltou, eu arrumei a geladeira. Terrível. E o homem não tinha hobby, era um ex-workaholic. Quis morrer logo de tédio e de falta de dignidade, mas minha mãe não deixava. Ela o mandava o tempo todo para a rua, com os netos, para os cursos de trabalhos manuais e para o jardim. Acho que, se não fosse assim, teria ido para a cadeia por assassinato. — Olson abriu um sorriso amarelo. — Nós, homens, ficamos um saco quando a única coisa que fazemos de bom é trabalhar. — Ele tomou sua taça de vinho em três longos goles. — Tudo bem, bebam mais rápido — exigiu ele enquanto deixava seis euros no balcão. — Estamos de saída.

E como os dois esperavam que ele respondesse à pergunta assim que a ouvisse, também beberam o vinho de uma golada só e seguiram P. D.

Logo chegaram ao prédio da escola que ficava ao lado. No pátio havia vários carros com placas de toda a região do Loire, até de Orleans e Chartres.

Olson avançou com determinação para o ginásio. Quando entraram, eles se viram no meio de Buenos Aires.

À esquerda, na parede: os homens. À direita, nas cadeiras: as mulheres. No meio: a pista de dança. Na frente, onde havia argolas de ginástica: uma banda de tango. Ao fundo, onde estavam: um bar, atrás do qual um homem baixinho e redondo, com antebraços musculosos e um bigode preto, cheio, servia bebidas. P. D. Olson virou-se e falou por sobre o ombro:

— Dancem! Os dois. Depois eu respondo a qualquer pergunta que tiverem.

Quando o velho escritor entrou na pista de dança segundos depois e seguiu até uma jovem com cabelos loiros bem presos em um rabo de cavalo e uma saia com fenda, se transformou imediatamente em um *tanguero* ágil e sem idade, que guiou a jovem, bem apertada contra seu corpo, graciosamente pelo salão.

Enquanto Max observava perplexo aquele mundo inesperado, Monsieur Perdu soube de imediato onde estava. Tinha visto a descrição uma vez em um livro de Jac. Toes: aulas secretas de tango e milonga em auditórios, ginásios esportivos, celeiros abandonados. Lá se encontravam dançarinos de todas as classes, todas as idades, todas as nacionalidades; muitos dirigiam centenas de quilômetros para essas aulas.

Todos se reuniam por um motivo: precisavam esconder sua paixão pelo tango de seus parceiros ciumentos e da família, que recebiam os movimentos imorais, melancólicos e frívolos com nojo e um conservadorismo envergonhado. Ninguém imaginava onde os *tangueros* passavam aquelas tardes. Pensavam que estavam praticando esportes ou assistindo a aulas, em reuniões ou fazendo compras, fazendo uma sauna, passeando no campo ou em casa. No entanto, dançavam por suas vidas. No fim das contas, dançavam para viver.

Poucos o faziam para encontrar amantes, pois no tango não se tratava disso ou daquilo.

Tratava-se de tudo.

Diário de Manon

A caminho de Bonnieux,
11 de abril de 1987

Há oito meses sei que sou uma mulher muito diferente da garota que foi para o norte em agosto passado, que temia tanto ser capaz de amar — duas vezes.

Para mim, ainda é chocante saber que o amor não precisa se limitar a uma pessoa para ser verdadeiro.

Em maio me caso com Luc entre milhares de flores e o aroma doce que o recomeço e a confiança trazem consigo.

Não vou romper com Jean, mas vou deixar que ele decida o que fazer comigo, a insaciável, aquela que quer tudo.

Será que tenho tanto medo da transitoriedade que quero viver tudo agora, apenas para garantir, para o caso de amanhã eu receber o golpe final?

Casamento. Sim? Não? Questionar o casamento significaria questionar tudo.

Queria ser a Luz da Provence quando o sol se põe. Então poderia estar em todos os lugares, em todas as coisas vivas; isso seria da minha natureza e ninguém me odiaria.

Preciso melhorar minha cara antes de chegar a Avignon. Espero que papa não me busque, nem Luc, nem maman.

Sempre que passo muito tempo em Paris, essa expressão se ajusta, aquela com que as criaturas urbanas se trombam nas ruas, como se se esquecessem de que não estão sozinhas. São rostos que dizem: "Eu? Eu não quero nada. Não preciso de nada. Nada é capaz de me impressionar, chocar, surpreender ou mesmo alegrar. Felicidade é apenas para os bobocas do interior com seus celeiros fedidos. Eles podem se alegrar se quiserem. Nós temos mais o que fazer."

Mas meu rosto indiferente não é o problema.

O problema é o meu nono rosto.

Minha mãe diz que preciso adicioná-lo aos meus outros. Ela conhece minhas diferentes máscaras desde que cheguei ao mundo com cara de joelho enrugado. Mas Paris havia talhado um novo rosto entre minha testa e meu queixo. Ela vira na minha última visita, quando pensei em Jean, em sua boca, seu sorriso, seu "Você precisa ler isto, vai te fazer bem".

"Se fosse minha rival, eu teria medo de você", disse ela. Ficou muito chocada quando essa frase saiu de sua boca.

Sempre lidamos de forma curta e grossa com verdades. Quando menina, aprendi que os melhores relacionamentos são os "claros como a água". Dizem que as coisas difíceis, quando ditas, perdem seu veneno.

Acho que isso não vale para tudo.

Meu "nono rosto" deixa maman nervosa. Sei o que ela quer dizer. Eu o vi no espelho de Jean enquanto ele enxugava minhas costas com uma toalha aquecida. Todas as vezes que nos vemos, ele tira um pedaço de mim e o aquece para que eu não morra como um limoeiro congelado. Ele daria um pai superprotetor. Meu novo rosto é lascivo, escondido atrás do controle, o que o torna ainda mais inquietante.

Maman ainda teme por mim; quase me contagia com esse temor, e eu penso: muito bem, se realmente algo acontecer comigo, quero viver com a maior intensidade possível até o momento fatal, e não quero ouvir nenhuma reclamação.

Ela pergunta pouco, e eu conto muito — dou quase todos os detalhes do que me acontece na capital, e escondo Jean por trás de uma cortina de contas de vidro feita de detalhes, detalhes, detalhes tilintantes, coloridos, transparentes. Claros como a água. "Paris deixou você mais longe da gente e mais perto de você mesma, não foi?", diz maman, e quando fala "Paris", ela sabe que eu sei que ali tem o nome de um homem, que eu ainda não estou pronta para lhe revelar.

Nunca estarei pronta.

Mesmo para mim é tão estranho. Como se Jean tivesse retirado uma crosta sob a qual um eu mais profundo, mais preciso, emerge, que aponta para mim com um sorrisinho irônico.

"Então?", pergunta ele. "Pensou mesmo que você seria uma Mulher sem Qualidades?"

(Jean diz que citar Musil não é sinal de inteligência, mas de treino de memória.)

Mas o que exatamente está acontecendo entre nós?

Essa maldita liberdade! Ela exige que eu me cale como uma porta sobre o que acontece comigo, quando Luc e a família imaginam que estou assistindo a aulas na Sorbonne e trabalhando duro à noite. Ela exige que eu me controle, me destrua, me esconda, me censure em Bonnieux, e não espere que ninguém vá ouvir minha confissão e ter interesse na minha vida secreta.

Eu me sinto como se estivesse sobre o monte Ventoux, exposta ao mistral, ao sol, à chuva, à vastidão. Posso ver mais longe e respirar com mais liberdade do que nunca — mas perdi toda proteção. Jean diz que a liberdade é a perda da segurança.

Mas ele sabe o que eu perco?

E eu sei de verdade o que ele renuncia quando me escolhe? Ele diz que não quer ter nenhuma mulher além de mim. Que seria suficiente que eu levasse uma vida dupla, pois ele não queria fazê-lo. Eu seria capaz de chorar de gratidão todas as vezes que ele torna as coisas mais fáceis para mim. Nunca houve uma acusação nem uma pergunta perigosa; ele me dá a sensação de que sou um presente e não apenas uma pessoa ruim com desejos demais na vida.

Se eu confiasse a alguém esse segredo lá em casa, ele ou ela seria obrigado a mentir comigo, esconder, se calar. Devo dificultar as coisas para mim, não para os outros, essas são as leis para os proscritos.

Nunca mencionei o nome de Jean. Fico com medo de maman, papa ou Luc me pegarem no flagra pela forma como falaria dele.

Talvez cada um fosse ser compreensivo a seu modo.

Maman, porque conhece o desejo das mulheres. Está dentro de nós todas, já quando somos meninas, quando mal conseguimos alcançar o topo da mesa no canto da cozinha e ainda conversamos com pacientes bichos de pelúcia e sábios cavalos.

Papa, porque conhece o desejo animal das pessoas. Entenderia o lado animal, que busca alimento, possivelmente reconheceria um instinto biologicamente atávico — como o ímpeto de brotar das batatas. (Se eu não soubesse o que fazer, pediria ajuda para ele. Ou para um mamapapa, como escreveu Sanary, que Jean leu para mim.)

Luc compreenderia porque me conhece. Porque decidiu ficar comigo. Confia muito em suas decisões: o que certo é certo, mesmo quando dói ou mais tarde se prova ser errado.

Mas e se depois de trinta anos ele confessasse o quanto eu o machuquei por não conseguir manter a boca fechada?

Eu conheço meu futuro marido — ele teria horas e noites amargas. Ele me veria e enxergaria o rival atrás de mim. Dormiria comigo e se perguntaria: ela está pensando no outro? É bom, é melhor com o outro? Ele se perguntaria em todas as festas nos vilarejos e em todas as paradas de bombeiros no Dia da Bastilha, nas quais eu conversasse com um homem: ele vai ser o próximo? Quando ela vai finalmente ficar satisfeita?

Lidaria com isso tudo sozinho e não me dirigiria uma palavra acusatória. Como ele disse: "Temos apenas esta vida. Quero passar a minha com você, mas não quero atrapalhar a sua."

Também não devo falar nada, pelo bem de Luc.

E para mim. Quero Jean só para mim.

Odeio querer tudo — tudo é mais do que eu poderia suportar...

Ah, maldita liberdade, você é sempre maior que eu!

Exige que eu me questione, me envergonhe, e ainda assim sinta tanto orgulho de passar a vida com tudo o que desejo.

Vou gostar tanto de me lembrar de tudo o que vivemos quando eu for velha e não conseguir mais tocar os dedos dos pés!

Naquelas noites em que procuramos estrelas e ficamos em Buoux, no forte. Naquelas noites que passamos como selvagens em Camargue. Ah, e aquelas noites maravilhosas nas quais Jean me apresentava a uma vida com livros, nós dois deitados nus, com Castor esparramado no sofá, e Jean usando meu traseiro como apoio de leitura. Eu não sabia que havia tantos pensamentos, visões e maravilhas, quase infinitos. Devia ser uma obrigação que os governantes do mundo fizessem carteiras de habilitação para leitores. Apenas quando lessem cinco... não, melhor, dez mil livros, estariam próximos da condição de entender a humanidade e seus comportamentos. Eu sempre me sinto melhor, menos... malvada, falsa e infiel, quando Jean lê para mim coisas nas quais pessoas boas fazem coisas ruins por amor, necessidade ou por fome de viver.

"Pensa que você é a única, Manon?", perguntou ele, e, sim, a sensação era mesmo ruim assim. Como se eu fosse a única que não conseguisse me refrear.

Sempre depois de fazermos amor e antes de recomeçarmos, Jean me fala de um livro que leu, lerá ou que gostaria que eu lesse. Chama os livros de liberdades. E de lares, o que também são. Eles protegem todas as palavras boas que utilizamos tão raramente.

Brandura. Bondade. Contradição. Tolerância.

Ele sabe tanto; é um homem que consegue amar de forma tão abnegada. Vive quando ama. Quando é amado, fica inseguro. Será por isso que se sente tão inseguro? Não sabe onde estão as coisas no próprio corpo! A dor, o medo, a risada — onde? Eu aperto meu punho em seu estômago:

— Seu nervosismo fica aqui?"

Eu sopro seu baixo-ventre:

— Sua masculinidade fica aqui?

Envolvo sua garganta com os dedos:

— Suas lágrimas ficam aqui?

Seu corpo: congelado, paralisado.

Certa noite, fomos dançar. Tango argentino. Um desastre! Envergonhado, Jean me arrastou um pouco para cá, um pouco para lá, seguindo os passos da escola de dança, mas apenas com as mãos. Ele estava presente, mas não era senhor de si.

Não, não podia ser assim, não ele, não aquele homem! Era diferente dos homens do norte, de Picardia, Normandia ou Lorena, que sofrem com uma esterilidade colossal da alma. Aliás, muitas mulheres em Paris acham isso erótico; como se fosse um desafio sexual provocar em um homem o mínimo de sensações! Elas acreditam que existe na frieza uma paixão ardente que fará com que eles as joguem sobre o ombro e as amem loucamente no chão...

Tivemos de parar, fomos para casa, bebemos, fugimos da verdade. Então ele foi muito carinhoso durante nosso jogo de gato e gata. Meu desespero era infinito: se eu não pudesse dançar com ele, o que faria?

Eu sou meu corpo. Os lábios da minha vulva sorriem, suculentos, quando tenho desejo, meu peito transpira quando sou humilhada e em meus dedos fica o medo diante da própria coragem, tremem quando eu quero me proteger e defender. Quando deveria ter medo de coisas concretas, como dos nódulos que descobriram nas minhas axilas e quiseram retirar para uma biópsia, sim, eu fico confusa e, ao mesmo tempo, tranquila. A confusão faz com que eu queira me ocupar; mas estou tranquila, tão tranquila que não quero ler livros sérios nem ouvir músicas profundas, grandiosas. Quero apenas ficar sentada, vendo a luz do outono, como ela cai sobre as folhas vermelho-amareladas, quero limpar a lareira, quero me deitar e dormir, cansada dos pensamentos confusos, sem substância, ruins, que me assombram. Sim, quero dormir quando tenho medo — a salvação da alma diante do pânico.

Mas e ele? Jean quando dança tem o corpo de um manequim em que são penduradas camisas, calças e casacos.

Eu me levantei, ele veio até mim, e eu lhe dei um tapa na cara. Minha mão ficou em chamas, pegando fogo, como se eu estivesse em brasas.

— Ei! — disse ele. — Mas por quê...?

Dei outro tapa nele, agora tinha carvão quente nos dedos.

— Pare de pensar. Sinta! — gritei para ele.

Fui até a vitrola, botei o "Libertango". Um acordeão, como batidas de chicote, batidas de chibata, o estalo de galhos no fogo. Piazzolla e os violinos que ele levava às alturas.

— Não, eu...

— Sim. Dance comigo. Dance como você se sente! Como você se sente?

— Estou furioso! Você me bateu, Manon!

— Então, dance furioso! Encontre o instrumento na música que seu sentimento toca, siga-o! Me pegue do jeito que está furioso comigo!

Mal lhe disse isso e ele me agarrou e me pressionou contra a parede, os dois braços erguidos, sua pegada firme, muito firme. Os violinos gritavam. Dançamos nus, ele havia escolhido o violino como o instrumento de seus sentimentos. Sua ira se transformou em desejo, em seguida em carinho, e, quando eu o mordi e arranhei e me defendi para acompanhá-lo, me neguei a ficar em suas mãos — aí meu amante se transformou em um tanguero. Ele voltou para o próprio corpo.

Eu vi, enquanto estava coração a coração com ele, e ele me deixava sentir o que sentia por mim, nossas sombras na parede, dançando na parede azul-lavanda do Quarto Lavanda. Dançaram no caixilho da janela, dançaram como um ser vivo, e Castor, o gato, observou-nos de cima do armário. Dessa noite em diante, sempre dançamos tango; no início, nus, porque era mais fácil o deslizar, puxar e segurar. Dançamos cada um com a mão sobre o próprio coração. E então, em algum momento, trocamos, pousamos as mãos no coração do outro. Tango é a droga da verdade. Disfarça seus problemas, seus complexos. Mas também os pontos fortes que escondemos dos outros para não os chatear. E mostra o que um casal pode ser um para o outro, como ouvem um ao outro. Se uma pessoa só consegue ouvir a si mesma, vai odiar o tango.

Jean não conseguia se sentir diferente, não conseguia deixar de fugir para dentro das ideias abstratas da dança. Ele me sentia. Os pelos finos das minhas pernas. Meus seios. Nunca meu corpo era tão feminino como nas horas em que Jean e eu dançávamos e depois nos amávamos sobre o sofá, no chão, sentados na cadeira, em todos os lugares. Jean tinha a sensação, assim dizia ele, de que "quando está aqui você é a fonte da qual eu fluo, mas quando vai embora, eu seco". Depois começamos a dançar pelos bares de tango de Paris. Jean aprendeu a me deixar sentir a energia de seu corpo e a me mostrar que tango ele queria de mim — e nós aprendemos espanhol. Ao menos os poemas e versos que um tanguero sussurra para sua tanguera para... fazer um tango melhor. Que jogos deliciosos e inexplicáveis começamos. Começamos a nos tratar com formalidade no quarto. E exigíamos, através das formas mais polidas, as coisas mais obscenas.

Ah, Luc! Com ele é diferente... menos desesperado. Mas também menos natural. Com Jean, desde o início, eu nunca menti. Com Luc, eu calo meus desejos por mais rispidez ou carinho, por mais coragem ou brincadeiras. Eu me envergonho por querer mais do que ele pode me dar — ou, quem sabe? Talvez ele pudesse me dar essas coisas se eu pedisse. Mas como?

"Se você dançar com outra mulher, não traia o tango se refreando", nos disse Gitano, um dos professores de tango em um bar.

Ele também disse que Jean me ama. E eu o amo. Ele via isso em cada passo que dávamos; éramos um só ser, e talvez aquilo se aproximasse da verdade. Preciso estar com Jean, porque ele é a parte masculina de mim. Olhamos um para o outro e enxergamos o mesmo. Luc é o homem com quem olho para a *mesma direção, um ao lado do outro. Ao contrário do professor de tango, nunca falamos de amor. "Eu te amo" deveria ser dito por aqueles que são livres e puros. Romeo e Julieta. Mas não Romeu, Julieta e Estéfano.*

Resta tão pouco tempo para nós. Precisamos fazer tudo de uma vez, do contrário não conseguiremos nada. Dormimos juntos e falamos sobre livros ao mesmo tempo, e nos intervalos comemos e nos calamos, brigamos e reatamos, dançamos e lemos em voz alta, cantamos e continuamos a procurar nossas estrelas — tudo em velocidade acelerada. Anseio pelo próximo verão, quando Jean estará na Provence, e juntos procuraremos estrelas.

Vejo o Palais des Papes brilhar dourado sob o sol. Essa luz de novo, finalmente; finalmente as pessoas que não fingem que as outras não estão lá, nem no elevador, tampouco nas ruas ou no ônibus. Finalmente damasco colhido direto do pé.

Ah, Avignon — antes eu me perguntava por que essa cidade, com o palácio tão sinistro, sempre frio e obscuro, tem tantas passagens secretas e alçapões. Agora, eu sei: deve ser pela inquietação do desejo que existe desde o início da humanidade. Pérgolas, quartos privados, camarotes de teatro, labirintos em milharais — servem todos ao mesmo jogo!

É um jogo que conheço. Mas todos fingem que ele não existe, ou pelo menos que é muito distante, muito inofensivo, nada real.

Até parece!

Eu sinto a vergonha infinita nas minhas bochechas, sinto meus joelhos cederem, e a mentira se aninha entre minhas omoplatas e as fere.

Querido Mamapapa, faça com que eu não precise escolher.

E faça também com que as bolinhas nas minhas axilas sejam apenas pedrinhas calcárias que sempre escorrem das torneiras lá em Valensole, lar da lavanda e dos gatos mais incorruptíveis que existem.

⤫ 22 ⤫

Monsieur Perdu sentiu como os olhares o analisavam sob cílios cheios de rímel. Se aceitasse, mantivesse e retribuísse o olhar de uma mulher, já estaria em meio ao *cabeceo*, a silenciosa troca de olhares que é a moeda com que se negocia tudo no tango. O "perguntar com os olhos".

— Olhe para o chão, Jordan. Não olhe direto para as mulheres — sussurrou ele. — Se uma mulher o encarar mais tempo, ela aceitará que o senhor a conduza. O senhor dança tango argentino?

— Eu era muito bom em dança livre com leques.

— O tango argentino é bem parecido. São apenas poucas sequências fixas de passos. Os *tangueros* inclinam o corpo para a frente, coração com coração. E depois o senhor ouve como a mulher quer ser conduzida.

— Ouvir? Mas ninguém está falando nada.

Era verdade. Nem as mulheres, tampouco os homens, muito menos os casais na pista de dança gastavam fôlego com conversas. E mesmo assim, tudo já estava falado. "Mais forte! Não tão rápido! Me dê espaço! Relaxe! Vamos brincar!" As mulheres corrigiam os homens; aqui, uma passada de pé na panturrilha. "Concentre-se!" Lá, um oito estilizado, riscado no chão. "Eu sou a princesa!"

Em outros lugares havia homens que utilizavam o poder das palavras na sequência de quatro danças para deixarem suas parceiras mais apaixonadas. Sussurravam em espanhol suave no ouvido, no pescoço, nos cabelos, onde o fôlego arrepiava a pele: "Fico louco com seu tango. Você me deixa maluco com sua dança. Meu coração vai libertar o seu para cantar..."

Mas ali não havia "sussurradores" de tango. Ali, tudo acontecia através dos olhos.

— Os homens deixam o olhar pairar discretamente — murmurou Perdu para Max, lhe explicando as regras do *cabeceo*.

— Como o senhor sabe de tudo isso? Aprendeu também em um...

— Não. Não aprendi em um livro. Ouça bem: olhe ao redor devagar, mas não muito devagar. Procure com quem o senhor quer dançar a próxima *tanda*, a sequência de quatro danças, ou veja quem quer dançar com o senhor. Peça para dançar com um olhar longo, direto. Se ele for correspondido, seja com um menear de cabeça, um meio-sorriso, o pedido foi aceito. Se ela olhar para o lado, significa "Não, obrigada".

— Isso é bom — sussurrou Max. — Esse "Não, obrigada" é tão silencioso que ninguém precisa se preocupar em passar vexame.

— Exatamente. É um gesto galante, quando o senhor se levanta e busca a dama. Nesse momento, é bom também verificar no caminho se é realmente o escolhido. Ou se não foi o cavalheiro logo atrás do senhor.

— E depois da dança? Convido-a para uma bebida?

— Não. O senhor a leva para seu lugar, agradece e volta para o lado dos homens. O tango não obriga ninguém a nada. Por três, quatro músicas, o senhor compartilha saudade, esperança e também desejo. Muitos dizem que é como sexo, só que melhor. E mais frequente. Mas depois, acaba. É extremamente indelicado dançar mais de uma *tanda* com uma mulher. É considerado falta de educação.

Com olhares semicerrados, eles observaram os casais. Depois de um tempo, Perdu indicou com o queixo uma mulher que podia ter cinquenta e poucos anos, mas também quase setenta. Cabelos pretos com mechas grisalhas, bem presos à nuca em um coque como o de uma dançarina de flamenco. Um vestido de dança novo. Três alianças em um dedo. Sua postura era a de uma bailarina, magra com uma firmeza flexível, como um galho jovem de amoreira. Uma dançarina excepcional, segura e precisa, e ainda assim tão caridosa que dançava ao redor da dureza ou da timidez do parceiro, escondendo as falhas do homem por trás de sua graça. Fazia com que tudo parecesse fácil.

— Aquela é sua parceira de dança, Jordan.

— Ela? É experiente demais. Fico com medo!

— Fique atento ao sentimento. O senhor vai querer escrever sobre isso um dia, e seria bom saber como é sentir medo de dançar. E ainda assim ter que dançar.

Enquanto Max, meio em pânico, meio galante, voltava o olhar para a orgulhosa rainha da amoreira, Jean afastou-se até o bar, pediu um copo com uma dose cheia de *pastis*, e se serviu de água gelada. Ele estava... entusiasmado. Sim, realmente entusiasmado.

Como se precisasse subir em um palco naquele momento.

Da mesma forma que acontecia antes de todo encontro com Manon! Seus dedos trêmulos transformavam o barbear em um banho de sangue. Nunca sabia como se vestir, pois queria parecer forte e atlético e elegante e descolado ao mesmo tempo. Fora a época em que havia começado a correr e a fazer musculação para ficar bonito para Manon.

Jean Perdu deu um gole no *pastis*.

— *Grazie* — disse ele, seguindo uma intuição.

— *Prego, Signor capitano* — disse o barman gorducho, baixote e bigodudo com seu sotaque napolitano cantado.

— Obrigado, mas não sou um capitão de verdade...

— Ah, mas é. É, sim. Cuneo pode ver.

As caixas de som começaram a tocar músicas comerciais: a *cortina*, o sinal para a troca dos casais. Em trinta segundos, a banda tocaria a próxima *tanda*.

Perdu observou a dançarina-amoreira se apiedar de Max e se deixar levar ao meio da pista de dança pelo jovem, que estava pálido, mas manteve a cabeça erguida com coragem. Depois de apenas alguns passos, ela se empertigou como uma imperadora, e aquilo pareceu ter um efeito sobre Max, embora até então estivesse apenas pendurado ao braço esticado da mulher. Tirou os protetores de orelha. Jogou-os de lado. Naquele instante, pareceu mais alto, os ombros mais largos, o peito inflado como o de um *torero*.

Ela lançou um olhar breve para Perdu, seus olhos azuis muito claros. O olhar era jovem, os olhos eram antigos, e seu corpo entoava a canção doce e apaixonada do tango, que ultrapassava toda a noção de tempo. Perdu conhecia a *anõranza* da vida, uma tristeza suave, calorosa, por tudo, por nada.

Añoranza.

A saudade do tempo em que éramos crianças, quando os dias se entremeavam uns nos outros e a impermanência não tinha significado nenhum. É o sentimento de ser amado de uma maneira que somos incapazes de reproduzir. É a dedicação que se experimenta uma vez. É tudo que uma pessoa não consegue traduzir em palavras.

Ele deveria incluir essa palavra na Enciclopédia de Sentimentos.

P. D. Olson chegou ao bar. Quando seus pés e pernas não estavam dançando, ele voltava a se portar como um velhinho.

— O que você não consegue explicar, precisa dançar — murmurou Perdu para si.

— E o que você não consegue expressar, deve escrever — vozeou o velho romancista.

Quando a banda tocou *"Por una Cabeza"*, a dançarina-amora deixou-se cair no peito de Max, seus lábios sussurrando feitiços, suas mãos, seus pés, seus quadris corrigiram discretamente a posição dele. E assim ela fez com que parecesse que ele a conduzia.

Jordan dançou tango, primeiro com olhos arregalados, em seguida, obedecendo uma ordem sussurrada, com pálpebras entreabertas. Logo estavam agindo como um casal em harmonia, a estrangeira e o jovem.

P. D. meneou a cabeça para Cuneo, o barman gorducho que naquele momento também estava na pista de dança. Lá, parecia mais leve. Leve e muito galante em seus movimentos estreitos, respeitosos. Sua parceira de dança era maior que ele e, ainda assim, se aconchegava em seu corpo, cheia de confiança.

Foi quando P. D. Olson inclinou-se e falou para Perdu, em segredo.

— Uma figura literária maravilhosa, esse Salvatore Cuneo. Veio para a Provence como ajudante na colheita de cerejas, pêssegos, damascos, tudo que precisava de mãos sensíveis. Trabalhou com os russos, os marroquinos e os argelinos. Passou uma noite com uma jovem barqueira do rio. No dia seguinte, ela entrou em sua barcaça e desapareceu. Teve algo a ver com a lua. Desde então, Cuneo a procura por esses rios. Faz mais de vinte anos. Trabalha um tempo aqui, outro acolá, acho que aprendeu a fazer de tudo um pouco. Cozinha, principalmente. Mas também pinta, conserta caminhão-tanque, faz mapa astral... o que quiser, ele faz. O restante aprende em velocidade assustadora. O homem é um gênio no corpo de um pizzaiolo napolitano. — P. D. balançou a cabeça. — Vinte anos. Imagine só. Por causa de uma mulher!

— Por que não? Existe motivo melhor?

— O senhor pode me responder, *John Lost*.

— Como? Do que o senhor acabou de me chamar, Olson?

— O senhor ouviu bem. Jean Perdu, John Lost, Giovanni Perdito, João Perdido... eu já sonhei com o senhor.

— O senhor escreveu *Luzes do Sul*?

— O senhor já dançou?

Jean Perdu tomou o resto do *pastis* em um gole. Em seguida, virou e fez o olhar pairar sobre as mulheres. A maioria desviou o olhar, outras ficaram firmes. E uma o encarou. Tinha uns vinte e cinco anos. Cabelos curtos, seios pequenos, músculos deltoides firmes entre o antebraço e o ombro. E uma chama no olhar que trazia uma fome infinita, mas também o desejo de matar essa fome.

Perdu assentiu para ela. Ela se levantou sem sorrir e foi até a metade do caminho — a metade menos um passo. Queria forçar que ele desse o último. Ela esperou. Uma gata furiosa, ainda que controlada.

Nesse exato instante, a banda terminou a primeira música; e Monsieur Perdu avançou até a mulher-gata faminta de vida.

"À luta!", dizia seu rosto.

"Me domine se puder, mas não ouse me diminuir", provocava a boca.

"E ai de você se tiver medo de me causar dor. Sou suave, mas só sinto a suavidade na dificuldade da paixão. E eu sei me defender!", diziam suas mãos pequenas e firmes, a tensão quase vibrante que mantinha seu corpo empertigado, e suas coxas, que naquele momento se aninhavam nas dele.

De cima a baixo ela se colava em Perdu, mas, nos primeiros acordes, ele transmitiu sua energia para ela com um tranco do plexo solar. Ele a pressionou mais, mais e mais, até os dois estarem com um joelho dobrado, e a outra perna estendida para o lado.

Um burburinho atravessou a fileira das mulheres, mas logo se calou quando Perdu puxou a jovem para cima, envolvendo a perna livre dela rápida e habilmente com seu joelho. As partes de trás dos joelhos se encontraram, suaves. Estavam tão aconchegados um no outro como somente os amantes nus ficam.

Aquilo tudo despertou em Jean uma força que havia ficado tempos sem uso. Será que ele ainda conseguia? Conseguia voltar ao seu corpo, que não havia usado por uma eternidade?

"Não pense, Jean! Sinta!"

Sim, Manon.

Não pensar no amor, no jogo do amor, na dança, na conversa sobre sentimentos — isso Manon lhe ensinara. Ela o chamava de "típico homem do norte", porque ele tentava esconder suas inseguranças atrás de frases e de expressões de indiferença. Porque no sexo prestava muita atenção ao que era adequado. E porque puxava e empurrava Manon na pista de dança como um carrinho de compras, em vez de dançar do jeito que queria. Como os impulsos da vontade, da reação e do desejo ditavam.

Manon abriu aquela casca de rigidez como uma noz, entre as mãos, as mãos nuas, entre dedos nus, entre pernas nuas...

Ela me libertou do que era misantrópico em mim. Do silêncio e das amarras. Da obrigação de só poder dar os passos certos.

Dizem que homens que estão alinhados com seus corpos sentem o cheiro, sabem quando uma mulher quer mais da vida do que ela recebe. A garota em seus braços ansiava pelo estrangeiro, pelo viajante eterno, e ele sentiu esse cheiro enquanto sentia o coração dela bater junto ao seu peito. O desconhecido que entra cavalgando na cidade, lhe entrega por uma noite todas as aventuras, põe a seus pés tudo o que lhe falta ali, no vilarejo, em meio a trigais silenciosos e florestas antigas. É o único protesto que ela se permite para não ficar amarga em todo aquele idílio interiorano, no qual sempre importam a terra, a família e a prole. Mas nunca ela, única e exclusivamente ela.

Jean Perdu deu à jovem o que ela ansiava. Ele a segurou como nenhum dos jovens marceneiros, vinicultores ou lenhadores jamais fez. Dançou com seu corpo e com sua feminilidade como ninguém que ela conhecia desde a infância poderia dançar e para quem ela era apenas Marie, "a filha do velho ferreiro, que ferra nossos cavalos".

Em cada toque, Jean pôs todo seu corpo, todo seu fôlego, toda sua concentração. E sussurrou coisas para ela na língua do tango, no castelhano argentino que Manon e ele aprenderam e murmuravam um para o outro na cama. Eles se tratavam de um jeito formal, como os casais mais velhos e tradicionais da antiga Espanha, e resmungavam obscenidades entre si.

Tudo se misturava — o passado, o presente, aquela jovem e a outra que se chamava Manon. O jovem que ele fora, que não tinha a menor ideia de quanto ele podia ser homem. O homem, não velho, mas mais velho, que esquecera como era ter desejos. Como era segurar uma mulher nos braços. E ali estava ele, nos braços da dançarina felina, que amava lutar, ser dominada e voltar a brigar.

Manon, Manon, você também dançava assim. Tão faminta em conquistar algo apenas para si. Sem família, sem a terra de seus ancestrais nos ombros. Apenas você, sem futuro, você e o tango. Você e eu, seus lábios, meus lábios, sua língua, minha pele, minha vida, sua vida.

Quando a terceira canção começou, a "Libertango", as portas da saída de emergência do salão se abriram de supetão.

Perdu ouviu uma voz agitada e profundamente raivosa de homem.

— Olha eles lá, os filhos da mãe!

❦ 23 ❦

Cinco homens entraram. As mulheres gritaram.

Em seguida, o primeiro intruso arrancou a parceira de Cuneo de seus braços e se preparou para estapeá-la. O italiano atarracado agarrou seu braço. Na sequência, um segundo interveio, pulou sobre Cuneo e desferiu um soco no estômago, enquanto o outro arrastava a mulher consigo.

— Traição — cochichou P. D. Olson enquanto Jean Perdu e ele levavam a mulher-felina para longe do grupo de homens enlouquecidos e fedendo a álcool.

— Aquele ali é meu pai — murmurou ela, branca como cera pelo susto, e apontou para um dos agressores, que tinha os olhos muito juntos e um machado na mão.

— Não olhe para ele! Saia por aquela porta na minha frente! — ordenou Perdu.

Max defendia-se de dois caras furiosos que diziam que suas esposas, filhas e irmãs haviam descoberto em Cuneo a personificação dos jogos sexuais satânicos. Salvatore Cuneo sangrava por ter tomado um golpe na boca. Max chutou o joelho de um dos agressores e derrubou o outro de costas com um giro de kung-fu.

Em seguida, correu de volta para a dançarina-amoreira que, muito quieta e de postura orgulhosa, permaneceu parada em meio ao caos. Ele beijou sua mão com uma reverência galante.

— Muito obrigado, rainha desta noite infinda, pela dança mais bela da minha vida.

— Vamos embora antes que seja sua última — gritou P. D., e puxou Max pelo braço.

Perdu viu a rainha sorrir quando Max olhou para trás. Ela pegou os protetores de orelha dele e apertou-os contra o peito.

Jordan, Perdu, P. D., a felina e Cuneo correram até uma velha van Renault azul. Cuneo encolheu a barriga de barril atrás do volante, P. D., ofegante, enfiou-se no banco do carona, Max, Jean e a jovem esgueiraram-se no compartimento traseiro, entre caixas de ferramenta, uma mala de couro, uma caixa de garrafas na qual havia legumes, vinagres e maços de temperos, e montanhas de livros com diferentes conteúdos. Eles foram jogados para lá e para cá quando Cuneo pisou fundo no acelerador, perseguido pela agitação raivosa dos punhos dos homens que não suportavam a vontade secreta de dançar de suas mulheres e seguiram os forasteiros até o estacionamento.

— Caipiras idiotas! — rosnou P. D. enquanto jogava um livro ilustrado sobre borboletas para trás. — Têm a mente tão tacanha que pensam que somos *swingers*, que primeiro dançamos vestidos e mais tarde pelados. O que nem seria bonito de se ver, com todas aquelas bolas enrugadas balançando, barrigas caídas e pernas finas de vovô.

A mulher-felina bufou, e Max e Cuneo gargalharam — a gargalhada exagerada daqueles que acabaram de passar por apuros.

— Olha só… podemos dar uma passadinha em um banco? — perguntou Max, ansioso, quando irromperam a oitenta quilômetros por hora na rua principal de Cepoy, em direção ao barco.

— Só se o senhor tiver interesse em trabalhar como cantor *castrato* — resmungou P. D.

Pouco depois, pararam diante do barco-livraria. Lindgren e Kafka estavam deitados na janela da amurada sob o sol do início da tarde, lânguidos e entediados, e não se deixavam abalar pelo agitado casal de corvos que grasnavam ofensas do alto seguro de uma macieira frondosa. Perdu percebeu o olhar saudoso que Cuneo lançou ao barco.

— Acho que o senhor não pode mais ficar nesse lugar — disse ele ao italiano. Este suspirou.

— O senhor não sabe quantas vezes já ouvi essa frase, *capitano*.

— Venha conosco. Estamos a caminho da Provence.

— O velho enfileirador de letrinhas contou minha história para o senhor, *sì*? Que procuro nos rios uma *signorina* que levou meu coração?

— Contei. O americano malvado não consegue manter o bico fechado. E daí? Sou velho e logo vou estar morto, preciso fazer das minhas enquanto é tempo. E olha que eu nem postei sua história no Facebook.

— O senhor tem Facebook? — perguntou Max, incrédulo. Tinha juntado algumas maçãs em sua camisa esticada.

— Tenho. E? Só porque é como se comunicar por batidinhas na parede de uma prisão? — O velho Olson deu uma risadinha.
— Claro que tenho. Como eu entenderia o que está acontecendo com a humanidade? E que agora os linchadores de vilarejo podem recrutar ajudantes do mundo inteiro?

— Ah, tá. Tudo bem — disse Max. — Vou adicionar o senhor.

— Faça isso, meu filho. Sempre entro na internet na última sexta-feira do mês, entre onze e quinze horas.

— O senhor ainda nos deve uma resposta — comentou Perdu.
— Já dançamos bastante. Pois bem, responda com sinceridade, não suporto mentiras. Escreveu *Luzes do Sul*? O senhor é Sanary?

Olson virou seu rosto vincado para o sol. Tirou o chapéu absurdo, arrumou os cabelos brancos para trás.

— Eu, Sanary... como o senhor chegou a essa conclusão?

— A técnica. As palavras.

— Ah, eu sei o que quer dizer! "O grande mamapapa", maravilhoso... a saudade personificada de todo ser humano do primeiro cuidador, o pai materno. Ou o "rosamor", que deve ser florido e cheiroso, mas sem espinhos, que é um mal-entendido da natureza da rosa. Tudo muito maravilhoso. Só que, infelizmente, não é meu. Sanary, na minha opinião, é um grande filantropo, uma pessoa além de todas as convenções. Não posso dizer o mesmo de mim. Eu não gosto de gente e sempre que preciso me ater a regras sociais tenho diarreia. Não, meu amigo John Lost... não sou eu. E infelizmente essa é a verdade.

P. D. desceu com dificuldade e deu a volta no carro, claudicando.

— Olha, Cuneo, eu cuido do seu carro velho até você voltar. Ou não voltar, quem sabe?

Cuneo ficou indeciso, mas, quando Max começou a levar seus livros e a caixa de garrafas, pegou a caixa de ferramentas e a mala de couro.

— *Capitano Perdito*, tenho permissão para subir a bordo?

— Por favor. Seria uma honra, *Signor* Cuneo.

Max soltou as cordas para partir, a mulher felina recostou-se com um olhar inescrutável no capô do Renault, enquanto Perdu se despedia de P. D. Olson com um aperto de mão.

— O senhor sonhou mesmo comigo? Ou foi apenas uma brincadeira com as palavras? — perguntou ele.

Per David Olson abriu um sorrisinho astuto.

— Um mundo de palavras nunca pode ser verdadeiro. Li isso uma vez no livro de um alemão, Gerlach, Gunter Gerlach. Um homem que sabia das coisas. — Ele refletiu. — Vá até Cuisery pelo rio Seille. Talvez encontre Sanary lá. Caso ela ainda esteja viva.

— Ela? — perguntou Perdu.

— Ah, eu lá sei? Tudo que é interessante imagino como mulher. O senhor não? — Olson sorriu e entrou com dificuldade no carro velho de Cuneo. Em seguida, esperou pela jovem, que abraçava Perdu.

— Você ficou me devendo — disse ela com voz rouca, e tampou a boca de Perdu com um beijo.

Foi seu primeiro beijo de verdade em vinte anos, e nem em sonho Jean poderia imaginar que seria tão inebriante. Ela o sugou, tocou de leve com a língua na dele. E com olhos reluzentes, desvencilhou-se.

"E se eu te desejei, o que você tem a ver com isso?", disse seu olhar orgulhoso, enfurecido. *Aleluia. O que fiz para merecer isso?*

— Cuisery? — perguntou Max. — O que é isso?

— O paraíso — disse Perdu.

24

Cuneo ocupou a segunda cabine e em seguida declarou a cozinha do barco seu território. De sua mala e da caixa de garrafas, o gorducho meio careca tirou uma bateria de temperos, óleos e misturas. Misturas que ele mesmo preparou para temperar, refinar molhos ou simplesmente para "cheirar e ser feliz".

Quando viu o rosto cético de Perdu, ele perguntou:

— Tem algo de errado?

— Não, *Signor* Cuneo. Só que...

Só que eu não estou acostumado a aromas gostosos. São bons demais. Insuportavelmente bons. E nada "felizes".

— Certa vez, conheci uma mulher — começou Cuneo enquanto continuava a arrumação e verificava as facas de cozinha —, que chorava com o aroma das rosas. E outra que achava muito erótico quando eu assava tortas. Os cheiros causam reações estranhas na alma.

Felicidade com tortas, pensou Perdu. Seria listado no F. Ou no L, em Linguagem dos aromas. Será que algum dia Jean começaria sua Enciclopédia de Sentimentos?

E por que não amanhã mesmo? Ah, não... que tal agora?

Tudo o que precisava era de papel e lápis. E então, um dia, letra por letra, teria realizado um sonho. Teria, faria, seria...

Agora. Existe apenas o agora. Faça isso já, covarde. Respire embaixo d'água de uma vez por todas.

— Comigo é a lavanda — confessou ele, hesitante.

— O senhor chora ou sente a outra coisa?

— Os dois. É o cheiro do meu maior fracasso. E da minha felicidade.

Naquele momento, Cuneo abriu uma sacola plástica com seixos e os dispôs em uma prateleira.

— Este é *meu* fracasso e minha felicidade — explicou ele sem que perguntassem. — É o tempo. Acalma o que machuca. E como sempre esqueço isso, tenho esses seixos que vêm de cada rio no qual já viajei.

O canal do Loing se sobrepôs ao canal de Briare, um dos trechos mais espetaculares da rota de Bourbonnais, com um aqueduto em forma de calha que levava o canal por sobre o rio Loire, naquele ponto turbulento e inavegável. Na marina de Briare, tão florida que dezenas de pintores estavam sentados às margens para capturar o cenário, eles lançaram âncora.

A marina parecia uma segunda Saint Tropez, mas menor; viram muitos iates caros, pessoas flanando pelas alamedas. A Farmácia Literária era o maior barco, e muitos capitães de fim de semana passaram para observá-la, avaliar a construção e dar uma olhada na tripulação. Perdu sabia que pareciam estranhos. Não iniciantes, mas pior.

Amadores.

Sem desanimar, Cuneo perguntava a todos os visitantes se tinham visto o barco cargueiro *Noite de Lua* em suas viagens. Um casal suíço que viajava havia trinta anos em um Luxe holandês dissera se lembrar dele. Dez anos antes, talvez. Ou doze? Quando Cuneo quis começar o jantar, encontrou a despensa vazia e apenas comida de gato e os famosos feijões brancos na geladeira.

— Não temos dinheiro, *Signor* Cuneo, nem suprimentos — começou Perdu.

Ele contou sobre a partida inesperada em Paris e suas adversidades.

— Em geral, o povo dos rios é bastante prestativo. E eu tenho algumas economias — comentou o napolitano. — Posso lhes dar um pouco, como pagamento pela viagem.

— É muito gentil de sua parte, mas está fora de questão — disse Perdu. — Precisamos ganhar dinheiro de alguma forma.

— Aquela mulher não está esperando o senhor? — perguntou Max a Jordan com toda a inocência. — Não deveríamos perder tempo.

— Ela não está me esperando, temos todo o tempo do mundo — disse Perdu, deixando logo o assunto de lado.

Ah, sim. We have all the time in the world. *Ah, Manon… você ainda se lembra daquele bar num porão, Louis Armstrong e nós.*

— Vai ser uma surpresa para ela? Isso é incrivelmente romântico… mas também um belo risco.

— Quem não se arrisca, não vive — interveio Cuneo. — Vamos falar sobre dinheiro de novo.

Perdu abriu um sorriso agradecido para o italiano.

Cuneo e Perdu estavam curvados sobre os mapas fluviais, e o italiano fez uma cruz em alguns vilarejos.

— Tenho uns conhecidos aqui, em Apremont-sur-Allier, atrás de Nevers. Javier sempre está atrás de ajudantes para seus trabalhos de manutenção de lápides… e aqui, em Fleury, já trabalhei como cozinheiro particular… em Digoin para um pintor… e aqui, em Saint-Sautur, hum, se ela não estiver mais chateada por na época eu não ter… — Ele enrubesceu. — Bem, a maioria vai nos ajudar com comida e diesel. Ou saberão onde tem trabalho.

— O senhor conhece alguém em Cuisery?

— A cidade dos livros no Seille? Nunca estive lá. Mas talvez encontre lá o que procuro.

— A mulher.

— Sim, a mulher. — Cuneo respirou fundo. — É raro ter mulheres como essas, sabe? Talvez se encontre uma apenas a cada dois séculos. Ela é tudo com que um homem pode sonhar. Bonita, esperta, sábia, tolerante, apaixonante, simplesmente tudo.

Incrível, pensou Perdu. *Não conseguia falar assim de Manon. Falar sobre ela significaria compartilhá-la. Significaria confessar.* Jean não se via capaz de fazer aquilo.

— A grande pergunta é — disse Max, refletindo —, o que trará dinheiro rápido? Já digo para vocês: não sirvo para ser gigolô.

Cuneo olhou ao redor.

— E os livros? — perguntou ele, devagar. — O senhor quer ficar com todos?

Como não havia pensado naquilo?

Cuneo foi a Briare comprar frutas, legumes e carne na feira e convenceu um pescador espertinho a lhe dar a pesca do dia. Jean abriu o barco-livraria, e Max saiu para anunciar os produtos. Ele flanou pela marina e pelo vilarejo, gritando:

— Temos livros para vender! Os lançamentos da estação. Divertidos, inteligentes e baratos, livros, belos livros!

Quando passava por uma mesa cheia de mulheres, ele provocava:

— Ler te deixa bonita, ler enriquece, ler emagrece!

Nesse meio-tempo, ele se pôs diante do restaurante Le Petit St. Trop e declamou:

— Problemas no amor? Temos o livro certo. Com raiva do capitão? Temos um livro para isso também! Pescou um peixe e não sabe como limpá-lo? Nossos livros sabem de tudo.

Alguns reconheceram o escritor, cuja foto tinham visto nos jornais. Outros se afastavam, irritados. E um punhado foi até a Farmácia Literária para pedir conselhos.

E assim Max, Jean e Salvatore Cuneo ganharam seus primeiros euros. Além disso, um monge grandalhão e misterioso de

Rogny trocou uma garrafa de mel e potinhos de temperos por livros sobre agnosticismo.

— O que ele, dentre todas as pessoas, vai fazer com esses livros?

— Enterrar — avaliou Cuneo.

Ele comprou ainda algumas mudas de ervas do capitão do porto, a quem perguntou também sobre o barco cargueiro *Noite de Lua*, e montou, com a ajuda de algumas prateleiras de estante, uma pequena horta, para alegria de Kafka e Lindgren, que saltavam empolgados sobre a hortelã. Pouco depois, começaram a correr para lá e para cá pelo barco por causa da avoadinha, felpuda como uma escova.

À noite, Cuneo serviu o jantar, usando um avental florido e luvas térmicas também floridas.

— Meus senhores: uma variação do *ratatouille*, tão desmerecido pelo turismo. *Bohémienne de Légumes* — explicou Salvatore enquanto servia a comida na mesa improvisada no convés.

Revelou-se um prato de legumes vermelhos picados em cubinhos, assados, temperados com muito tomilho, espremidos em uma forma, em seguida espalhados no prato de forma artística e regado com azeite dos mais preciosos. Para acompanhar, costeletas de cordeiro, que Cuneo passara três vezes em fogo aberto, e um flan de alho branco como a neve que derretia na boca.

Quando Perdu deu a primeira bocada, algo estranho aconteceu. Imagens pareceram explodir em sua cabeça.

— Isto é incrível, Salvatore. Você cozinha como Marcel Pagnol escreve.

— Ah, Pagnol. Bom homem. Ele também sabia que só se consegue enxergar direito com a língua. E com o nariz e o estômago. — Cuneo suspirou, satisfeito. Em seguida, falou entre duas bocadas: — *Capitano* Perdito, eu acredito muito que se deve comer a alma de um país para entendê-lo. E para sentir as pessoas. E a alma é o que cresce em seu solo. O que as pessoas veem, cheiram e tocam todos os dias. O que passa por elas e as molda de dentro para fora.

— Como os macarrões moldam os italianos? — perguntou Max enquanto mastigava.

— Cuidado com o que diz, Massimo. A *pasta* deixa as mulheres *bellissime*! — Cuneo desenhou com as mãos, empolgado, um corpo feminino avantajado.

Eles comeram, eles riram. À direita, o sol se punha, à esquerda a lua cheia se erguia, estavam cercados pelo aroma exuberante das flores do porto. Os gatos vasculhavam cuidadosamente os arredores e, mais tarde, fizeram companhia aos homens, graciosamente entronados sobre uma caixa de livros virada.

Uma paz desconhecida tomou conta de Jean Perdu.

A comida pode curar?

A cada garfada que dava, mergulhada em ervas e azeite da Provence, parecia que ele absorvia mais a terra que o esperava. Como se comesse a paisagem que estava ao redor deles. Já poderia sentir a área selvagem ao redor do Loire, com suas florestas e vinhedos.

Naquela noite, dormiu tranquilo. Kafka e Lindgren velaram seu sono. Kafka deitou-se ao lado da porta; Lindgren, nos ombros do homem. Às vezes, Jean sentia patas tocando seu rosto, como se para ver se ele ainda estava lá.

Na manhã seguinte, decidiram permanecer mais um pouco no porto de Briare. Era uma base boa e um ponto de encontro famoso, e a estação dos barcos-casas havia começado. Quase toda hora chegavam novas *pénichettes* e, com elas, potenciais compradores de livros.

Max se dispôs a compartilhar as poucas roupas que lhe restavam com Jean, que partira só com uma camisa, a calça cinza, casaco e pulôver. E roupas não estavam na sua lista atual de prioridades de compras.

Pela primeira vez depois do que pareciam séculos, Perdu vestiu jeans e uma camiseta desbotada. Quando se olhou no espelho, sentiu-se estranho. A barba por fazer, o leve bronzeado que havia adquirido atrás do timão, as roupas casuais... não tinha mais uma aparência de mais velho do que realmente era. Nem de tão mais sério. Mas também não parecia muito mais jovem.

Max desenhou uma risca irônica horizontal como bigodinho e penteou os cabelos para trás, formando um rabo-de-cavalo preto e brilhante de pirata. Toda manhã treinava kung-fu e tai-chi no convés de ré com pés descalços e usando apenas uma calça leve. Ao meio-dia e à noite, lia algo em voz alta para Cuneo, enquanto este preparava o jantar. Cuneo pedia com frequência histórias de escritoras.

— As mulheres contam mais sobre o mundo. Os homens escrevem sempre sobre si.

Agora deixavam a Farmácia Literária aberta até tarde da noite. Os dias haviam ficado mais quentes.

As crianças dos vilarejos e de outros barcos passavam horas no ventre de Lulu para ler histórias dos livros de Harry Potter, Kalle Blomkvist, *Os Cinco*, *Gatos Guerreiros* ou o *Diário de um banana*. Na verdade, queriam que lessem para eles. Não raro, Perdu precisava reprimir um sorriso orgulhoso quando via Max sentado no chão com uma roda de crianças em volta, suas pernas longas encolhidas, o livro sobre os joelhos. Lia cada vez melhor, transformando as histórias em audiolivros. Perdu imaginava como essas crianças pequenas, que fitavam com olhos arregalados e concentração arrebatada, um dia se transformariam em pessoas que precisariam da leitura, que precisariam ser encantadas, da sensação de ter um filme rodando na cabeça, tanto quanto precisavam de ar para respirar.

A todos abaixo de quatorze anos ele vendia livros por peso: dois quilos por dez euros.

— Não ficamos no prejuízo desse jeito? — perguntou Max.

— Financeiramente falando, sim. Mas todo mundo sabe que a leitura deixa as pessoas insolentes, e o mundo de amanhã com certeza vai precisar de algumas pessoas que se rebelem, não acha?

Os adolescentes se apinhavam às risadinhas no canto dos livros eróticos e depois ficavam silenciosos. Perdu fazia-lhes o favor de ser bem barulhento quando se aproximava, para que pudessem desencostar os lábios e esconder o rosto corado por trás de um livro inocente.

Max sempre tocava piano, e com isso atraía clientes a bordo. Perdu se acostumou a mandar diariamente um cartão para Catherine e reunir novos verbetes para sua enciclopédia dos pequenos e médios sentimentos para os futuros farmacêuticos literários.

Toda noite se sentava na popa e olhava o céu. Sempre conseguia ver a Via Láctea e, aqui e ali, caía uma estrela cadente. Os sapos davam concertos *a cappella*, os grilos cricrilavam, tendo como fundo o estalar das velas nos mastros e o tilintar ocasional de um sino de navio.

Sentimentos totalmente novos o invadiam. Era razoável que Catherine os conhecesse. Pois tudo havia começado com ela. Esse tudo o deixaria diferente, e ele ainda não sabia como seria.

Catherine, hoje Max entendeu que um romance é como um jardim que precisa de tempo para que o leitor também possa se divertir de verdade dentro dele. Sinto-me estranhamente paternal em relação a Max. Um abraço, Perdito.
Catherine, acordei hoje pela manhã e pensei por três segundos que você é uma escultora da alma. Que você é uma mulher

*que acalma o medo. Nas suas mãos, o que era pedra volta a ser
gente. John Lost, o menir.*

*Catherine, os rios são diferentes do mar. O mar exige, os rios
dão. Aqui, acumulamos satisfação, tranquilidade, melancolia
e a calma do fim de tarde, suave como um espelho, quando ele
encerra o dia em seu azul acinzentado. Ainda tenho o cavalo-
marinho que você fez para mim com miolo de pão, com olhos de
pimenta. Ele precisa de companhia. Esta é a opinião de Jeanno P.*

*Catherine, as pessoas nos rios só vivem bem quando estão
em trânsito. Amam livros sobre ilhas desertas. Se o povo das
águas soubesse onde aportaria amanhã, ficaria enjoado. Uma
pessoa que consegue entendê-los é J. P. de P., no momento sem
endereço fixo.*

E Perdu havia descoberto ainda outra coisa sobre os rios: as
estrelas suspirantes. Em um dia, elas brilhavam. No próximo,
ficavam opacas. Em seguida, brilhavam de novo. E isso não de-
pendia da névoa ou de seus óculos; ele havia aprendido a erguer os olhos.

Parecia que respiravam em um ritmo lento, contínuo, profundo. Respiravam e olhavam para o mundo, como ele passava. Muitas estrelas já tinham visto dinossauros e neandertais, tinham
visto as pirâmides serem erguidas e Colombo descobrir a Améri-
ca. Para elas, a Terra era apenas outra ilha planetária no infinito
mar do espaço e seus habitantes incrivelmente... pequenos.

25

No fim da primeira semana, um funcionário municipal de Briare disse-lhes discretamente que precisariam se registrar como um estabelecimento sazonal ou seguir viagem. Era um leitor entusiasmado de *thrillers* norte-americanos.

— No futuro, tenham cuidado onde vão atracar... por princípio, a burocracia francesa não aceita nenhuma brecha.

Equipados com comida, energia, água e um punhado de nomes e números de celular de pessoas amistosas que viviam nos rios, rumaram para o canal lateral do Loire. Logo passaram por castelos, florestas densas exalando aroma de resina e vinhedos nos quais eram plantadas uvas *Sauvignon* e *Pinot Noir*.

Quanto mais para o sul avançavam, mais quente ficava o verão. De vez em quando viam barcos com mulheres de biquíni deitadas nos conveses pegando sol.

Nas campinas, amieiros, arbustos de amoras silvestres e parreiras formavam uma floresta mágica, trespassada por luzes entrecortadas, nas quais dançava a poeira da mata. Laguinhos pantanosos refletiam o brilho entre os sabugueiros e as faias inclinadas.

Cuneo pescava um peixe atrás do outro nas águas marulhantes, e nos bancos de areia longos e baixos avistavam garças-reais, águias-pescadoras e andorinhas-do-mar dando rasantes.

Aqui e ali, castores mergulhavam nos arbustos à caça de ratões--do-banhado. Uma França antiga, abundante, abria-se diante deles, saborosa, soberana, verdejante e erma.

Numa noite, ancoraram em um pasto abandonado. Estava tudo quieto. Nem a água fazia barulho e não se ouvia nenhum ruído de motor. Estavam completamente sozinhos, exceto por algumas corujas que às vezes chirriavam ao sobrevoarem as águas.

Depois do jantar à luz de velas, levaram cobertores e travesseiros para o convés e se deitaram lá, três homens, cabeça com cabeça, como uma estrela de três pontas. A Via Láctea parecia um risco claro, uma trilha de vapor feita de planetas bem acima deles.

O silêncio era simplesmente arrebatador, e o azul profundo do céu noturno parecia sugá-los.

Max pegou um cigarro fino de marijuana.

— Sou totalmente contra — disse Jean sem alarde.

— *Aye*, capitão. Entendido. Um dos holandeses me deu, não tinha dinheiro para o Houellebecq.

Max o acendeu.

Cuneo fungou.

— Tem cheiro de sálvia queimada.

Pegou o cigarro sem jeito, dando um trago curto e cauteloso.

— Eca. É como lamber um pinheiro.

— Puxe para os pulmões e segure lá o quanto der — disse Max. Cuneo seguiu a instrução.

— Ai, meu santo *Balsamico* — disse Cuneo, tossindo.

Jean deu um trago tímido e sentiu a fumaça no céu da boca. Uma parte dele temia a perda do controle. A outra ansiava por isso.

Para Jean, ainda parecia haver uma represa de tempo, hábito e medo dentro dele, impedindo-o de dar vazão à sua tristeza. Parecia ser habitado por lágrimas empedradas, que não abriam espaço para nada novo em seu íntimo.

Até aquele momento, não havia confessado nem para Max nem para Cuneo que a mulher por quem ele havia soltado todas as amarras da vida já virara pó fazia muito tempo.

E nem que se envergonhava disso. Que era a vergonha que o impulsionava, mas que nem sabia o que faria em Bonnieux, muito menos o que esperava encontrar lá. Paz? Ainda demoraria muito tempo para merecê-la.

Talvez um segundo trago não fosse fazer mal. O calor da fumaça era intenso. Desta vez, foi menos contido. Jean se sentiu como se estivesse deitado no fundo de um mar, um mar de ar pesado. Era tão silencioso quanto embaixo d'água. Até as corujas haviam se calado.

— Quantas estrelas — murmurou Cuneo, tropeçando nas palavras.

— Estamos voando acima do céu. A Terra é um disco, é isso que ela é — explicou Max.

— Ou um prato de frios. — Cuneo soluçou.

Ele e Max caíram na risada. Gargalharam, e a voz dos dois ecoou pelo rio e assustou filhotes de lebre no meio do mato, que se abaixaram rapidamente, com coração acelerado, rastejando até suas tocas.

O sereno da noite cobriu as pálpebras de Jean. Ele não riu. Para ele era como se o mar de ar sobre si impedisse até mesmo sua respiração.

— Cuneo, como era a mulher que você está procurando? — perguntou Max quando se acalmaram das gargalhadas.

— Bela. Jovem. E muito bronzeada — respondeu Cuneo.

Ele hesitou por um momento.

— Tirando "você sabe onde". Lá, era branca como creme de leite.

Ele suspirou.

— E também era tão doce.

Os três observaram as estrelas cadentes que passavam aqui e ali, riscavam seu campo de visão e se apagavam.

— As burrices do amor são as mais bonitas. Mas se paga muito caro por elas — sussurrou Cuneo, e puxou seu cobertor até o queixo. — Tanto pelas pequenas quanto pelas grandes.

De novo, suspirou.

— Foi apenas uma noite. Vivette estava noiva na época, mas isso significava que ela era intocável para os homens, principalmente para homens como eu.

— Estrangeiros? — perguntou Max.

— Não, Massimo, não era esse o problema. Ser um homem dos rios é que era o tabu. Vivette foi como uma febre que me assola até hoje. Meu sangue ferve quando penso nela. Seu rosto me olha de cada sombra e de cada raio de sol na água. Sonho com ela, mas a cada noite diminuem os dias que ainda poderíamos passar juntos.

— Não sei por que, mas agora me sinto terrivelmente velho e encarquilhado — admitiu Max. — Todas essas paixões que vocês sentem! Um está procurando há vinte anos uma mulher com quem dormiu uma noite, o outro viaja de repente e às pressas para... — Max interrompeu a frase.

No silêncio que se seguiu a essa fala, Jean sentiu um desconforto à margem de sua consciência alterada. O que Max não quis dizer? Mas ele continuou a falar, e Jean deixou para lá.

— Nem sei o que *eu* devo querer. Nunca fui tão apaixonado assim por uma mulher. Sempre enxerguei principalmente o que... o que ela *não* é. Uma era linda, mas arrogante com as pessoas que ganhavam menos que seu pai. A outra era legal, mas levava muito tempo para entender uma piada. E de novo houve uma incrivelmente bonita, mas que chorava quando tirava a roupa, sei lá por quê, e então eu preferia não dormir com ela, mas sim enrolá-la no meu maior pulôver e ficar abraçado com ela a noite toda. Posso dizer que as mulheres adoram dormir de conchinha, mas, para o homem, isso significa um braço dormente e a bexiga estourando de cheia.

— Sua princesa já nasceu, Massimo — disse Cuneo, convicto.

— Mas onde ela está? — perguntou Max.

— Talvez você já esteja procurando por ela e ainda não saiba que está no caminho certo — sussurrou Jean.

Assim fora com ele e Manon. Ele havia chegado de Marselha e subira no trem naquela manhã sem imaginar que meia hora depois encontraria a mulher que mudaria sua vida e também as bases sobre as quais ela se erguia. Estava com vinte e quatro anos, só um pouco mais velho que Max. Teve apenas cinco anos de horas na clandestinidade com Manon, porém pagara por esse punhado de dias com duas décadas de dor, saudade e solidão.

— Mas que um raio caia na minha cabeça se essas horas não valeram a pena.

— *Capitano*? Você disse algo?

— Não. Pensei em algo. Vocês podem ouvir meus pensamentos agora? Vou botar os dois para andar na prancha.

Os dois tripulantes deram risadinhas.

O silêncio da noite interiorana parecia ficar cada vez mais irreal e levar os homens para longe do presente.

— E seu amor, *capitano*? — perguntou Cuneo. — Como se chama?

Jean hesitou por um bom tempo.

— *Scusami*, não quis...

— Manon. O nome dela é Manon.

— E com certeza é bela.

— Bela como uma cerejeira na primavera.

Era tão fácil fechar os olhos e responder às duras perguntas feitas por Cuneo com voz suave e seu companheirismo.

— E inteligente, *sì*?

— Ela me conhece melhor do que eu mesmo. Ela... me ensinou a sentir. E a dançar. E era fácil amá-la.

— Era? — perguntou alguém, mas tão baixo que Perdu não soube dizer se foi Max, Salvatore ou apenas seu leitor interior.

— Ela é meu lar. E é minha risada. Ela está...

Ele se calou.

Morta. Isso ele não podia dizer. Tinha tanto medo da tristeza que espreitava por trás dessa palavra.

— E o que vai dizer para ela quando chegar?

Jean viu-se em meio a um dilema. Então decidiu pela única verdade que cabia no silêncio sobre Manon.

— Me perdoe.

As perguntas de Cuneo cessaram.

— Sério, eu invejo vocês dois — murmurou Max. — Vivem seu amor. Sua saudade. Não importa o quanto sejam malucos. Eu me sinto um desperdício. Respiro, o coração bate, o sangue bombeia. Mas não consigo escrever uma linha. O mundo está um caos, e eu fico reclamando como um molequinho mimado. A vida não é justa.

— Só a morte é uma certeza para todos — disse Perdu, seco.

— Essa é a verdadeira democracia — observou Cuneo.

— Politicamente falando, acho que as pessoas dão valor demais para a morte — opinou Max.

— É verdade mesmo que os homens escolhem seu grande amor de acordo com a semelhança com a própria mãe?

— Hum — murmurou Perdu, e pensou em Lirabelle Bernier.

— *Sì, certo!* Então, eu devia procurar uma que me chamasse o tempo todo de "estorvo" e me desse um tapa na orelha quando eu lesse ou usasse palavras que ela não entende — respondeu Cuneo com um sorriso agridoce.

— E eu, uma que só com cinquenta e cinco anos começou a dizer não de vez em quando e a comer pratos de que gostasse em vez de apenas o que era mais barato — confessou Max.

Cuneo apagou o cigarrinho.

— Salvo, me diga uma coisa — perguntou Max quando estavam quase dormindo. — Posso escrever a sua história?

— Não se atreva, *amico* — respondeu Salvatore. — Faça o favor de procurar sua *storia*, pequeno Massimo. Se me tirar a minha, não vou ter mais nenhuma.

Max deu um suspiro profundo.

— Está bem — murmurou, sonolento. — Vocês teriam ao menos... algumas palavras para mim? Palavras ou expressões favoritas ou algo assim? Para dormir?

Cuneo estalou os lábios.

— Como suflê de leite? Beijo de espaguete?

— Gosto de palavras que soam como o que elas descrevem — sussurrou Perdu. — Brisa noturna. Corredor da noite. Filho do verão. Resistência: visualizo uma menininha fantasiada com uma armadura, lutando contra tudo que não quer ser. Corajosa, magra, quietinha... credo! A pequena amazona Resistência contra o obscuro Poder da Razão.

— Tem palavras que podem cortar — murmurou Cuneo —, como uma navalha no ouvido e na língua. Disciplina. Treino. Ou razão.

— A razão fica tão grande na boca que não cabe nenhuma outra — reclamou Max. Em seguida, riu. — Imagine só se precisássemos primeiro comprar palavras bonitas antes de podermos usá-las.

— Algumas pessoas ficariam falidas com tanta falação.

— E os ricos mandariam em tudo, porque comprariam todas que fossem importantes.

— E "Eu te amo" seriam as mais caras.

— Custariam o dobro se não fossem usadas com sinceridade.

— Os pobres teriam de roubar palavras. Ou agir em vez de falar.

— Todos nós devíamos fazer isso. Amar é um verbo, então... mãos à obra. Falar menos, fazer mais. Não é?

Pouco depois, Salvo e Max saíram do convés aos tropeços até suas camas sob o convés. Antes de Max Jordan desaparecer, virou-se novamente para Perdu.

— Que foi, Monsieur? — perguntou Perdu, cansado. — Quer mais uma palavra para levar para a cama?

— Eu... não. Só quero dizer que... eu gosto do senhor, de verdade. Não importa o que...

Max parecia querer dizer mais alguma coisa, mas não sabia como.

— Também gosto do senhor, Monsieur Jordan. Muito até. Ficaria feliz se nos tornássemos amigos. Monsieur Max.

Os dois se entreolharam; apenas o luar iluminava seus rostos. Os olhos de Max estavam obscurecidos.

— Sim — sussurrou o jovem. — Sim, Jean. Eu gostaria de ser... seu amigo. Vou tentar ser um bom amigo.

Perdu não entendeu a parte final, mas atribuiu isso a seu torpor.

Quando ficou sozinho, Perdu continuou deitado. O cheiro da noite começou a mudar. De algum lugar soprou um aroma... seria lavanda?

Algo estremeceu dentro dele.

Lembrou que, quando muito jovem, antes ainda de ter conhecido Manon, tinha a mesma sensação quando sentia o aroma de lavanda. Um estremecimento. Como se o coração já soubesse que, no futuro distante, essa fragrância estaria ligada à saudade. À dor. Ao amor. A uma mulher.

Ele respirou fundo e deixou essa lembrança invadi-lo totalmente. Sim, talvez já tivesse sentido antes, na idade de Max, o estremecimento que essa mulher anos depois provocaria em sua vida.

Jean Perdu pegou da proa a bandeira que Manon havia costurado e a esticou. Em seguida, ajoelhou-se e pousou a testa no olho do livro-pássaro, ali, onde o sangue de Manon havia secado em uma mancha escura.

São as noites que nos separam, Manon.

Ele sussurrou, de joelhos, a cabeça curvada:

Noites e dias, países e mares. Milhares de vidas foram e vieram, e você espera por mim.

Em um quarto em algum lugar, aqui do lado.

Você é sábia e amorosa.

Em meus pensamentos, você ainda me ama.

Você é o medo que corta as pedras dentro de mim.

Você é a vida que me espera dentro de mim.

Você é a morte que eu temo.

Você me aconteceu, e eu escondi minhas palavras de você.

Minha dor. Minha lembrança.

Seu lugar em mim e todo nosso tempo.

Perdi nossa estrela.

Você me perdoa?

Manon?

26

— Max! Tem outra câmara dos horrores adiante.

Jordan arrastou-se até o convés.

— Quer apostar quanto que o vira-lata do operador da eclusa vai mijar de novo na minha mão como nas últimas mil eclusas? Além disso, meus dedos estão sangrando de girar essas malditas alavancas e abrir as portinholas. Será que estas mãos macias vão conseguir algum dia acariciar algumas letrinhas?

Max estendeu, de um jeito acusador, suas mãos avermelhadas, nas quais pequenas bolhas escureciam.

Depois de incontáveis pastos, nos quais o gado se refrescava nas águas das margens, e de orgulhosos castelos de ex-amantes reais, aproximaram-se da eclusa La Grange, pouco antes de Sancerre.

O vilarejo vinhateiro repousava sobre uma colina visível de longe e marcava o contraforte da área de preservação ambiental do vale do Loire, com seus vinte quilômetros de extensão.

Salgueiros-chorões pendiam como dedos brincalhões na água. O barco-livraria foi abraçado pelos muros verdes balançantes que pareciam se aproximar cada vez mais.

De fato, foram recebidos pelos latidos de um cão muito nervoso em todas as eclusas daquele dia. E, sem falta, cada um desses latidores havia urinado em cada abita sobre a qual Max havia lançado duas cordas para manter o barco-livraria estável durante o subir e descer das águas na eclusa. Max jogou as cordas com a ponta dos dedos no convés.

— Ei, *capitano*! Cuneo opera a eclusa, *senza problema*.

O italiano de perna curta deixou de lado os ingredientes do jantar, subiu a escada com seu avental florido, calçou luvas coloridas de cozinha e sacudiu a corda de amarração como uma cobra para lá e para cá. O cão fugiu diante da corda-jiboia e saiu de banda, mal-humorado.

Ergueu a alavanca de ferro para abertura da portinhola de entrada com apenas uma das mãos; sob a camisa listrada e de manga curta avolumavam-se os músculos arredondados. Ao mesmo tempo, cantou com sua voz de tenor de gôndola "*Que sera, sera...*", e piscou para a empolgada mulher da eclusa quando seu marido não estava olhando. Estendeu para o marido uma lata de cerveja quando passaram pela câmara, o que rendeu a Salvatore um sorrisinho e a informação de que, naquele dia, em Sancerre, haveria um baile à noite, que no próximo porto o capitão estava sem diesel em estoque, e um não para a pergunta mais importante de Cuneo, pois fazia bastante tempo que o barco cargueiro *Noite de Lua* não passava por ali.

Da última vez, Mitterrand ainda era vivo.

Fora mais ou menos nessa época.

Perdu observou como Cuneo reagiu a essa notícia.

Por uma semana inteira ele ouvira uma única resposta: "Não, não, não." Perguntaram aos operadores das eclusas, aos capitães do porto, aos capitães dos navios, sim, até mesmo aos clientes que acenavam das margens para a Farmácia Literária.

O italiano agradecia, seu rosto permanecia plácido. Plácido como uma pedra. Devia levar dentro de si uma fonte inabalável de esperança. Ou procurava apenas por uma questão de hábito?

O hábito é um deus perigoso, vaidoso. Não permite que nada interrompa seu reinado. Mata um desejo atrás do outro. O desejo de viajar, de trocar de emprego, de ter um novo amor. Impede o homem de viver como quer. Pois não refletimos mais se queremos o que fazemos.

Cuneo juntou-se a Perdu na cabine de comando.

— Ora, *capitano*. Eu perdi meu amor. E o garoto? — perguntou o italiano. — O que ele perdeu?

Os dois homens olharam para Max, que, apoiado na amurada, observava as águas e parecia muito, muito distante.

Max falava cada vez menos, não tocava mais piano.

Vou tentar ser um bom amigo, dissera ele a Perdu. O que significara aquele "tentar"?

— Ele perdeu a musa dele, *Signor* Salvatore. Max fez um pacto com ela e renunciou a uma vida normal. Mas a musa se foi. Agora ele não tem mais vida, nem a normal, nem a artística. Por isso a procura aqui fora.

— *Sì, capisco.* Talvez ele não tenha amado a musa o bastante? Então precisa pedir a mão dela de novo.

Será que os escritores podiam se casar mais de uma vez com suas musas? Será que Max, Cuneo e ele deveriam dançar nus em uma campina florida em volta de uma fogueira feita de galhos de videiras?

— Como são essas musas? São como gatinhos? — perguntou Cuneo. — Não gostam de gente que se humilha por amor? Ou são como cães? Ele pode fazer ciúmes na garota musa se transar com outra garota?

Antes que Jean Perdu pudesse responder que as musas eram como cavalos, ouviram Max gritar alguma coisa.

— Uma corça! Lá, na água!

Era verdade: bem diante deles, no meio do canal. Uma corça jovem, totalmente exausta, nadava em desespero. Entrou em pânico quando viu a *péniche* avançar por trás dela.

Tentou várias vezes firmar o pé à margem do rio, mas as paredes lisas e inclinadas do canal artificial tornavam impossível sair da água mortífera. Max já se pendurava sobre a amurada e tentava agarrar o animal esgotado com a boia.

— Massimo, deixa isso aí, vai cair...

— Precisamos ajudar! Ela não vai sair de lá sozinha, vai se afogar!

Então Max fez um laço com a corda e jogou várias vezes para a corça. Mas ela se desviava, apavorada, afundava e voltava a emergir.

O terror nos olhos da corça fez Perdu despertar.

Fique calma, pediu mentalmente ao animal, *fique calma, confie em nós... confie em nós*. Desligou o motor de *Lulu*, acionou a ré para a *péniche* parar, mas o barco ainda deslizaria algumas dezenas de metros. Logo a corça estava quase na altura do meio do barco.

Ela ainda mexia as pernas em desespero, quanto mais a corda com a boia batia na água. Os olhos castanhos estavam arregalados pelo terror e pelo medo da morte quando ela virou a cabeça estreita e novinha para ele.

Então gritou. Era meio lamento rouco, meio choro suplicante.

Cuneo se preparava para se lançar ao rio, já tirando sapatos e camisa.

A corça gritava, gritava. Perdu pensava freneticamente. Deveriam ancorar? Talvez conseguissem pegá-la em terra e tirá-la da água?

Virou o barco para a margem, ouviu como o lado externo do barco raspou na parede do canal.

E a corça continuava a gritar, com seu choro aflito e rouco. Os movimentos ficavam cada vez mais cansados, as patas dianteiras tentavam, com cada vez menos força, encontrar um amparo às margens.

Mas não encontrava em lugar nenhum.

Cuneo estava de cueca na amurada. Devia ter percebido que não conseguiria ajudar a corça, a menos que ele próprio pudesse escalar a margem. E as paredes externas de *Lulu* eram altas demais para erguer um animal que se defendia ou galgar os degraus da escada de emergência com ele nos braços.

Quando finalmente ancoraram, Max e Jean pularam para terra firme e correram por entre os arbustos até a corça.

Nesse meio-tempo, ela havia se empurrado da margem onde estavam e tentava chegar ao outro lado do canal.

— Mas por que não deixa a gente ajudar? — sussurrou Max. As lágrimas escorriam por seu rosto. — Venha aqui! — berrou ele, rouco. — Bicho idiota, venha aqui!

Tudo que podiam fazer era assistir.

A corça chorava enquanto tentava subir na margem oposta do rio. Em determinado momento, parou de tentar. E deslizou para trás.

Em silêncio, os homens viram como a corça mantinha a cabeça para fora com muito esforço. Ela os fitava e tentava nadar para longe.

O olhar cheio de medo, desconfiança e resistência tocou Perdu.

Mais uma vez, a corça soltou um grito muito longo e desesperado.

Em seguida, o som cessou. Ela afundou.

— Ah, meu Deus, por favor — sussurrou Max.

Quando emergiu, ficou à deriva, de lado, a cabeça sob a água, e as patas traseiras estremeceram.

O sol apareceu, os mosquitos dançavam, e, em algum lugar na floresta densa, um pássaro cantou. Sem vida, o corpo da corça girava.

As lágrimas molhavam o rosto de Max. Ele desceu até a água e nadou na direção do cadáver.

Sem dizer uma palavra, Jean e Salvatore viram Max puxando o corpo amolecido da corça até chegar à margem onde estava Perdu. Com uma força inesperada, Max ergueu o corpo magro e encharcado no alto até Jean poder agarrá-lo e puxá-lo para cima. Quase não conseguiu.

A corça cheirava a água salobra, a terra de floresta e ao aroma de um mundo muito estranho, antigo, além das cidades. A pelagem molhada estava eriçada. Quando Perdu deitou a corça com todo cuidado no chão morno ao lado, a cabecinha sobre os joelhos, esperou que acontecesse um milagre e a corça estremecesse, se levantasse com passos vacilantes e fugisse pelos arbustos.

Jean acarinhou o peito do jovem animal. Acariciou as costas, a cabeça, como se apenas o toque pudesse provocar um encantamento. Sentiu o que restava do calor acumulado no corpo magro.

— Por favor — pediu ele, baixinho. — Por favor.

Acariciava sem parar a cabeça sobre seu colo.

Os olhos castanhos da corça olhavam-no, opacos.

Max nadava de costas, os braços bem estendidos.

Cuneo, no convés, cobria o rosto com as duas mãos.

Os homens não ousaram se entreolhar.

27

Seguiram em silêncio pelo canal lateral do Loire na direção sul, através da Borgonha, entre as abóbadas verdes das árvores que se curvavam sobre o canal. A maioria dos vinhedos era tão grande que suas fileiras de parreiras pareciam chegar ao horizonte. Em todos os cantos brotavam flores, e até as eclusas e pontes estavam cobertas de mato.

Os três comeram em silêncio, venderam livros em silêncio aos clientes em terra e cuidaram para não se trombar. À noite, leram, cada um em um canto do barco. Os gatos corriam, perplexos, de um para outro. Mas também não conseguiram arrancar nenhum deles do isolamento obstinado. As cabecinhas se esfregando, os olhares penetrantes e os miaus questionadores permaneceram sem resposta.

A morte da corça havia separado as três pontas daquela estrela de homens. Agora, cada qual vagava sozinho pelo tempo, pelo labirinto hediondo do tempo.

Jean ficou sentado vários minutos debruçado sobre o caderno pautado de sua Enciclopédia de Sentimentos. Encarava a janela sem enxergar como o céu mergulhava em todas as cores do vermelho até o laranja. Era como se nadasse em um melaço de pensamentos.

Na noite seguinte, passaram por Nevers e atracaram, depois de uma breve e tensa discussão, pouco antes do fechamento da eclusa, nas proximidades de um lugarejo chamado Apremont--sur-Allier, que se aninhava na curva do rio Allier.

— Por que não em Nevers? Poderíamos vender livros lá.

— Já há livrarias o suficiente em Nevers, mas ninguém que possa nos vender diesel.

Cuneo tinha conhecidos lá, um escultor e sua família, que moravam em uma casa afastada entre o Allier e o vilarejo.

Dali, seguindo pelo "Jardim da França", não estariam muito longe de Digoin e da bifurcação para o canal central, que os levaria na direção do Ródano e através do Seille até Cuisery, a cidade dos livros.

Kafka e Lindgren pularam na pequena floresta virgem para caçar. Pouco depois, os pássaros todos voaram.

Quando os três homens passaram pelo vilarejo, Jean sentiu que estavam entrando no século XV.

As árvores altas de copas largas, as ruas malpavimentadas, o punhado de casas de arenito amarelo, ocre rosado e telhas vermelhas, sim, e até mesmo as flores dos jardins e a hera que trepava em todos os cantos, tudo isso fazia parecer que tinham entrado na França do tempo dos cavaleiros e das feiticeiras. No topo daquele antigo vilarejo de pedreiros e construtores, havia um castelinho, cuja fachada brilhava dourada e vermelha à luz do sol poente. Só as bicicletas modernas destoavam naquele cenário — às margens do Allier, alguns ciclistas viajantes faziam um piquenique.

— Uma merdinha de lugar, mas fofo — resmungou Max.

Atrás de uma torre enorme, antiga e redonda, eles atravessaram um jardim tão florido e colorido de rosa, vermelho e branco que Jean ficou tonto pelo aroma e pela visão. Glicínias imensas curvavam-se como arcos de flores sobre os caminhos, e no meio do lago ficava um pagode solitário, acessível apenas por um caminho de alpondras.

— E aqui vivem pessoas de verdade ou apenas figurantes de cinema? — perguntou Max, provocador. — O que é este lugar? Um vilarejo de mentira para americano ver?

— Sim, Max, aqui vivem pessoas. Do tipo que ainda resiste um pouco mais à realidade que as outras. E, não, Apremont não é para americanos. É para manter a beleza das coisas — respondeu Cuneo.

Ele abriu caminho entre um grande arbusto de azaleias, revelando um portão escondido em um muro de pedra antigo e alto. Entraram em um jardim espaçoso com gramado bem-cuidado, atrás de um casarão grande e suntuoso, com janelas duplas altas, uma torrezinha, duas alas e um terraço.

Jean ficou incrivelmente tenso, sentindo-se desconfortável. Fazia muito tempo que não visitava pessoas em suas casas. Quando se aproximaram, ouviu o tilintar de um piano e risadas, e depois de atravessarem o jardim, Perdu viu, embaixo de uma faia vermelha, uma mulher nua, usando apenas um chapéu sofisticado, sentada em uma cadeira e pintando em uma tela; ao lado estava um homem com um terno de verão inglês antiquado, diante de um piano com rodinhas.

— Ei! Você aí com a boca bonita, sabe tocar piano? — gritou a mulher nua quando viu os três homens.

Max enrubesceu e assentiu.

— Então, toque alguma coisa para mim. As cores gostam de dançar. Meu irmão não consegue nem diferenciar um lá de um si.

Obediente, Max espremeu-se diante do piano de rodinhas e tentou não olhar os seios da mulher. Principalmente porque tinha apenas o seio esquerdo. No outro lado, o direito, uma linha fina e vermelha revelava que lá antes estivera o gêmeo dele, também redondo, grande e jovem.

— Pode olhar, sem problemas. Mate a curiosidade — disse ela.

Tirou o chapéu e se mostrou por completo: a cabeça lisa na qual se formava uma penugem. Um corpo castigado pelo câncer, lutando para viver.

— Tem uma música preferida? — perguntou Max depois de engolir seu constrangimento, sua fascinação e também a compaixão.

— Tenho, sim, boca bonita. Muitas. Milhares! — Ela se curvou, sussurrou algo para Max, pôs novamente o chapéu e mergulhou o pincel, cheia de expectativa, na pasta colorida de sua paleta. — Estou pronta. E pode me chamar de Elaia!

Um pouco depois, começaram as notas de "Fly me to the moon". Max tocou uma versão jazzística maravilhosa. A pintora balançava o pincel seguindo a música.

— É a filha de Javier — sussurrou Cuneo. — Desde criança que luta contra o câncer. Fico feliz que ainda esteja vencendo.

— Não! Não é possível... você acha que, logo agora, pode simplesmente aparecer aqui, assim?

Uma mulher, mais ou menos com a idade de Jean, veio do terraço e voou nos braços de Cuneo. Tinha olhos incrivelmente sorridentes.

— Ah, seu esticador de macarrão maldito! Javier, veja quem está aqui... o bolinador de pedras!

Um homem com calças de veludo surradas e uma camisa sem gola veio de dentro da casa, que, como Jean viu mais de perto, já não era tão suntuosa como parecia de longe. Era mais uma casa cujos tempos gloriosos, com lustres de ouro e uma dúzia de empregados, haviam ficado muito para trás.

Nesse momento, a mulher de olhos sorridentes virou-se para Perdu.

— Olá — disse ela —, seja bem-vindo à casa dos Flintstones.

— Boa tarde — começou Jean Perdu —, meu nome é...

— Ah, deixe os nomes para lá. Não precisamos deles aqui. Aqui, cada um se chama como quiser. Ou de acordo com o que sabe fazer. Sabe fazer alguma coisa de especial? Ou é alguém especial?

Seus olhos castanho-escuros faiscavam.

— Eu sou bolinador de pedras! — gritou Cuneo.

Ele conhecia o jogo.

— Eu sou... — começou Perdu.

— Não lhe dê ouvidos, Zelda. Ele é leitor de almas, é o que ele é — disse Cuneo. — O nome dele é Jean e vai providenciar qualquer livro que você precise para voltar a dormir bem.

Ele se virou quando o marido de Zelda bateu em seu ombro. A dona da casa olhou com mais atenção para Perdu.

— É mesmo? — perguntou ela. — Sabe fazer isso mesmo? Se souber, será um milagreiro! — Ao redor da boca risonha surgiu um traço de tristeza.

Seu olhar pairou pelo jardim, na direção de Elaia. Max soltou uma versão acelerada de "Hit the road, Jack" para a filha muito doente de Javier e Zelda. Zelda devia estar exausta, pensou Perdu, exausta porque a morte morava com eles naquela casa maravilhosa havia tanto tempo.

— A senhora... vocês têm um nome para ele? — perguntou Perdu.

— Ele quem?

— Para aquilo que vive e dorme no corpo de Elaia, ou apenas finge que dorme.

Zelda acariciou o rosto com barba por fazer de Perdu.

— Você conhece a morte, hein? — Ela sorriu, triste. — Ele, o câncer, se chama Lupo. Elaia o batizou assim quando tinha nove anos. Lupo, como o cachorro da história em quadrinhos. Imagina que os dois vivem naquele corpo como se fosse uma casa, e o dividem como numa república. Ela respeita o fato de que às vezes ele quer mais atenção. Disse que assim consegue dormir melhor do que quando imagina que ele vai destruí-la. Pois, quem é que quer destruir a própria casa? — Zelda sorriu, cheia de amor, enquanto observava a filha. — Há mais de vinte anos, Lupo vive conosco. Acho que logo ele também vai ficar velho e cansado. — Ela se virou de repente de Jean para Cuneo, como se tivesse se arrependido de ter aberto tanto o coração. — E agora é sua vez. Onde estava, encontrou Vivette, vai dormir aqui hoje? Me conte tudo. E me ajude na cozinha — intimou o napolitano, agarrando-lhe o braço e levando-o para a casa. À direita, Javier passou o braço na cintura do italiano, e atrás deles seguiu o irmão de Elaia, Leon.

Jean sentiu-se sobrando. Indeciso, passeou pelo jardim. Em um canto, onde as sombras se adensavam, descobriu um banco de pedra desgastado embaixo de uma faia. Ali, ninguém conseguia vê-lo. Mas ele via tudo.

Dali viu a casa, observou como as luzes se acendiam pouco a pouco e como seus moradores perambulavam pelos cômodos. Viu Cuneo para lá e para cá com Zelda na grande cozinha, e Javier, que fumava com Leon à mesa de jantar, parecia perguntar alguma coisa aqui e ali.

Max havia parado de tocar piano. Elaia e ele conversavam baixinho. E, então, se beijaram. Pouco depois, Elaia levou Max para dentro da casa.

Pouco tempo depois, as luzes de vela se acenderam em uma sacada envidraçada. Jean conseguiu ver as sombras de Elaia, que se ajoelhava sobre Max, colocando as mãos dele ali, onde o coração batia, e começava a se mover sobre ele. Jean viu como ela arrancava de Lupo uma noite que não lhe pertencia.

Max ficou lá deitado quando Elaia saiu dançando do quarto e, vestida com uma longa camiseta de dormir, entrou na cozinha. Perdu observou a moça se sentar com o pai no banco.

Logo, Max também entrou aos tropeços na cozinha. Ajudou a pôr a mesa, a abrir o vinho. De seu esconderijo, Perdu conseguia ver como Elaia olhava para Max quando ele lhe dava as costas. Seu rosto assumia uma expressão tão travessa, como se ela tivesse pregado uma grande peça nele. Quando ela não estava olhando, ele lançava para ela um sorriso tímido, suave.

— Max, não se apaixone por uma mulher que está morrendo. É quase insuportável — sussurrou Jean.

Algo em seu peito se contraiu. Apertou sua garganta para cima e vazou da boca.

Um soluço trêmulo, profundo.

Como gritou. Como a corça gritou! Ah, Manon.

E, então, elas vieram. As lágrimas.

Ele conseguiu se recostar à faia e apertar as mãos dos dois lados do tronco.

Lamentou, chorou. Jean Perdu chorou como nunca antes havia chorado.

Abraçou a árvore.

Suava.

Ouviu aquele som sair de sua boca, e foi como rachar um dique ao meio.

Quanto tempo durou, ele não sabia.

Poucos minutos?

Quinze?

Mais tempo?

Chorou com as mãos no rosto, com soluços profundos, desesperados, até cessar. Como se tivesse aberto uma ferida e apertado seu interior purulento. O que restou foi um vazio exausto. E o calor, um calor desconhecido, como de um motor que fora acionado pelas lágrimas. Foi ele que permitiu que Jean levantasse e atravessasse o jardim, mais rápido, até correr, entrar às pressas na grande cozinha.

Ainda não tinham começado a comer, e estranhamente aquilo o deixou feliz, por um segundo, pois aqueles estranhos haviam esperado por ele, pois ele não estava sobrando.

— E, claro, como uma pintura, uma torta pode... — dizia Cuneo, entusiasmado.

No meio da frase, todos olharam para ele, surpresos.

— Ah, até que enfim! — gritou Max. — Onde o senhor estava?

— Max. Salvo. Preciso contar uma coisa para vocês — falou Jean, sem rodeios.

28

Dizer essas palavras. Dizê-las de verdade e ouvir como elas soavam. Como a frase ficou lá, parada, na cozinha de Zelda e Javier, entre tigelas de salada e taças de vinho tinto cheias. E o que ela significava.

— Ela está morta.

Significava que ele estava sozinho.

Significava que a morte não abria exceções.

Sentiu como a mão pequena tomou a sua.

Elaia.

Ela o puxou para se sentar no banco. Seus joelhos tremiam. Jean olhou primeiro para o rosto de Cuneo, em seguida para o de Max.

— Eu não tenho pressa — disse ele —, porque Manon morreu há vinte e um anos.

— *Dio mio* — deixou escapar Cuneo.

Max suspirou alto, em seguida pôs a mão no bolso da camisa.

Tirou uma tira de jornal, dobrada duas vezes, e a entregou para Jean.

— Encontrei quando ainda estávamos em Briare. Estava no meio de um livro de Proust.

Jean desdobrou o papel.

O anúncio da morte.

Ele havia deixado o papel em algum livro da Farmácia Literária, devolvido para a estante de forma aleatória e, depois de um tempo, esquecido qual era e onde havia ficado em meio aos milhares de volumes.

Ele passou a mão no papel, dobrou-o e voltou a guardá-lo.

— Mas o senhor não disse nada. O senhor sabia que eu não tinha lhe contado nada. Não, vamos dar nome aos bois: que eu havia mentido. Mas o senhor escondeu que sabia que eu estava mentindo. Estava mentindo para mim mesmo. Até...

Até eu estar pronto.

Jordan ergueu de leve os ombros.

— Claro — disse ele, baixinho. — O que mais eu poderia fazer?

No corredor, um relógio-carrilhão fazia tique-taque.

— Obrigado... *Max* — sussurrou Perdu. — Eu te agradeço. Você é um bom amigo.

Ele se levantou, Max também, e eles se abraçaram forte sobre a mesa. Foi desajeitado, desconfortável, mas, quando Jean abraçou Max, ficou infinitamente aliviado. Haviam se reencontrado.

E as lágrimas voltaram a Jean.

— Ela está morta, Max, meu Deus! — sussurrou ele abafado no pescoço de Max, e o jovem abraçou Perdu ainda mais forte, subindo de joelhos na mesa, empurrando pratos, taças e tigelas para o lado para abraçar Jean com muita força.

Jean Perdu chorou pela segunda vez.

Zelda reprimiu um pequeno soluço.

Elaia olhou Max com um carinho infindo enquanto limpava as lágrimas. O pai havia se recostado e acompanhava a cena, cofiou a barba com uma das mãos e girou o cigarro entre os dedos da outra.

Cuneo manteve os olhos afundados no prato.

— Muito bem — rouquejou Perdu depois do ataque de choro —, muito bem. Já está bom. Mesmo. Preciso beber alguma coisa.

Deu um suspiro ruidoso. Estranhamente, sentiu vontade de rir. Depois de beijar Zelda e, em seguida, de dançar com Elaia.

Havia se proibido de sofrer o luto, porque... porque não estivera oficialmente na vida de Manon. Porque não havia ninguém para sofrer o luto da mulher com ele. Porque ele estava sozinho, totalmente sozinho com seu amor.

Até hoje.

Max desceu da mesa, cada um arrumou um prato, uma taça, um talher caído no chão de ladrilho.

— Então, está bem. Vou pegar mais vinho.

Uma atmosfera alegre havia começado, até que...

— Esperem um pouco — pediu Cuneo bem baixinho.

— O quê?

— Eu disse, esperem um pouco.

Salvatore continuava olhando para o prato. Algo pingou de seu queixo no molho da salada.

— Capitano. *Mio caro* Massimo. Querida Zelda, Javier, meu amigo. Leon. Pequena Elaia, querida e pequena Elaia.

— E Lupo — sussurrou a jovem.

— Eu também gostaria de confessar... uma coisa.

Ele manteve a cabeça enterrada no peito forte.

— É assim... *Ecco.* Vivette é a moça que eu amei e que busco há vinte e um anos, em todos os rios da França, em cada marina, em cada porto.

Todos assentiram.

— E? — perguntou Max, com cuidado.

— E... ela está casada com o prefeito de Latour. Há vinte anos. Tem dois filhos e um traseiro triplo gigantesco. Eu a encontrei faz quinze anos.

— Ai — deixou escapar Zelda.

— Ela se lembrou de mim. Mas só depois de ter me confundindo com Mario, Giovanni e Arnaud.

Javier curvou-se para a frente. Seus olhos faiscavam. Deu um trago muito tranquilo no cigarro. Zelda abriu um sorriso nervoso.

— Isso é uma piada, não é?

— Não, Zelda. Mesmo assim, eu nunca parei de procurar a Vivette que encontrei em uma noite de verão à beira do rio, há muito, muito tempo. Mesmo muito depois de ter encontrado a verdadeira Vivette. *Porque* encontrei a verdadeira Vivette, precisei continuar buscando por ela. Isso é...

— Doentio — interrompeu Javier com rispidez.

— Papa! — gritou Elaia, assustada.

— Javier, meu amigo, sinto mui...

— Amigo? Você mentiu para minha esposa e para mim! Aqui, na minha casa. Você veio até nós, sete anos atrás, e nos contou essa sua... sua história mentirosa. Nós lhe demos trabalho, confiamos em você, homem!

— Deixe eu explicar por que...

— Você se aproveitou da nossa compaixão com sua comediazinha romântica. Isso é nojento.

— Ora, não grite desse jeito — exigiu Jean. — Claro que ele não fez isso para irritá-lo. O senhor não percebe como é difícil para ele?

— Eu grito como eu quiser. E não é de se surpreender que o senhor o entenda... o senhor também não parece muito certo da cabeça, com esses seus mortos aí.

— Agora já chega, Monsieur — bronqueou Max.

— É melhor eu ir embora.

— Não, Cuneo, Javier está muito nervoso, estamos esperando um resultado dos exames do Lupo...

— Eu não estou nervoso, estou enojado, Zelda, enojado.

— Vamos os três. Agora — disse Perdu.

— Assim é melhor mesmo — murmurou Javier.

Jean levantou-se. Max também.

— Salvo?

Apenas nesse momento Cuneo ergueu a cabeça. As lágrimas rolavam. Seu olhar parecia infinitamente perdido.

— Muito obrigado pela sua hospitalidade, Madame Zelda — disse Perdu.

Ela lhe deu um sorrisinho desesperado.

— Muita sorte com Lupo, Mademoiselle Elaia. Sinto muito, muito mesmo que precise passar por isso. De coração — disse ele para a jovem adoentada. — E para o senhor, Monsieur Javier, desejo que continue a ser amado por sua esposa maravilhosa e um dia perceba o quanto seu amor é precioso. Passar bem.

O olhar de Javier revelou que ele queria espancar Perdu. Elaia correu atrás dos homens pelo jardim escuro e silencioso. Tirando os grilos que cricrilavam, o único ruído na grama úmida pelo sereno da noite eram o de seus passos. Elaia seguia descalça ao lado de Max.

Ele tomou a mão dela com delicadeza. Quando chegaram na frente do barco, Cuneo falou com voz rouca:

— Obrigado pela... chance de viajar com vocês. Agora vou arrumar minhas coisas e partir, com sua permissão, Giovanni Perdito.

— Não há motivo para ser formal, nem para sair fugido pela noite, Salvo — retrucou Perdu, tranquilo. Ele subiu a escada de bordo. Cuneo seguiu-o, hesitante. Quando chegaram à bandeira da proa, Perdu perguntou com um sorrisinho: — Um traseiro tipo gigantesco? Caramba, como é isso?

Cuneo respondeu, incerto:

— Ora, imagine um queixo triplo... na bunda.

— Não, melhor não — respondeu Perdu, e não conseguiu se controlar, soltando uma gargalhada alta.

— Você não leva a situação a sério — reclamou Cuneo. — Imagine só o amor da sua vida se mostrar uma ilusão. Com traseiro de cavalo, dentes de cavalo e um cérebro que provavelmente sofre de agorafobia.

— Medo de espaços vazios? Que horror.

Sorriram timidamente um para o outro.

— Amar ou não amar devia ser como café ou chá. Devia ser possível escolher. Só assim, talvez, pudéssemos superar todos os nossos mortos e nossas mulheres perdidas, não é? — sussurrou Cuneo, desanimado.

— Talvez a gente não deva superar.

— Acha mesmo? Não superar e, em vez disso... o quê? O quê? O que aqueles que nos deixaram querem de nós?

Era essa a pergunta para a qual Jean Perdu, durante esses longos anos, nunca descobrira a resposta. Até aquele momento. Pois, naquela hora, ele soube.

— Que os carreguemos dentro de nós. É isso que querem. Que carreguemos todos conosco, nossos mortos e os amores destruídos. Só eles nos completam. Quando começamos a esquecer ou banir quem nos deixou, então... então nós também deixamos de estar presentes.

Jean olhou para o rio Allier, iluminado pelo luar.

— Todos os amores. Todos os mortos. Todas as pessoas de nosso tempo. São os rios que formam nosso mar da alma. Quando não queremos nos lembrar deles, esse mar também seca.

Ele sentiu uma sede tão grande de agarrar a vida com as duas mãos antes que o tempo passasse mais rápido. Não queria morrer de sede, queria ser livre e amplo, como o mar, cheio e profundo. Sentia falta de amigos. Queria amar. Queria rastrear Manon dentro de si. Queria sentir como ela ainda ondulava em seu íntimo, como havia se mesclado a ele. Manon mudou-o de um jeito irreparável — por que mentir? Por isso ele se tornara o homem que Catherine permitira se aproximar.

Jean Perdu entendeu de uma vez que Catherine nunca poderia tomar o lugar de Manon.

Ela assumiria um lugar próprio.

Nem pior. Nem melhor. Apenas diferente.

Teve vontade de mostrar a Catherine seu mar inteiro!

Os homens observaram Max e Elaia se beijar.

E Jean soube que eles não falariam mais sobre mentiras e ilusões. Tudo o que era essencial havia sido dito.

29

Uma semana se passou.

Confessaram, hesitantes e cuidadosos, os fatos importantes de suas vidas. Salvatore, o "estorvo" vindo de um acidente entre sua mãe, empregada doméstica, e um professor casado durante um intervalo entre aulas. Jean, o filho de um amor turbulento entre um trabalhador da classe pobre e uma acadêmica aristo-crata. Max, a última tentativa de um casamento estagnado entre uma ex-adepta do "agradar a todos" e um pedante destroçado por suas esperanças e decepções.

Venderam livros, leram para crianças, deixaram que clientes tocassem o piano em troca de alguns romances. Cantaram e ri-ram. De um telefone público, Jean havia ligado para os pais. E uma vez também para o prédio nº 27.

Ninguém atendeu, embora ele tivesse deixado tocar vinte e seis vezes.

Perguntou ao pai como tinha sido de repente se transformar de amante em pai.

Joaquin Perdu ficou estranhamente calado por bastante tem-po. Em seguida, Jean ouviu-o fungar.

— Ah, Jeanno... ter um filho é como abrir mão da própria infância para sempre. É como se só então você percebesse o que realmente significa ser homem. Você também tem medo de que naquele momento todos os seus pontos fracos venham à tona, porque a paternidade exige mais do que você é capaz... Sempre senti a necessidade de conquistar seu amor, porque eu te amava tanto, tanto.

Naquele momento, os dois estavam fungando.

— Jeanno, por que essa pergunta? Você está querendo dizer com isso que...

— Não.

Infelizmente. Um Max e uma filhinha, a pequena amazona Resistência, teria sido muito bom. Teria, seria, faria.

Jean sentia como se as lágrimas que ele chorara à beira do Allier houvessem aberto um espaço dentro dele. Nessa primeira lacuna, ele poderia acomodar os aromas. Toques. O amor de seu pai. E Catherine.

Podia armazenar também o carinho por Max e Cuneo, bem como a beleza do interior; na tristeza, havia descoberto em si um lugar no qual o afeto e a alegria podiam viver juntos, o carinho e a compreensão de ser alguém digno do amor de muitas pessoas.

Haviam chegado ao rio Saône através do Canal du Centre, entrando bem no meio de uma tempestade.

O céu sobre a Borgonha fechou-se, ribombante, escuro e partido por raios, sobre a região entre Dijon e Lyon.

No ventre de *Lulu*, o Concerto para Piano de Tchaikovsky iluminava a escuridão triste, quase como uma chama tremeluzente na barriga da baleia de Jonas. Obstinado, Max prendeu os pés na estrutura do piano e tocou baladas, valsas, *scherzi*, enquanto o barco sacudia nas ondas espumantes do Saône.

Perdu nunca ouvira Tchaikovsky daquele jeito: acompanhado pelos trompetes e violas da tempestade, com os gemidos e estouros do motor e o ranger das tábuas ao fundo, quando o vento soprava nas partes mais sensíveis do barco e tentava empurrá-lo para a terra. Das estantes choviam livros; Lindgren estava deitada embaixo de um sofá aparafusado no chão; de dentro de um rasgo no estofado de uma poltrona, com orelhas baixas, Kafka espiava os livros deslizando.

Quando Jean Perdu rumou para o Seille, um afluente do Saône, avistou um nevoeiro intenso. Sentiu um cheiro no ar carregado de eletricidade, cheiro de água verde espumante, sentiu como o timão vibrava sob as mãos calosas — e adorou estar vivo. Estar vivo agora, agora!

Gostou até mesmo da tempestade.

Um vento de força cinco na escala Beaufort.

De canto de olho, durante o subir e descer entre duas ondas quebradas, ele viu a mulher.

Usava uma capa de chuva transparente e carregava um grande guarda-chuva, como faziam os trabalhadores da bolsa de valores de Londres. Ela os observava, parada perto do junco que se curvava sob as rajadas de vento. Ergueu a mão num cumprimento, e então — ele mal podia acreditar, mas sim, era verdade — abriu o zíper da capa, tirou-a, virou-se e abriu os braços, o guarda-chuva aberto na mão direita.

Então deixou-se cair nas águas do rio furioso com os braços abertos como o Cristo Redentor sobre o Corcovado.

— Mas o quê...? — sussurrou Perdu. — Salvo! Mulher ao rio! Na direção da margem! — berrou ele pouco depois, e o italiano veio às pressas da cozinha.

— *Che*? O que você bebeu? — gritou ele, mas Perdu apontou para o corpo que se movia para cima e para baixo nas águas revoltas. E para o guarda-chuva.

O napolitano encarou o rio espumante. O guarda-chuva afundou.

Os dentes de Cuneo rangeram.

Ele agarrou as cordas e a boia salva-vidas.

— Mais perto — gritou ele. — Massimo! Largue o piano! Preciso de você aqui, agora... *subito*!

Cuneo postou-se na amurada, enquanto Perdu aproximava mais o barco-livraria da margem, amarrando a boia à corda e prendendo as pernas curtas e gorduchas com firmeza nas tábuas. Em seguida, lançou a boia com força em direção ao corpo, e entregou a Max, que estava pálido, a outra ponta da corda.

— Quando eu pegar a mulher, você tem que puxar. Puxar como um cavalo, rapaz!

Ele tirou seus sapatos lustrosos e saltou no rio de cabeça, com braços estendidos. Sobre eles, os raios riscavam o céu. Max e Perdu viram como Cuneo avançava com braçadas fortes pela água voraz.

— Ah, merda, merda, merda! — Max puxou as mangas da parca sobre as mãos e agarrou a corda.

Perdu deixou a corrente da âncora cair com grande estrépito.

O barco subia e descia como o tambor de uma máquina de lavar. Cuneo alcançou a mulher e a abraçou. Juntos, Perdu e Max puxaram a corda; em seguida, alçaram os dois a bordo. O bigode de Cuneo pingava, e o rosto triangular da mulher estava emoldurado por cabelos castanho-avermelhados emplastrados, como por algas encaracoladas.

Perdu correu de volta à cabine de comando.

Quando pegou o rádio para chamar um médico de emergência, a mão pesada e molhada de Cuneo pousou sobre seu ombro.

— Deixe para lá! A mulher não quer. Vamos deixar assim. Eu cuido dela, ela precisa se secar e se aquecer.

Perdu confiou nas palavras dele e não questionou.

Em meio à nevoa, viu surgir a marina de Cuisery e avançou com *Lulu* até o porto. Chicoteados pela chuva e pelas ondas, Max e ele amarraram o barco a uma doca flutuante.

— Precisamos descer! — gritou Max entre assovios e uivos do vento. — O barco vai chacoalhar demais.

— Não vou deixar os livros e os gatos sozinhos! — gritou Perdu. A água entrava em seu ouvido, escorria pela nuca, para dentro das mangas da camisa. — E, além disso, eu sou o *capitano*, que nunca abandona o barco.

— *Aye*! Então não vou a lugar nenhum.

O barco gemeu, como se achasse os dois um tanto loucos. Cuneo havia montado uma barraca na cabine de Perdu e ajudou a náufraga a tirar as roupas. A mulher com rosto em formato de coração estava deitada, nua e com uma expressão agradável nos olhos, embaixo de uma montanha imensa de cobertores. Cuneo havia vestido seu uniforme de treino branco, com o qual ficava só um pouco ridículo.

Ele se ajoelhou diante dela e a alimentou com *pistou* provençal; jogou colheradas da pasta de alho, manjericão e amêndoa em uma caneca e misturou tudo com um caldo claro e encorpado de legumes.

Ela sorriu entre um gole e outro.

— Então, você é Salvo. Salvatore Cuneo. De Nápoles — disse ela.

— *Sì*.

— Sou Samantha.

— E é linda — disse Salvo.

— Tem... tem algum problema lá fora? — perguntou ela. Seus olhos eram realmente muito grandes e de um azul escuro.

— Ah, que nada — retrucou Max. — Hum, como assim?

— Só uma chuvinha. Umidade do ar elevada — acalmou-a Cuneo.

— Eu poderia ler algo para nós — sugeriu Perdu.

— Poderíamos também cantar alguma coisa — completou Max. — Todos juntos.

— Ou cozinhar — propôs Cuneo. — Gosta de *daube*, cozido de carne com ervas da Provence?

Ela assentiu.

— Mas com bochecha de boi, certo?

— E qual foi o problema? — perguntou Max.

— A vida. A água. Peixes enrolados em lata.

Os três homens se olharam, sem compreender. Perdu pensou que Samantha, à primeira vista, dizia e fazia coisas malucas, mas não parecia ser doida, nem era doida. Era apenas... peculiar.

— Três tragédias, eu diria — disse ele. — Mas o que são peixes enrolados?

— A senhora, hum, caiu *de propósito* na água? — perguntou Max.

— De propósito? Sim, claro — respondeu Samantha. — Ninguém sai para passear um dia e escorrega para a frente sem querer. Seria mesmo uma estupidez, não é? Não, esse tipo de coisa tem que ser planejada.

— Então a senhora queria... bem... se...?

— Abotoar o paletó de madeira? Me despachar para o rio Estige? Morrer? Não, pelo amor de Deus, por quê?

O rosto de coração olhou genuinamente perplexa de um para o outro.

— Ah, sim. Foi o que pareceu? Não, não. Eu gosto de viver, mesmo às vezes sendo terrivelmente complicado e, do ponto de vista de todo o universo, indiferente. Não. Eu queria saber como era pular com esse tempo no rio. Parecia tão interessante. Um banho enlouquecido. Queria saber se eu teria medo no meio daquele banho e se o medo me diria algo importante.

Cuneo fez que sim com a cabeça, como se a entendesse perfeitamente.

— E o que ele deveria dizer? — perguntou Max. — Algo, tipo: Deus está morto, vida longa aos esportes radicais?

— Não, queria saber se me ocorria uma outra maneira de ganhar a vida. No fim, a gente se arrepende apenas do que não fez... é o que dizem, não é?

Os três homens assentiram.

— Bem, de qualquer forma, não quis arriscar. Digo, quem quer partir desta para a melhor com o pensamento deprimente de que não tem mais tempo de fazer o que realmente importa?

— Está bem — disse Jean. — É claro que podemos tomar ciência de nossos verdadeiros desejos na vida. Mas é preciso pular em um rio para isso?

— Por quê? O senhor conhece um jeito mais eficaz? Como isso aconteceria, por exemplo, no conforto do sofá? Tem mais dessa sopa aí?

Cuneo abriu um sorriso encantado para Samantha e cofiou várias vezes as pontas do bigode.

— Aleluia — rouquejou ele. E lhe deu a sopa.

— E realmente me ocorreu algo importante quando as ondas brincavam comigo e eu me sentia como se fosse a última uva-passa do bolo. Vi com clareza o que falta na minha vida — anunciou ela.

E tomou mais uma colherada.

E mais uma.

E... sim... mais uma.

Todos esperavam, tensos, pelo restante da história.

— Quero beijar um homem de novo, só que, dessa vez, direito — disse a mulher depois da última colherada que raspou da panela.

Em seguida, arrotou com gosto, pegou a mão de Cuneo, pousou sobre seu rosto e fechou os olhos.

— Mas só depois que eu dormir — murmurou ela.

— Estou totalmente à sua disposição — sussurrou Cuneo com uma expressão levemente petrificada.

Nenhuma reação. Apenas um sorrisinho. Pouco depois, ela dormiu e roncou como um cachorrinho rosnando.

Os três homens se olharam, perplexos.

Max riu em silêncio e ergueu os dois polegares.

Cuneo tentou se sentar com o máximo de conforto possível para não atrapalhar os sonhos da recém-chegada. Sua cabeça pousava na mão grande do italiano como um gato sobre uma almofada.

30

Enquanto lá fora a tempestade, que derrubaria árvores na floresta, capotaria carros e provocaria incêndios em fazendas, causava estragos na cidade dos livros e no Seille, o trio de homens se esforçava para fingir tranquilidade.

— E por que Cuisery é o paraíso, como você já falou quase três mil vezes? — perguntou Max baixinho para Jean.

— Ah! Cuisery! Quem ama os livros, deixa o coração lá. É um vilarejo onde todos são loucos por livros. Ou apenas loucos, o que não surpreende. Quase toda loja é uma livraria, uma gráfica, uma encadernadora, uma editora... E muitas casas são ateliês de artistas. O lugar realmente vibra com criatividade e fantasia.

— Talvez não nesse exato momento — afirmou Max.

O vento uivava ao redor do barco e sacudia tudo que não estivesse pregado ou aparafusado. Os gatos haviam se aninhado no corpo de Samantha. Lindgren estava deitado no pescoço da mulher, Kafka, na curva entre as panturrilhas. "Agora ela é nossa" diziam suas poses.

— Todos os buquinistas de Cuisery são especializados. Lá você encontra de tudo. E quando eu digo tudo, é tudo mesmo — explicou Perdu.

Em outra vida, quando ainda era livreiro em Paris, ele tinha tido contato com alguns comerciantes de obras raras — quando, por exemplo, um cliente abastado de Hong Kong, Londres ou Washington dizia precisar de uma primeira edição de Hemingway no valor de cem mil euros, com encadernação em camurça e dedicatória de Ernest a seu bom e velho amigo Tobby Otto Bruce. Ou de uma obra da biblioteca de Salvador Dalí. Uma que, reza a lenda, o mestre lera antes de ter seus sonhos surrealistas com relógios escorrendo.

— Então lá também tem folhas de palmeira? — perguntou Cuneo. Ele ainda estava ajoelhado na frente de Samantha, segurando seu rosto.

— Não. Tem ficção científica, histórias fantásticas e fantasia... sim, os especialistas sabem diferenciar um gênero do outro... além disso...

— Folhas de palmeira? Como assim? — quis saber Max.

Perdu grunhiu baixo.

— Nada — apressou-se em dizer.

— Você nunca ouviu falar da Biblioteca do Destino? Do — agora o italiano sussurrava — Livro da Vida?

— Nhom, nhom — resmungou Samantha.

Jean Perdu também conhecia a lenda. O mágico Livro dos Livros, a Grande Memória do Mundo, criado cinco mil anos atrás e escrito por sete sábios sobrenaturais clarividentes. Segundo a lenda, os sete ríshis teriam encontrado esse livro feito de éter, no qual estavam inscritos todo o passado e o futuro do mundo. Redigidos por seres que viviam além das limitações de tempo e espaço. Os ríshis teriam conseguido traduzir os destinos da vida — alguns milhões — bem como os eventos mundiais drásticos a partir desses livros sobrenaturais, e registrá-los em mármore, pedra ou mesmo em folhas de palmeira.

Os olhos de Salvo Cuneo brilharam.

— Imagine, Massimo. Sua vida está nessa biblioteca de folhas de palmeira, em uma folhinha estreita. Tudo sobre seu nascimento, morte e o que há entre eles. Quem você vai amar, com quem vai se casar, seu trabalho, simplesmente tudo, até mesmo sua vida passada.

— Pfff... *king of the road* — saiu da boca de Samantha.

— Sua vida inteira e sua vida passada de bandeja. Muito plausível — murmurou Perdu.

Jean Perdu, em sua época de livreiro, livrara-se de coleciona-dores que queriam obter as Crônicas de Akasha, não importava o preço.

— Sério? — perguntou Max. — Ei, gente, talvez eu tenha sido Balzac na outra vida.

— Talvez também tenha sido um canelonezinho.

— E também dá para saber da morte. Não o dia exato, mas o mês e o ano. E de que forma, isso também o livro não esconde — comentou Cuneo.

— Não, muito obrigado — murmurou Max, desconfiado. — Que sentido faria saber o dia da própria morte? Ficaria louco de medo pelo resto da vida. Não, obrigado, gosto de ter um pouco da ilusão de que tenho a vantagem da eternidade.

Perdu pigarreou.

— Voltando para Cuisery. A maioria dos 1.641 habitantes tem relação com o ramo de impressão, outros com o ramo de turismo. Significa que a irmandade de buquinistas montou uma rede grande ao redor do mundo e existe além dos caminhos normais de comunicação. Sim, não usam nem mesmo a inter-net... os sábios do livro protegem seu conhecimento de tal for-ma que ele desaparece com a morte de um integrante.

— Humpf — fez Samantha.

— Por isso, cada um treina ao menos um sucessor para ensinar diretamente tudo o que sabe sobre a vida com livros. Conhecem histórias místicas sobre a criação de obras famosas, sobre edições secretas, originais em manuscrito, sobre a *Bíblia das mulheres*...

— Irado — disse Max.

— ...ou sobre livros nos quais há uma outra história, completamente diferente, nas entrelinhas — continuou a explicar Perdu em tom baixo, conspirador. — Dizem que há uma mulher em Cuisery que conhece os fins verdadeiros de muitas obras famosas, pois coleciona as versões anteriores, e as anteriores das anteriores, dos manuscritos. Conhece o primeiro final de Romeu e Julieta, no qual os dois sobrevivem, casam e têm filhos.

— Credo — murmurou Max. — Romeu e Julieta sobrevivem e viram pais? Isso mata todo o drama.

— Gosto disso — falou Cuneo. — A pequena Julieta sempre me fez sofrer demais.

— E algum deles sabe quem é Sanary? — perguntou Max.

Era o que Jean Perdu esperava descobrir. De Digoin, havia enviado para o presidente da Guilda dos Livros de Cuisery, Samy le Trequesser, um cartão, avisando de sua visita.

Por volta das duas da manhã, eles adormeceram, exaustos, embalados pelas ondas que se erguiam mais suaves na tempestade que se abrandava. Quando acordaram, o dia clareava com seu brilho inocente de sol recém-nascido, fingindo que a noite anterior nunca acontecera. Pois a tempestade fora embora — e a mulher também. Cuneo olhou desconcertado para a mão vazia. Em seguida, acusador, apontou-a para os outros.

— Aconteceu de novo? Por que eu sempre encontro mulheres nos rios? — reclamou ele. — Eu mal me recuperei da última.

— Claro. Você só teve quinze anos para isso. — Max abriu um sorriso malicioso.

— Ah, mulheres — resmungou Cuneo. — Podia pelo menos ter escrito o telefone com batom no espelho!

— Vou buscar uns croissants para nós — decidiu Max.

— Vou com você, *amigo*, e dou uma procurada na cantora sonâmbula — disse Cuneo.

— Ah, vocês não conhecem nada aqui. Eu vou também — interferiu Perdu.

Por fim, foram os três.

Quando passaram pelo pequeno porto, atravessaram o camping e o portal da cidade para chegar à padaria, um ogro saiu do estabelecimento com uma braçada de baguetes. Estava acompanhado por um elfo que tinha olhos grudados em seu iPhone.

Perdu descobriu uma trupe de Harry Potters discutindo aos berros com um grupo da Patrulha da Noite da Guerra dos Tronos na frente da fachada azul da livraria La Découverte. Duas vampiras vestidas para matar passaram por eles e lançaram um olhar faminto para Max. E da igreja saíram dois fãs de Douglas Adams de roupão e com uma toalha de rosto no ombro.

— Uma convenção! — gritou Max.

— Uma o quê? — perguntou Cuneo, e olhou para trás, para o ogro.

— Uma convenção de fantasias. O vilarejo está cheio de gente que se veste como seus autores ou personagens preferidos. Que legal.

— Como... como Moby Dick, a baleia? — perguntou Cuneo.

Como Cuneo, Perdu olhava os seres que pareciam ter saído direto da Terra-Média ou de Winterfell. Era incrível o poder dos livros.

Cuneo perguntava sobre todas as fantasias, de qual livro tinham saído, e Max lhe informava com o rosto corado. Porém, quando uma mulher com manto de couro escarlate e bota branca de cano dobrado veio na direção deles, Max não soube o que dizer.

Perdu explicou:

— Essa mulher, meus senhores, não está fantasiada, mas é a médium que fala com Colette e George Sand. Como acontece, ela não diz, mas afirma que as encontra em seus sonhos de viagem no tempo.

Em Cuisery, tudo se relacionava, de alguma forma, à literatura.

Havia também um médico que tinha se especializado em esquizofrenia literária. Seus pacientes eram aqueles cuja segunda personalidade era a reencarnação de Dostoievski ou de Hildegard von Bingen. E muitos que faziam uma bela confusão com os próprios pseudônimos.

Perdu seguiu até o presidente da Guilda e da Associação de Apoio, Samy le Trequesser. A palavra Trequesser era o cartão de entrada para falar com os buquinistas sobre Sanary. Le Trequesser morava sobre uma antiga oficina de impressão.

— Conseguiremos uma senha ou algo assim do chefão dos livros? — perguntou Max.

Ele mal conseguia se afastar dos mostruários que ficavam diante de uma em cada duas lojas, expondo livros, livros de fotografia e mapas.

— Talvez "algo assim".

Cuneo parava para olhar os cardápios dos bistrôs e fazia anotações em seu caderninho de receitas. Estavam na região do Bresse, que um dia se intitulara berço da cozinha criativa francesa. Quando se apresentaram na oficina de impressão e esperaram o presidente, tiveram uma surpresa: Samy le Trequesser não era o presidente. Mas a presidente.

❧ 31 ❧

Diante deles, na escrivaninha que parecia ter sido montada com madeiras colhidas no rio, estava sentada a mulher que Salvo havia tirado do Seille na noite anterior.

Samy era Samantha. Usava um vestido de linho branco. E, além disso, calçava pés de hobbit. Imensos e muito peludos.

— E então? — perguntou Samy. Ela cruzou as pernas bem-torneadas e sacudiu alegremente o pé de hobbit. — Como posso ajudá-los?

— Hum, bem. Estou procurando o autor de uma obra. Foi publicada sob pseudônimo, algo secreto, e...

— Você está bem? — perguntou Cuneo, intrometendo-se.

— Ora, estou. — Samy abriu um sorrisinho para Salvo. — E obrigada pela oferta de me beijar antes que eu fique velha, Salvo. Não consegui parar de pensar nisso.

— Dá para comprar esses pés peludos aqui? — perguntou Max.

— Bem, voltando ao livro *Luzes do Sul*...

— Sim, no Eden. É um centro de lazer, informações turísticas e preços absurdos de caros, e lá tem pés de hobbit, orelhas de ogro, barrigas cortadas...

— Talvez uma mulher tenha escri...

— Vou cozinhar para você, *Signorina* Samantha. E, se quiser nadar antes, não tenho nada contra.

— Acho que vou comprar pés de hobbit para mim. Para ficar em casa. Kafka vai ficar louco, não acham?

Perdu olhou pela janela para tentar manter a compostura.

— Ora, por favor, calem a boca! Sanary! *Luzes do Sul!* Eu preciso saber quem é o autor, o verdadeiro! Por favor!

Falou mais alto do que desejava. Max e Cuneo olharam para Jean, surpresos. Samy, ao contrário, recostou-se na cadeira, como se estivesse começando a se divertir.

— Desde os vinte anos procuro por ele. Ou ela. O livro... ele é... — Perdu se esforçou para transmitir o que sentia em palavras. Mas tudo que via era a luz que se movimentava sobre os rios. — O livro é como a mulher que amei. Ele me leva até ela. É amor líquido. É a medida do amor que eu quase não suportei. Que eu quase não consegui sentir. Foi como o canudinho pelo qual respirei nos últimos vinte anos.

Jean passou a mão no rosto.

Mas aquela não era toda a verdade.

Não mais.

— Ele me ajudou a sobreviver. Eu não preciso mais do livro, porque agora eu consigo... respirar sozinho. Mas eu gostaria de agradecer.

Max encarou-o, cheio de respeito e surpresa.

Samy abriu um grande sorriso.

— Um livro para tomar fôlego. Entendo.

Ela olhou pela janela. Nas ruas, apinhavam-se cada vez mais figuras literárias.

— Eu não esperava que um dia ainda aparecesse alguém como o senhor — disse ela, suspirando.

Jean sentiu que os músculos de suas costas ficavam tensos.

— Claro que o senhor não é o primeiro. Mas também não foram muitos. Todos os outros abandonaram o mistério sem tê-lo resolvido. Nenhum deles fez a pergunta correta. Fazer perguntas é uma arte.

Samy ainda olhava pela janela. Dela, pendiam pedacinhos de madeira de fios finos. Quando se olhava por mais tempo para as madeiras tiradas dos rios, conseguia-se reconhecer a forma de um peixe saltando. E um rosto, um anjo com asas...

— A maioria faz perguntas apenas para ouvir a própria voz. Ou para ouvir algo com que elas possam lidar, mas nada que seja demais para elas. A pergunta "Você me ama?" é uma dessas. Devia ser proibida, de forma geral. — Ela bateu os pés de hobbit um contra o outro. — Faça a pergunta — exigiu ela.

— Posso... posso fazer apenas uma? — perguntou Perdu.

Samy sorriu, carinhosa.

— Claro que não. O senhor não precisa fazer apenas uma, pode fazer todas que quiser. Apenas precisa formulá-las para serem respondidas com "sim" ou "não".

— A senhora o conhece?

— Não.

— A pergunta correta é aquela em que *todas as palavras* estejam de acordo — repetiu Max, e deu uma cotovelada em Jean.

Perdu corrigiu-se.

— A senhora *a* conhece?

— Sim.

Samy olhou para Max com simpatia.

— Vejo, Monsieur Jordan, que o senhor compreendeu o princípio das perguntas. As perguntas certas podem fazer uma pessoa muito feliz. Sobre o que é seu próximo livro? É o segundo, não? A maldição do segundo livro, todas as expectativas... deveria se permitir uns vinte anos de pausa. Melhor se as pessoas esquecerem um pouco o senhor. Então, estará livre.

Max ficou com as orelhas vermelhas.

— Próxima pergunta, leitor de almas.

— É Brigitte Carno?

— Não! Meu Deus!

— Mas Sanary ainda está viva.
— Ah, sim. — Samy deu um sorrisinho.
— A senhora pode... me ajudar a conhecê-la?
— Sim — respondeu Samy, depois de pensar um pouco.
— Como?

Ela deu de ombros.

— Não é uma pergunta de "sim" ou "não" — lembrou Max.
— Bem, hoje vou fazer *bouillabaisse* — intrometeu-se Cuneo.
— Busco você às oito. Então vocês podem continuar o jogo de "sim e não". *Sì*? Felizmente, você não é comprometida, certo? Gostaria de fazer uma pequena viagem de barco?

Samy olhou de um para o outro.

— Sim, não, sim — disse ela, firme. — Bom, com isso está tudo esclarecido. Agora, se os senhores me derem licença, preciso cumprimentar aquelas criaturas maravilhosas lá fora e dizer algumas palavras bonitas em uma língua que Tolkien inventou. Eu treinei, mas ficou parecendo com o Chewbacca fazendo um discurso de Ano-Novo.

Samy levantou-se, e todos olharam de novo para as pantufas muito bem-feitas de pés de hobbit.

Quando ela chegou à porta, virou-se de novo.

— Max, sabia que as estrelas, a partir de seu nascimento, levam até um ano para alcançar sua verdadeira grandeza? E depois passam os próximos milhões de anos apenas ocupadas em brilhar. Curioso, não? Já tentou aprender um novo idioma? Ou algumas palavras novas? Eu ficaria extremamente feliz se o escritor vivo mais famoso atualmente com menos de trinta anos me desse de presente uma palavra hoje à noite. Combinado?

Seus olhos azuis-escuros faiscaram.

E dentro de Max, no jardim secreto de sua fantasia, explodiu uma pequena bomba de sementes.

Quando Salvo Cuneo, vestido com sua melhor camisa xadrez, jeans e sapatos de couro brilhante, foi buscar Samy na oficina de impressão, lá estava ela, diante da porta, com três malas, uma samambaia em um vaso e sua capa de chuva sobre o braço.

— Espero que você me leve de verdade, Salvo, embora seu convite tenha significado outra coisa. Já vivi tempo demais aqui. — Assim ela o cumprimentou. — Quase dez anos. Uma estação inteira, como no poema de Hesse. Chegou a hora de partir para o sul e reaprender a respirar, a ver o mar e beijar novamente um homem. Minha nossa, estou com quase sessenta anos, estou chegando à melhor idade.

Cuneo fitou os olhos daquela mulher dos livros.

— Minha proposta está de pé, *Signora* Samy le Trequesser — disse ele. — Estou à sua disposição.

— Não vou me esquecer disso, Salvatore Cuneo de Nápoles.

Ele arranjou um táxi grande para os dois.

— Hum... devo supor então — disse Perdu, perplexo, quando Salvo arrastou as malas pela escada de portaló — que a senhora não está aqui apenas para comer, mas que deseja seguir viagem conosco?

— Deve, meu querido... Posso? Por um tempinho? Até o senhor ancorar e me botar para fora?

— Claro. Ainda temos um sofá livre na área de livros infantis — disse Max.

— Posso fazer uma observação também? — perguntou Perdu.

— Por quê? O senhor tinha a intenção de dizer outra coisa que não fosse sim?

— Hum, não.

— Obrigada. — Samy estava visivelmente emocionada. — O senhor nem vai notar a minha presença, eu só canto mesmo quando estou dormindo.

No cartão-postal que Perdu escrevera naquela noite para Catherine estavam as palavras que Max havia criado à tarde para apresentar a Samy no jantar.

Samy achou-as tão bonitas que as repetia o tempo todo em voz baixa, como que para fazer que o som delas rolasse para lá e para cá pela língua, como uma balinha delicada.

Salpico estelar (quando as estrelas se refletem nos rios)
Berço solar (o mar)
Beijo cítrico (todos sabem exatamente o que significa)
Cais familiar (a mesa de jantar)
Marcador de coração (o primeiro amor)
Véu do tempo (a pessoa se vira uma vez na caixa de areia e descobre que está um velho que faz xixi na calça quando dá risada)
Ladonírico
Desejabilidade

A última foi eleita a nova palavra preferida de Samy.

— Vivemos na desejabilidade — disse —, e cada um de um jeito.

32

— **Sendo** muito bonzinho, este Ródano é um pesadelo — disse Max, e apontou para a usina nuclear. Era a décima sétima desde que o Saône desembocara no Ródano em Lyon. Reatores regeneradores rápidos revezavam-se com vinhedos e autoestradas. Cuneo havia parado de pescar.

Passearam por Cuisery e suas catacumbas livreiras por mais três dias. Agora, aproximavam-se da Provence. Conseguiram reconhecer as montanhas de calcário que se erguiam nas proximidades de Orange como a porta de entrada para o sul da França.

O céu havia mudado. Começara a assumir um azul profundo, como se refletia sobre o Mediterrâneo no calor do verão, quando a água e o céu se espelham e se fortalecem.

— Como uma massa folhada, azul sobre azul sobre azul. A terra dos folhados azuis — murmurou Max.

Havia descoberto um vício gostoso de juntar imagens e palavras. Brincava de pega-pega com elas. Às vezes, Max errava em seus jogos de palavras, e Samy dava boas gargalhadas. Para Jean, ela ria da mesma forma que uma cegonha trombeteava.

Cuneo estava totalmente enlouquecido por Samy, ainda que até aquele momento ela não tivesse voltado a comentar sobre sua oferta. Queria primeiro que Perdu solucionasse a charada.

Não raro, ficava com Perdu na sala de comando, e eles jogavam sim-não-sei-lá.

— Sanary tem filhos?

— Não.

— Um marido?

— Não.

— Dois?

Sua gargalhada era uma revoada de cegonhas.

— Ela já escreveu um segundo livro?

— Não — disse Samy, estendendo a resposta. — Infelizmente não.

— Escreveu *Luzes do Sul* quando estava feliz?

Longo silêncio.

Perdu deixou a paisagem ao redor passar enquanto Samy ponderava sua resposta.

De Orange, eles passariam rapidamente por Châteauneuf--du-Pape. À noite, já poderiam jantar em Avignon.

E da antiga cidade papal, Jean chegaria em uma hora a Luberon, em Bonnieux, com seu carro alugado.

Rápido demais, pensou ele. Como Max diria, deveria simplesmente tocar na casa de Luc e dizer: "Olá, Basset, velho encantador de vinhos, sou o ex-amante de sua mulher."

— Sim e não — respondeu Samy. — Que pergunta difícil. É raro alguém ficar o dia todo rolando em sua sensação de felicidade como um bife na farinha de rosca, não é? A felicidade é tão fugaz. Quanto tempo já ficou feliz sem parar?

Jean refletiu um pouco.

— Cerca de quatro horas. Fui de carro de Paris até Mazan. Queria ver minha namorada, tínhamos combinado lá, no pequeno Hôtel Le Siècle, na frente da igreja. Fui feliz naquele momento. Durante a viagem toda. Eu cantei. Eu imaginei o corpo todo da minha namorada e cantei para ele.

— Quatro horas? Isso é incrivelmente lindo.

— Ah, sim. Fiquei mais feliz nessas quatro horas do que nos quatro dias seguintes. Mas, quando penso hoje naqueles quatro dias, fico feliz por tê-los vivido. — Jean hesitou. — A felicidade é uma coisa que percebemos apenas em retrospecto? Não percebemos quando estamos felizes, mas reconhecemos muito mais tarde que estávamos felizes?

— Nossa — bufou Samy. — Isso seria uma coisa muito estúpida.

Aquela visão da felicidade postergada assombrou a mente de Jean nas horas seguintes, enquanto ele pilotava com rapidez e segurança pelo Ródano, que ali parecia uma autoestrada fluvial. Ninguém às margens acenava para comprar livros. E as eclusas eram totalmente automáticas e passavam dezenas de barcos ao mesmo tempo.

Os dias silenciosos nos canais haviam finalmente terminado. Quanto mais perto Jean ficava da terra de Manon, mais lhe ocorria o que havia vivido com ela. Como era tocá-la.

Como se Samy lesse seus pensamentos, ela refletiu:

— Não é surpreendente que o amor seja tão físico? O corpo lembra como é tocar alguém enquanto a cabeça recorda tudo que a pessoa disse. — Ela bufou sobre a penugem fina de seu antebraço. — Lembro-me do meu pai principalmente como corpo. Seu cheiro e seu caminhar. Como era a sensação de recostar meu rosto no ombro dele ou esconder minha mão embaixo da dele. Da voz, lembro apenas quando ele dizia: "Sasa, minha pequena." Sinto falta do calor do corpo dele, e acho ainda mais revoltante que ele nunca mais vá atender um telefonema por mais que eu queira lhe contar algo importante. Meu Deus, isso me deixa furiosa! Mas, na maioria das vezes, sinto falta dele como corpo. Lá, onde ele sempre estava, na poltrona dele, agora só tem ar. Um ar vazio, idiota.

Perdu assentiu.

— O único erro é que muitas pessoas, principalmente mulheres, pensam que seu corpo deve ser perfeito para ser amado. Mas ele só precisa poder ser amado. E se deixar amar — completou ele.

— Ah, Jean, diga isso de novo para o mundo. — Samy riu e estendeu para ele o microfone de bordo. — Amado será aquele que amar... Mais uma verdade que foi completamente esquecida. Já percebeu que a maioria das pessoas prefere ser amada e faz de tudo para isso? Fazem dieta, ganham rios de dinheiro, usam lingerie vermelha... se amassem com tanto fervor, aleluia, o mundo seria tão belo e livre de cintas de compressão.

Jean riu com ela. Então, pensou em Catherine. Os dois eram delicados demais, sensíveis demais, e tiveram mais desejo de serem amados do que força e coragem para amar. Para amar, é preciso muito mais coragem e muito menos expectativa. Algum dia ele voltaria a amar?

Será que Catherine está lendo meus cartões-postais?

Samy era uma mulher que sabia ouvir, absorvia tudo e respondia à altura. Tinha sido professora na Suíça, em Melchnau, explicou ela. Pesquisadora do sono em Zurique, desenhista técnica para campos de energia eólica no Atlântico, pastoreara cabras em Vaucluse e fizera queijos.

E possuía um ponto fraco de nascença: não conseguia mentir.

Conseguia se calar, negar respostas, mas era incapaz de mentir de propósito.

— Imagine isso na nossa sociedade — disse ela. — Quando menina, fui alvo de muita raiva! Todos pensavam que eu era uma coisinha maldosa, que se divertia à beça sendo mal-educada. Se o garçom de um restaurante de luxo perguntasse: "Você gostou do prato?" Eu respondia: "Não, de jeito nenhum." Se a mãe de uma amiguinha da escola perguntasse, depois de um aniversário: "Então, Samyzinha, gostou?" Eu fazia de tudo para soltar um "sim", mas tudo que saía era: "Não, foi muito chato, e a senhora está com bafo de tanto beber vinho tinto!"

Perdu riu. É incrível como as pessoas, quando crianças, ficam próximas da sua essência, pensou ele, e como as pessoas se afastam dela quanto mais tentam ser amadas.

— Com treze anos, caí de uma árvore, e nos exames de raio--X eles viram: me falta a máquina de fazer mentiras no cérebro. Não consigo escrever uma parábola de fantasia. A menos que no futuro eu encontre um unicórnio falante. Não, eu só consigo falar do que senti de trás para a frente e vice-versa. Sou do tipo que precisa entrar na frigideira para falar sobre batata frita.

Cuneo levou para eles um sorvete de lavanda caseiro. Tinha ao mesmo tempo um gosto ácido e floral. A mulher sem talento para mentiras olhou para o napolitano.

— Ele é baixinho, gordo e, visto de forma objetiva, jamais seria cogitado para figurar em um pôster. Mas é inteligente, forte e provavelmente sabe tudo o que importa para se ter uma vida adorável. Para mim é o homem mais belo que eu beijarei — disse Samy. — É estranho que essas pessoas boas, excelentes, não sejam mais amadas. Será que ficam tão escondidas sob a aparência que ninguém percebe como sua alma, sua essência, seus princípios estão prontos para o amor e para a bondade?

Ela suspirou longa e bondosamente.

— É estranho, eu nunca amei. No passado, pensei que também seria porque minha aparência era estranha. Depois, pensei: por que sempre vou a lugares onde os poucos caras já têm mulher? Como os queijeiros de Vaucluse... Pelos céus, uma cambada de cachorros velhos para quem mulheres são cabras grandes de duas pernas que também lavam roupa. É considerado elogio quando eles dão bom-dia.

Samy lambeu o sorvete, pensativa.

— Acho... e me corrija se eu estiver muito grudada na minha visão de sororidade global: primeiro há o amor que é pensado dentro das calcinhas e cuecas. Esse eu conheço. Diverte por quinze minutos. Depois, há o amor pensado com a cabeça. Esse eu conheço também, pois escolhemos os homens que objetivamente se enquadram nos nossos parâmetros ou que não atrapalham nossos planos de vida. Mas eles não encantam. E, terceiro, há o amor que é feito com o peito ou o plexo solar ou algum lugar nessa região. É esse que eu quero. Deve ter o encanto que ilumine minha vida até o último pedacinho. O que você acha?

Perdu achou que, naquele momento, sabia o que deveria perguntar.

— Samy? — disse ele.

— Oi, Jeanno?

Ela falou diferente, mas era sempre assim. O que os escritores escrevem é o som de seu coração, de sua alma.

— Foi você que escreveu *Luzes do Sul*, não foi?

33

Certamente foi só coincidência o sol ter brilhado entre duas nuvens naquele momento, formando um disco de luz que, como um dedo apontado, caía sobre os olhos de Samy. Ele os iluminou. Duas velas acesas. O rosto de Samy começou a se mover.

— Sim — confessou ela em voz baixa. E, em seguida, mais alto: — Sim. Sim! — gritou, rindo e chorando, erguendo os braços — Eu quis buscar meu homem com esse livro, Jeanno! Um que me amasse com aquele ponto que fica abaixo do pescoço, mas acima do umbigo. Queria que me encontrasse porque me procurou, porque sonhou comigo, porque gosta de tudo que sou e não precisa do que não sou... Mas, sabe de uma coisa, Jean Perdu?

Ela continuava chorando e rindo ao mesmo tempo.

— Você me encontrou. Mas não é você.

Ela se virou.

— O cara com avental florido e os músculos firmes, redondos e belos. Com seu bigode que vai me fazer cócegas. É *ele*. Você me trouxe o homem. Você e *Luzes do Sul*, vocês dois me trouxeram o homem. De um jeito totalmente mágico.

Jean se deixou contagiar pela alegria da mulher. Samy tinha razão, por mais que também parecesse forçado pensar assim:

ele havia lido *Luzes do Sul*, parara em Cepoy, encontrara Salvo e depois... *presto*, ali estavam eles. Samy limpou o rosto salgado de lágrimas.

— Eu precisei escrever meu livro. Você precisou lê-lo. Você precisou viver e sofrer tudo aquilo para finalmente subir no barco e sair em viagem. Vamos acreditar nisso. Certo?

— Claro, Samy. Eu acredito nisso. Há livros que são escritos para uma única pessoa. *Luzes do Sul* foi para mim. — Ele reuniu coragem. — Eu sobrevivi todo esse tempo apenas por causa do seu livro — confessou ele. — Entendo tudo o que você pensa. Era como se você me conhecesse antes de ter me conhecido.

Ela levou a mão à boca.

— É tão incrível ouvir isso, Jean. É a coisa mais bonita que já ouvi.

Ela o abraçou.

Beijou a bochecha esquerda e direita, e de novo, na testa e no nariz. Entre cada beijo, ela dizia:

— Eu garanto uma coisa: nunca mais escrevo para chamar o amor. Sabe quanto tempo esperei? Mais de vinte anos, caramba! E agora eu peço licença: vou beijar meu homem, e o certo desta vez. É a última parte do experimento. Se não der certo, provavelmente não estarei bem-humorada esta noite.

Ela abraçou Jean com força mais uma vez.

— Ui, estou com medo! Que bizarro! E tão lindo. Estou vivendo, você também? Percebe isso agora?

Ela desapareceu no ventre do barco.

— Iu-rú, Salvo... — Jean ainda ouviu.

Jean Perdu se deu conta, perplexo, de que percebia.

E sentiu-se muito bem.

Diário de Viagem de Manon

Paris
Agosto de 1992

Você dorme.

Eu te vejo e não me envergonho mais daquele jeito que simplesmente me dá vontade de me enterrar na areia da praia. Porque um homem nunca será tudo para mim. Parei de me culpar como fiz nos últimos cinco verões azul-cobalto. E, juntando todos, nem foram tantos dias: quando os somo, Jean Pena-de-Corvo, chego a meio ano no qual respiramos o mesmo ar, cento e sessenta e nove dias, o suficiente em pérolas apenas para um colar de duas voltas.

Mas os dias e as noites longe de você — tão distantes como um rastro de nuvens no céu —, nos quais pensei em você e me alegrei por você, eles também contam. Em dobro, triplo, em alegria e culpa. Vistos assim, parecem quinze anos; na verdade, várias vidas. Sonho com tantas variáveis...

Sempre me pergunto: eu lidei de forma errada, escolhi errado?

Existiria uma vida "certa", apenas com Luc ou com uma pessoa totalmente diferente? Ou tive todas as chances na mão, mas as desperdicei?

Só que, no que diz respeito à vida, não existe certo ou errado.

E agora não é mais necessário fazer essa pergunta para mim mesma. Porque para mim um nunca foi suficiente, um homem.

Havia tantas respostas.

Como a fome de viver!

E também desejo, um desejo vermelho incandescente, inquieto, grudento e úmido.

Como: "Preciso viver antes de ficar enrugada, cinzenta, como só mais uma casa quase habitada no fim da rua."

Como Paris.

Como: "Você veio em minha direção como um navio que tromba em uma ilha." (Hahaha. Essa foi minha fase: "Não é minha culpa, foi o destino.")

Como: "Luc me ama realmente o bastante para suportar tudo isso?"

Como: "Não valho nada, sou ruim, e por isso não importa o que eu faça."

Ah, e claro: "Só consigo ficar com um se tiver o outro. Vocês dois, Luc e Jean, marido e amante, sul e norte, amor e sexo, terra e céu, corpo e espírito, interior e cidade grande. São as duas coisas que me faltam para ser completa. Inspirar e expirar e tudo que há entre os dois: finalmente existir."

Então, uma esfera de três lados existe.

Mas todas essas respostas ficaram desimportantes nesse meio-tempo. Agora, uma pergunta totalmente diferente é a mais importante.

Quando?

Quando vou contar para você o que está acontecendo comigo?

Nunca.

Nunca, nunca, nunca e nunca. Ou agora, quando eu tocar seu ombro, que como sempre fica para fora do cobertor em que você se enrola. Se eu o tocasse, você acordaria e perguntaria: "O que foi? Minha linda, o que houve?"

Queria que você estivesse acordado agora e me salvasse.

ACORDE!

Por que deveria? Menti bem demais para você.

Quando vou lhe deixar?

Logo.

Não hoje à noite, não consigo. É como se eu precisasse tentar mil vezes me desgrudar de você, virar as costas e nunca olhar para trás — antes de realmente conseguir fazer isso.

Vou embora em estágios. Conto e digo para mim: mais mil beijos... mais quatrocentos e dezoito beijos... mais dez beijos... mais quatro. Os últimos três eu guardei bem.

Como três amêndoas açucaradas na noite de Natal.

Tudo é contagem regressiva.

Dormir juntos.

Rir juntos.

As últimas danças estão chegando.

É realmente possível gritar com o coração, só que dói demais.

E por falar em dores.

Elas diminuem o mundo. Agora, vejo apenas você, eu e Luc, e aquilo que surgiu entre nós três. Cada um fez sua parte. Agora, vou tentar salvar o que se deve salvar. Não vou ficar remoendo a ideia de castigo. A infelicidade existe para todos, democraticamente.

Quando vou desistir?

Espero que só depois.

Ainda quero saber se a salvação dará certo.

Os médicos recomendaram tomar Ibuprofeno ou opiáceos, que supostamente atuam apenas no cérebro e interrompem os sinais elétricos que acontecem através do sistema linfático entre minhas axilas, os pulmões e a cabeça.

Em muitos dias, parece que eu não sonho mais em imagens. Em outros, sinto cheiro de coisas que me lembram do passado. De um passado muito distante. Quando eu ainda usava meia três-quartos. Ou sinto um cheiro diferente nas coisas. Merda com cheiro de flores. Vinho como pneus quentes. Um beijo como a morte.

Mas quero estar muito lúcida. Por isso, não tomei os remédios.

Às vezes, as dores são tão fortes que eu perco as palavras e não consigo encontrar você. Então, eu minto. Escrevo as frases que quero dizer e as leio. Na minha cabeça, não junto mais as letras quando as dores vêm. Tudo vira uma sopa de letrinhas. Letras cozidas demais, um creme de ABC.

Algumas vezes fiquei irritada por você cair nas mentiras. Algumas vezes fiquei furiosa por você simplesmente ter entrado na minha vida. Nunca foi o suficiente para te odiar.

Jean, eu não sei o que devo fazer. Não sei se devo acordá-lo e implorar que me ajude. Não sei se devo rasgar estas páginas. Ou se as copio e envio para você. Depois. Ou nunca. Escrevo para pensar melhor.

Para todo o resto, as palavras quase não me servem mais.

Agora, falo com você mais com meu corpo.

Essa madeira cansada e doente do sul, do qual brota um único galho verde, tenro; pelo menos ele consegue expressar os desejos mais elementares.

Me ame.

Me abrace.

Me acaricie.

A florescência do pânico, dizia papa. Pouco antes de as grandes árvores morrerem, elas florescem uma vez. Injetavam toda sua força no último galho que ainda não tem caroços.

Há pouco tempo você me disse como sou bonita.

Estou no início da florescência do pânico.

Há poucas noites, Vijaya ligou de Nova York.

Você estava no barco e havia comprado a edição mais recente de Luzes do Sul. *Você adoraria mesmo que todos lessem esse livro belo, pequeno, estranho. Você disse uma vez que aquele livro não era mentira. Sem invenções nem embelezamentos. Mas que tudo era verdade.*

244

Vijaya tem chefes novos, dois pesquisadores celulares estranhos. Acreditam que o corpo forma a alma e o caráter, não o cérebro. Dizem que são os outros bilhões de células. E o que acontece com elas, acontece com a alma.

As dores, por exemplo, disse ele, revertem a polaridade de todas as células. Logo depois de três dias começam. As células de excitação viram células de dor. As células dos sentidos viram células de medo. As células de coordenação viram almofadas de alfinetes. E, por fim, qualquer carinho significa dor, qualquer sopro de vento, qualquer vibração de música, qualquer sombra que se aproxime vira um desencadeador de medo. E a dor se alimenta de cada movimento, de cada músculo, ávida, e dá à luz milhões de novos receptores de dor. Por dentro, tudo se transforma e é substituído, mas ninguém vê por fora.

No fim, não queremos mais ser tocados, diz Vijaya.

Ficamos solitários.

A dor é o câncer da alma, diz seu amigo mais antigo, e fala como fazem os cientistas, não pensa no mal que essas frases causam nos leigos. Ele me diz tudo o que vai acontecer comigo.

A dor deixa o corpo entorpecido e a cabeça também, como bem sabe o seu Vijaya, e nós esquecemos, não pensamos mais de maneira lógica, apenas sentimos pânico. E os pensamentos lúcidos caem nas valas que as dores cavam no cérebro. Todas as esperanças. No fim, também caímos e nos acabamos, nosso eu inteiro, engolido por dor e pânico.

Quando vou morrer?

Em termos puramente estatísticos: é garantido que vou.

Ainda pretendo comer as tradicionais treze sobremesas de Natal. Maman é a mestra dos biscuits e da mousse, papa vai trazer as frutas partidas em quatro, Luc vai limpar as nozes mais bonitas. Três toalhas de mesa, três candelabros, três pedaços de pão partidos. Um pão para os vivos à mesa. Um pão para a sorte que ainda virá. E um pão que os pobres e os mortos dividirão.

Temo que até lá vou ter que brigar com os mendigos pelas migalhas.

Luc implorou para que eu fizesse o tratamento.

Tirando o fato de que as chances de dar certo são tão ruins quanto uma aposta em cavalos, algo em mim morreria de qualquer maneira, uma lápide precisaria ser encomendada de qualquer forma, a missa lida, os lenços passados a ferro.

Será que vou conseguir sentir o peso da lápide?

Papa me entende. Quando eu contei por que não quero passar pela quimioterapia, ele foi até o celeiro e chorou por muito tempo. Tive quase certeza de que cortaria um braço fora.

Maman: petrificada. Parece uma oliveira fossilizada, o queixo ossudo e duro, os olhos parecem dois botões de casca de árvore. Ela se pergunta o que fez de errado, por que não transformou sua primeira premonição de morte em um sonho ruim, em amor de mãe, que se preocupa mais do que o necessário.

"Eu sabia que a morte estava à espera nessa maldita Paris." Mas ela não consegue me culpar. Acaba culpando a si mesma. Essa rigidez a ajuda a continuar e a arrumar meu último quarto do jeito que pedi.

Agora você está deitado de barriga para cima, como um dançarino fazendo uma pirueta. Uma perna esticada, a outra dobrada. Um braço sobre a cabeça, o outro quase dobrado na altura da cintura.

Você sempre me olhou como se eu fosse única. Por cinco anos, nem uma vez você me olhou irritado ou indiferente. Como conseguiu essa proeza?

Castor me encara. É possível que nós, bípedes, sejamos extremamente estranhos para os gatos.

A eternidade que me aguarda parece devastadora.

Algumas vezes — mas este é um pensamento realmente maldoso —, algumas vezes desejei que houvesse alguém que eu amasse e que fosse embora antes de mim. Para que eu soubesse que também posso ir.

Algumas vezes pensei que você devia ir antes de mim para que eu também pudesse partir. Na certeza de que você esperaria por mim...

Adieu, *Jean Perdu.*

Eu o invejo por todos os anos que você ainda tem.

Entro no meu último quarto e de lá para o jardim. Sim, será desse jeito. Vou atravessar a porta alta e agradável da sacada e entrar no pôr do sol. E então, então vou virar luz, então vou poder estar em todos os lugares.

Essa seria minha natureza, eu estaria para sempre lá, todas as noites.

⤜❧ 34 ❧⤛

Tiveram uma noite de embriaguez juntos. Salvo trazia à mesa panelas e mais panelas de mexilhões, Max tocava piano, e eles se revezavam na dança com Samy no convés.

Mais tarde, os três desfrutaram da vista para Avignon e a ponte de Saint Bénézet, imortalizada em uma canção. Julho havia chegado com toda a força para eles. Depois do pôr do sol, a temperatura ainda era de vinte e oito graus.

Pouco antes da meia-noite, Jean ergueu sua taça.

— Agradeço a vocês — falou ele. — Pela amizade. Pela verdade. E por este jantar incrivelmente bom.

Eles ergueram as taças. Quando elas tilintaram umas nas outras, foi como se um sino marcasse o fim de sua viagem juntos.

— Agora, estou especialmente feliz — disse Samy mesmo assim, com bochechas vermelhas. E uma hora depois: — Continuo feliz. — E depois de mais duas horas... Bem, provavelmente disse aquilo de novo de outros jeitos incontáveis e com outras palavras, mas nem Max, tampouco Jean ouviram. Os dois haviam decidido não atrapalhar o casal e deixaram Samy e Salvo, em sua primeira de muitas milhares de noites juntos, como assim esperavam, a sós no *Lulu* para passar pela entrada tão próxima da cidade até a cidade antiga de Avignon.

Nas ruas estreitas, os *flâneurs* se espremiam. Naturalmente, o calor de verão no sul deslocava todas as atividades para tarde da noite. Na praça diante da suntuosa prefeitura, Max e Jean compraram sorvete e observaram os artistas de rua, que faziam malabarismos com fogo, apresentavam danças acrobáticas e levavam o público de cafés e bistrôs às gargalhadas com comédias pastelão. Jean não achava aquela cidade simpática, mas sim parecida com uma puta desonesta que tentava fazer alguma coisa com sua fama.

Max lambeu rapidamente o sorvete derretido. Com a boca meio cheia, disse em tom casual:

— Vou escrever livros infantis. Estou com algumas ideias.

Jean olhou-o de soslaio.

Então, pensou ele, este é o momento de Max, no qual ele começa a se transformar naquilo que vai ser.

— Quer me contar algumas? — pediu ele depois de um instante de ternura, satisfeito por poder vivenciar aquele momento.

— Nossa, pensei que não pediria nunca.

Max puxou seu caderninho do bolso de trás e leu:

— "O velho mestre feiticeiro perguntou-se quando finalmente apareceria uma garota corajosa e o desenterraria do jardim no qual havia sido esquecido por cem anos embaixo dos morangos..."

Max olhou Perdu com olhar calmo e contente.

— Ou uma história sobre o "Putz Grila".

— Putz Grila?

— Sim, aquele que sempre é o que leva a culpa. Imagino que até o Putz Grila teve infância, antes de as pessoas começarem a dizer: Ai, Putz Grila, você quer ser o *quê*? Escritor? — Max deu uma risadinha. — E também uma história sobre Claire, que trocou de corpo com seu gato, Minou. E ainda outra...

O futuro herói das histórias de ninar de todas as crianças, pensou Jean, enquanto Max tagarelava suas ideias maravilhosas.

— ...e como o pequeno Bruno reclama com os guardiões do céu sobre a família que lhe deram...

Jean ficou feliz com os brotos de carinho que desabrocharam em seu peito enquanto ouvia Max. Gostava tanto daquele rapaz! Suas manias, seu olhar, sua risada.

— ...e quando as sombras das pessoas voltavam para a infância de seus donos para ajeitar alguma coisa lá...

Maravilhoso, pensou Jean. Eu faço minha sombra voltar no tempo e ordeno que ponha minha vida em ordem. Que tentador. E, infelizmente, impossível.

Eles voltaram bem tarde, uma hora antes de a aurora se erguer.

Enquanto Max partia para o seu canto, fazendo ainda algumas anotações e adormecendo em seguida, Jean Perdu caminhou devagar pelo seu barco-livraria, que balançava suavemente no rio. Os gatos seguiam bem perto ao seu lado e observavam o grande homem com atenção. Sentiram a iminência de uma despedida.

Várias vezes, os dedos de Jean pairavam no vazio quando ele passava pelas fileiras de livros, acariciando as lombadas. Sabia exatamente onde cada livro estava antes de ser vendido. Assim como conhecemos as casas e os terrenos de nossa rua, de nossa terra natal. E ainda os vemos, mesmo quando há muito deram lugar a uma rodovia ou a um shopping center.

Sempre havia sentido a presença dos livros como proteção. Tinha encontrado o mundo inteiro em seu barco, todos os sentimentos, todos os lugares e todos os tempos. Nunca havia precisado viajar, e para ele as conversas com os livros bastavam... às vezes, ele os tinha em conta mais alta do que tinha as pessoas.

Eram menos ameaçadores.

Sentou-se na poltrona no pequeno palco e olhou para a água através da grande janela. Os dois gatos pularam em seu colo.

"Agora você não pode mais levantar", diziam os corpinhos que ficaram pesados e mornos. "Agora você precisa ficar."

Aquilo também fora sua vida. Vinte e cinco metros por cinco. Havia começado a montá-lo quando tinha a idade de Max. O barco, a coleção de sua "farmácia da alma", sua fama, aquelas correntes de âncora. Dia após dia ele o construíra, o fortalecera, peça por peça. E, nesse processo, se enrolara.

Mas algo ali não se encaixava mais. Se sua vida fosse um álbum de fotografias, todas as fotos aleatórias seriam parecidas. Mostrariam sempre ele naquele barco, com um livro na mão, e apenas os cabelos ficariam mais grisalhos e mais claros com o tempo. No fim, restaria uma imagem, na qual ele teria um olhar perdido no rosto marcado de um idoso, suplicante.

Não, não queria terminar daquele jeito, perguntando se já estava acabado. Havia apenas uma saída. Precisava ser drástico para destruir as correntes da âncora. Precisava abandonar o barco. Abandoná-lo totalmente. A imagem lhe causava mal-estar... Mas então, quando respirava fundo e imaginava uma vida sem *Lulu*, também sentia alívio.

Por um instante, o remorso tocou-o. A Farmácia Literária, deixada como uma amante problemática?

— Isso ela não é — murmurou Perdu.

Sob seus carinhos, os gatos ronronavam.

— O que farei com vocês três? — perguntou ele, infeliz.

Em algum lugar, Samy cantava durante o sono.

E, na sua mente, formou-se uma imagem.

Talvez não precisasse abandonar a Farmácia ou se esforçar para encontrar um comprador.

— Será que Cuneo se sentiria bem aqui? — perguntou ele com os gatos no colo.

Eles acarinhavam a mão de Jean com a cabeça.

Diziam que o ronronar podia até mesmo fazer sarar um punhado de ossos quebrados e curar uma alma empedernida. Mas, quando isso acontecia, os gatos tomavam seu rumo e não olhavam para trás. Amavam sem timidez, incondicionalmente, mas também sem promessas.

Jean Perdu pensou no *Degraus* de Hesse. A maioria das pessoas conhecia a frase: "Em todo começo reside um encanto..." Mas o complemento "que nos protege e ajuda a viver" apenas poucos conheciam — e quase ninguém compreendia que Hesse não tratava de recomeço.

Tratava da preparação para a despedida.

Despedida dos costumes.

Despedida das ilusões.

Despedida de uma vida que ficara para trás havia muito e na qual se era apenas uma casca que, de vez em quando, era agitada por um suspiro.

35

O dia recebeu os tripulantes com trinta e quatro graus para um café da manhã tardio — e com uma surpresa de Samy, que já havia saído com Cuneo para fazer compras e providenciar celulares pré-pagos para todos.

Perdu observou com ceticismo o seu aparelho, que ela empurrou para ele entre croissants e uma caneca de café. E, para decifrar os números, precisou dos óculos de leitura.

— Essa coisa já existe há vinte anos. Pode confiar — provocou Max.

— Gravei nossos números para você — explicou Samy a Jean. — E quero que você nos ligue. Quando estiver bem, quando não souber como se faz ovos pochê ou quando ficar entediado e quiser pular da janela para voltar a sentir alguma emoção.

Jean ficou tocado com a franqueza de Samy.

— Obrigado — disse ele, envergonhado.

Seu carinho desbragado e destemido deixou-o tímido. Era disso que as pessoas gostavam tanto nas amizades?

Quando se abraçaram, a pequena Samy quase desapareceu em seus braços.

— Bem, eu... eu também gostaria de lhes dar uma coisa — começou Perdu a dizer em seguida.

Hesitante, empurrou a chave do barco para Cuneo.

— Digníssima pior mentirosa do mundo. Melhor cozinheiro do mundo vindo do oeste italiano. A partir daqui preciso viajar sem meu barco. Por isso, entrego *Lulu* em suas mãos. Por favor, mantenham sempre um cantinho livre para gatos e para escritores que buscam suas histórias. Aceitam? Não precisam aceitar, mas, se aceitarem, vou ficar muito contente por vocês cuidarem do barco. Como um empréstimo vitalício, por assim dizer...

— Não! Esse é seu trabalho, seu escritório, seu consultório da alma, seu auxílio na fuga, seu lar. O barco-livraria é você, seu idiota, não se entrega uma coisa dessas a estranhos, mesmo que goste muito deles! — berrou Samy.

Eles encararam Samantha, perplexos.

— Desculpem — murmurou ela. — Eu... hum... mas é isso que eu penso. Não dá. Não é possível trocar celulares por barcos-livrarias, não mesmo. Que nervoso!

Samy deu uma risadinha, tensa.

— Esse negócio de não poder mentir parece mesmo um dom — observou Max. — Aliás, antes que alguém me pergunte: não, eu não preciso de nenhum barco, mas, se você puder me dar uma carona em seu carro, Jean, eu ficaria bem feliz.

Cuneo levantou-se com olhos marejados.

— Ai, ai — foi tudo que ele conseguiu dizer. — Ai, *capitano*. Ai, tudo isso. Eu... *cazzo*... e tudo mais.

Eles conversaram bastante, discutiram prós e contras. Quanto mais hesitantes Cuneo e Samy se mostravam, mais Jean insistia.

Max se manteve à parte, apenas perguntou uma vez:

— O nome disso é hara-kiri, não é?

Perdu o ignorou. Precisava ser assim, ele sentia, e levou metade da manhã até que Samy e Cuneo aceitassem.

Com muita solenidade e visivelmente emocionado, por fim o italiano disse:

— Muito bem, *capitano*. Vamos cuidar de seu barco. Até que você o aceite de volta. Não importa quando, se depois de amanhã, em um ano ou em trinta. E ele sempre ficará aberto para gatos e escritores.

Eles selaram o pacto com um forte abraço quádruplo.

Samy foi a última a soltar Jean e olhou-o com carinho.

— Meu leitor preferido — ela abriu um sorriso —, não poderia ter imaginado um melhor que você.

Por fim, Max e Jean arrumaram seus pertences na mochila de marinheiro de Max e em algumas sacolas de compras grandes e saíram do barco. Perdu, além de suas roupas, ainda levou sua obra iniciada, a *Grande Enciclopédia dos Pequenos Sentimentos*.

Quando Cuneo ligou o motor e conseguiu afastar *Lulu* da margem, Perdu não sentiu nada.

Ao seu lado, ouvia e via Max, mas era como se também ele, como o barco-livraria, estivesse longe. Max acenava com os dois braços e gritava *"Ciao"* e *"Salut"*; Perdu, ao contrário, tinha certeza de que não tinha mais braços com os quais pudesse acenar.

Olhou para o barco-livraria até ele desaparecer em uma curva do rio.

Ainda continuou olhando quando já havia desaparecido, e esperou que o entorpecimento passasse e ele sentisse algo.

Quando conseguiu, em algum momento, se virar, viu que Max estava sentado em um banco e esperava tranquilamente por ele.

— Vamos — disse Perdu com voz seca, trêmula.

Pela primeira vez depois de mais de cinco semanas, sacaram dinheiro de seus bancos, que mantinham filial em Avignon — mesmo que isso tenha exigido dezenas de telefonemas, comparações de assinaturas enviadas por fax e verificações estritas de passaportes. Em seguida, alugaram um pequeno carro branco-leite na estação de trem e se puseram a caminho de Luberon.

A sudoeste de Avignon, passaram pela pista marginal da D900. Eram apenas quarenta e quatro quilômetros até Bonnieux. Max olhava pela janela aberta, encantado. À esquerda e à direita, campos de girassóis como pinturas, tapetes verdejantes de vinhedos e arbustos de lavanda pintavam a paisagem de muitas cores. Amarelo, verde-escuro, violeta. Mais além, estendia-se um céu muito azul com brancas nuvens parecidas com travesseiros.

A distância, viram a pequena e a grande Luberon no horizonte: uma chapada imensa e longa, com uma elevação menor ao lado. O sol batia direto na paisagem. Devorava terra e carne, inundava campos e cidades com uma claridade imperiosa.

— Precisamos de chapéus de palha — murmurou Max. — E de calças de linho.

— Precisamos de desodorante e protetor solar — corrigiu Perdu secamente.

Max sentia-se visivelmente bem. Entrava sem resistência nenhuma naquele ambiente, como a pecinha exata do quebra-cabeça.

Diferente de Jean.

Tudo o que via era estranhamente distante e alheio para ele. Ainda se sentia entorpecido.

Nas colinas verdes, os vilarejos pendiam como coroas. Arenito claro, telhas claras que protegiam do calor. Aves de rapina majestosas vigiavam o espaço aéreo em voos planos. As vias eram estreitas e vazias. Manon vira aquelas montanhas, colinas e campos coloridos. Tinha sentido o ar suave, conhecia as árvores centenárias em cujas copas frondosas dezenas de cigarras se apinhavam e cantavam. Um rascar contínuo que para Jean era como ouvir "Quê? Quê? Quê?".

O que você faz aqui? O que procura aqui? O que sente aqui? *Nada.*

Aquela paisagem não dizia absolutamente nada a Jean.

Logo passaram por Ménerbes e seus penhascos cor de curry, aproximaram-se dos vinhedos e sítios do vale do Calavon e de Bonnieux.

"Bonnieux se ergue entre a grande e a pequena Luberon. Como um bolo em camadas com cinco andares", explicara Manon a Perdu. "Bem lá em cima, a antiga igreja, os cedros centenários e o cemitério mais bonito de Luberon. Bem abaixo, os produtores de uvas, de frutas e as casas de veraneio. Entre eles, as três camadas com casas e restaurantes. Tudo ligado com caminhos íngremes e subidas, por isso todas as garotas do vilarejo têm panturrilhas belas e fortes." Ela mostrara as suas a Jean. E ele as beijara.

— Achei a região bonita — disse Max.

Eles seguiram aos sacolejos pelas estradas, viraram em um campo de girassóis, cruzaram um vinhedo — e tiveram de admitir que não sabiam onde estavam. Jean saiu para o acostamento.

— Deve ser aqui, em algum lugar, essa Le Petit St. Jean — murmurou Max, e encarou o mapa.

As cigarras cantavam. Pareciam que estavam dizendo: "He he he he he." Tirando esse ruído, tudo era tão silencioso que apenas o leve estalar do motor desligado perturbava a profunda tranquilidade interiorana.

Então, um trator barulhento se aproximou deles rapidamente. Vinha a toda velocidade de um dos vinhedos. Nunca tinham visto um trator daqueles: era extremamente estreito, e seus pneus eram finos, mas altos demais para que pudessem passar pelas fileiras de videiras.

Ao volante estava um jovem com boné de beisebol, óculos de sol, jeans rasgados e uma camisa branca puída, que os cumprimentou com um leve meneio de cabeça enquanto passava, barulhento. Como Max acenou freneticamente, o trator parou alguns metros depois. Max correu até ele.

— Desculpe, Monsieur! — Jean ouviu Max gritar, tentando vencer o ruído. — Para que lado fica a pousada Le Petit St. Jean, de Brigitte Bonnet?

O homem desligou o motor, tirou o boné de beisebol e os óculos de sol e passou o antebraço na testa, enquanto cabelos longos e castanhos cor de chocolate caíam sobre os ombros.

— Ah. *Pardonnez-moi*, me perdoe, Mademoiselle, pensei que a senhorita fosse... hum... um homem — Jean ouviu Max crocitar, extremamente envergonhado.

— Pelo visto, o senhor esperava mulheres dirigindo tratores usando vestido apertado — disse ela com frieza, enfiando de novo os cabelos embaixo do boné.

— Ou grávidas e descalças na frente do fogão — acrescentou Max.

A moça hesitou — e soltou uma gargalhada.

Quando Jean se virou no banco do motorista para ver os dois, a moça já havia recolocado os grandes óculos escuros e explicava a Max o caminho. A propriedade dos Bonnet ficava do outro lado do vinhedo, precisavam apenas manter sempre a direita.

— *Merci*, Mademoiselle.

As outras coisas que Max falou para a mulher foram cobertas pelo ronco do motor.

Perdu viu ainda a parte de baixo do rosto da moça — e um sorriso divertido que fazia seus lábios se estenderem.

Em seguida, ela pisou fundo e passou por eles ruidosa, fazendo subir uma pequena nuvem de poeira.

— Esta região aqui é muito bonita, mesmo — disse Max quando entrou no carro. Jean percebeu um brilho nele.

— Aconteceu alguma coisa? — perguntou ele.

— Com a mulher? — Max deu uma risada, um pouco alta e esganiçada demais. — Ah, resumindo, este é o caminho, é só ir reto... bem, de qualquer forma ela era linda. — Max parecia um coelhinho de brinquedo feliz, na opinião de Jean. — Suja, suada, mas linda de verdade. Como chocolate recém-saído da geladeira. Mas, tirando isso, não... tirando isso, nada aconteceu. Belo trator. Por quê? — Max parecia confuso.

— Nada, não — mentiu Jean.

Alguns minutos depois, encontraram Le Petit St. Jean. Uma casa de fazenda do início do século XVIII, como saída de um livro de fotografias. Pedras cinza-claro, janelas altas e estreitas, um jardim que parecia pintura, selvagem e florido. Ali, Max encontrara o último quarto livre quando descobrira, em um cybercafé, primeiro o website de Luberon e, em seguida, Madame Bonnet. Em seu pombal convertido, um *pigeonnier*, tinha vaga com café da manhã incluso. Brigitte Bonnet — uma mulher pequena de cinquenta anos e cabelos curtos — esperava-os com um sorriso carinhoso e um cestinho cheio de damascos recém-colhidos. Usava uma camiseta regata masculina, uma bermuda verde-clara e chapéu de pescador. Madame Bonnet era tão bronzeada que a pele tinha a cor de uma noz, e os olhos azul-água brilhavam.

Seus damascos eram cobertos por uma penugem macia e eram doces, e seu pombal convertido revelou-se um refúgio de quatro por quatro metros com uma pequena banheira, um banheiro do tamanho de um armário, alguns ganchos servindo de guarda-roupa e uma cama bastante estreita.

— Onde fica a segunda cama? — perguntou Jean.

— Ah, Messieurs, tem apenas uma... vocês não são um casal?

— Eu durmo lá fora — sugeriu Max rapidamente.

O pombal era pequeno e maravilhoso. Sua janela do tamanho de uma porta dava para o Plateau de Valensole. O prédio era rodeado por um imenso pomar e um jardim de lavanda, um terraço com cascalho e um muro largo de pedras brutas que parecia feito com os restos de uma muralha de castelo. Ao lado do pombal, gorgolejava uma fonte pequena e agradável. Nela se podia resfriar o vinho e se sentar sobre o muro, deixar os pés balançarem e admirar o pomar, os campos de verduras e vinhedos do vale, como se não houvesse ruas nem outras pousadas. Alguém com um sentido aguçado para belas vistas havia escolhido aquele lugar.

Max pulou para o muro largo e avistou a planície com uma das mãos protegendo os olhos do sol. Concentrando-se, era possível ouvir o motor do trator e ver uma pequena nuvem de poeira que se movia ao longe da esquerda para a direita e vice-versa, continuamente.

Ao redor do terraço do pombal também havia arbustos de lavanda, rosas e árvores frutíferas, e sob um grande guarda-sol ficavam duas cadeiras com almofadas claras e confortáveis e uma mesa de mosaicos.

Madame Bonnet levou para eles duas garrafinhas de suco Orangina e, como drinque de boas-vindas, um *bong veng* gelado, como ela pronunciava *bon vin* com seu sotaque provençal, um vinho amarelo-claro brilhante.

— Este é um *bong veng* local, um Luc Basset — tagarelou Bonnet —, a vinícola é do século XVII, fica bem do outro lado da D36. Fica a quinze minutos a pé daqui. O *Manon* XVII ganhou uma medalha de ouro este ano.

— Desculpe, um o quê? Um *Manon*? — perguntou Perdu, perplexo.

Max teve a presença de espírito de agradecer efusivamente a confusa dona da pousada. Em seguida, observou o rótulo do vinho, enquanto Brigitte Bonnet se afastava pelo belo jardim, colhendo uma ou outra coisa ali e acolá. Sobre a palavra "Manon" havia impresso o desenho suave de um rosto. Emoldurado por cachos, um sorrisinho matreiro, o olhar intenso de olhos grandes voltados a quem o observasse.

— Esta é a sua Manon? — perguntou Max, surpreso.

Primeiro, Jean aquiesceu. Em seguida, fez que não com a cabeça. Não, claro que não era ela. Não a *sua* Manon.

A sua Manon estava morta, linda, e viva apenas em sonhos. E agora ela o encarava sem dar tempo para ele se preparar.

Ele pegou a garrafa da mão de Max. Com carinho, Jean passou os dedos sobre o desenho do rosto de Manon. Seus cabelos. A bochecha. O queixo. Boca. Pescoço.

Ali, em todos os lugares, ele a havia tocado, mas...

E só então chegaram os tremores.

Começaram nos joelhos, avançando, tomaram a barriga e o peito de dentro para fora com um ranger e um tremelicar antes que se espalhasse pelos braços e dedos, estabelecendo-se nos lábios e nas pálpebras.

A circulação estava prestes a entrar em colapso.

Sua voz soou fraca quando ele sussurrou:

— Ela amava o ruído que o damasco fazia quando era colhido. Pega-se suavemente entre o dedão e mais dois dedos, puxa-se de leve, e ele faz "clac". Seu gato chamava Miau. Miau dormia no inverno sobre a cabeça de Manon, como um chapéu. Manon herdou os dedos do pé do pai, dizia ela, dedos com cinturinha. Manon amava muito o pai. E amava *crêpes* com queijo de Banon e mel de lavanda. E quando dormia, Max, às vezes sorria sonhando. Era casada com Luc, enquanto eu era apenas seu amante. Luc Basset, o *vigneron*. — Jean olhou para cima. Com mãos trêmulas, pousou a garrafa de vinho na mesa de mosaico.

Preferia tê-la jogado contra o muro — se não tivesse a preocupação irracional de cortar o rosto de Manon. Jean mal conseguia suportar tudo aquilo. Ele mal conseguia *se* suportar! Estava no lugar mais bonito da Terra. Com um amigo que havia se transformado em filho e confidente. Havia atravessado as pontes atrás de si e seguira a caminho do sul, entre águas e lágrimas.

Apenas para confirmar que ainda não estava pronto.

Na sua cabeça, ainda estava no corredor do seu apartamento, murado diante de uma parede de livros.

Esperara simplesmente que, ao chegar ali, tudo se resolveria como um milagre? Que podia deixar para trás sua dor nas águas dos rios, trocar as lágrimas não derramadas pelo perdão de uma mulher morta? Que já havia avançado o bastante para merecer redenção?

Sim, foi o que fez.

Mas não era tão fácil.

Nunca é tão fácil.

Furioso, ele virou a garrafa com firmeza. Manon não deveria olhá-lo mais daquele jeito.

Não. Ele não podia enfrentá-la daquela forma. Não como aquela "não pessoa", cujo coração pairava sem lar, por medo de alguma vez voltar a amar e perder o ser amado.

Quando Max estendeu a mão sobre a de Jean, ele a apertou com força. Com muita força.

36

O suave vento do sul circulava dentro do carro. Jean havia aberto todas as janelas do Renault 5 decrépito. Gérard Bonnet, o marido de Brigitte, deixara com ele o carro depois de devolverem o alugado em Apt.

A porta direita era azul, a esquerda, vermelha, e o resto da tralha era bege e cor de ferrugem. Com esse carro e uma pequena mala de viagem, Perdu se pôs a caminho. Passando por Bonnieux, foi na direção de Lourmarin e, de lá, passou por Pertuis até Aix. Dali seguiu pelo caminho mais rápido a sul e até o mar. Lá em baixo, diante dele, Marselha espalhava-se orgulhosa em sua baía. A grande cidade na qual África, Europa e Ásia beijavam-se e guerreavam. Como um organismo, o porto brilhava e respirava à luz do ocaso quando ele desceu a A7 por trás das colinas de Vitrolles.

À direita, as casas brancas da cidade. À esquerda, o azul do céu e da água. A visão era inebriante.

O mar.

Como cintilava.

— Olá, mar — sussurrou Jean Perdu. A visão o atraía. Como se a água tivesse lançado um arpão, perfurado seu coração e o puxasse para si, pouco a pouco, com suas fortes cordas.

A água. O céu. Nuvens como faixas condensadas brancas no azul acima, brancos rastros das ondas de popa no azul abaixo.

Ah, sim. Queria entrar nesse azul sem fronteiras. Descendo a costa íngreme. E mais, mais e mais. Até encontrar a tranquilidade diante desse tremor que ainda o castigava por dentro. Fora a despedida de *Lulu*? Fora a despedida da esperança de já estar são e salvo?

Perdu queria dirigir até estar seguro. Queria encontrar um lugar onde pudesse se esconder, como um animal ferido.

Me curar. Preciso me curar.

Não sabia disso quando começara a viagem em Paris.

Antes que os pensamentos sobre tudo que ele ainda não sabia o assolarem, ligou o rádio.

— E se você quisesse nos contar um acontecimento que fez de você o que é hoje, qual seria? Ligue para cá e conte para a gente e para todos os ouvintes do Departamento de Var.

Um número de telefone foi anunciado, em seguida a locutora apresentou uma música com a voz agradável de *mousse au chocolate*. Uma canção lenta, que se arrastava como as ondas. Uma guitarra elétrica suspirava melancólica, os tambores murmuravam como o quebrar das ondas.

"Albatross", de Fleetwood Mac.

Uma canção que fazia Jean Perdu pensar no voo de gaivotas ao pôr do sol, em uma praia distante desse mundo, no estalar da fogueira de madeira tirada dos rios.

Enquanto Jean dirigia no calor de verão pela estrada de Marselha e se perguntava qual poderia ser seu acontecimento, no rádio, "Margot, de Aubagne" contava o momento no qual começara a ser ela mesma.

— Foi no nascimento da minha primogênita, que se chama Fleur. Trinta e seis horas de sofrimento. Mas com a dor veio uma alegria, uma paz... depois que acabou, me senti livre. De repente, tudo fez sentido, e eu não tinha mais medo de morrer. Eu tinha dado a vida, e a dor foi o caminho para a felicidade.

Por um momento, Jean conseguiu entender essa Margot, de Aubagne. Mas continuava sendo homem. Nunca saberia como era ser dois em um corpo só durante nove meses. Nunca poderia compreender como uma parte do eu se transformava em uma criança e saía dali para sempre.

E então entrou em um longo túnel de Marselha que passava por baixo das catedrais. Mesmo assim, continuava recebendo o sinal da rádio.

Em seguida, ligou um tal Gil, de Marselha. Tinha a pronúncia dura e entrecortada dos operários.

— Virei eu mesmo quando meu filho morreu — disse ele, hesitante —, porque a dor me mostrou o que é importante. A dor é assim: No início, acompanha a gente o tempo todo. A gente acorda por causa da dor. Ela segue a gente o dia todo, em todo lugar. À noite, lá está ela, não deixa a gente em paz nem durante o sono. Sufoca e sacode a gente. Mas também aquece. Em algum momento, também se afasta, mas nunca para sempre. Ela sempre aparece, aqui e ali. E então, no fim das contas... eu soube de repente o que é importante na vida. A dor me revelou. O amor é importante. A comida. E endireitar as costas e não dizer sim quando é preciso dizer não.

Mais músicas. Jean deixou Marselha para trás.

Eu pensei que era a única pessoa que sentia dor?

Que saiu dos trilhos?

Ah, Manon.

Sinto falta de alguém com quem eu possa falar de você.

Deu-se conta, de verdade, do evento banal que o fizera cortar as cordas do barco em Paris. *Degraus* de Hesse como apoio de livro. Esse poema profundamente íntimo, de compreensão humana... transformado em objeto de marketing.

Compreendeu vagamente que ele também não podia pular nenhum estágio do luto.

Mas em qual havia entrado? Ainda estava no fim? Já estava no início? Ou havia caído, perdido o passo? Desligou o rádio. Logo viu a saída para Cassis e entrou no trânsito.

Saiu da estrada, ainda imerso em pensamentos, e pouco depois chegou a Cassis e serpenteou pelas ruas íngremes fazendo barulho. Muitos turistas em férias, boias em formato de animais, brincos de diamante combinando com vestidos de noite. Em um restaurante à beira-mar, visivelmente caro, uma grande placa convidava para um "Bufê de Bali".

Não é o meu lugar.

Perdu pensou em Eric Lanson, o terapeuta da área governamental de Paris, que gostava tanto de ler literatura de fantasia e tentava alegrar Perdu com a psicanálise literária. Mas, com Lanson, ele poderia ter falado sobre essa dor, esse medo! O terapeuta havia mandado um cartão-postal de Bali para Jean. Lá, a morte era o ponto alto da vida. Era festejada com dança, concertos com repiques de sinos e bufê de frutos do mar. Jean teve de pensar o que Max diria sobre uma festa dessas.

Com certeza, algo desrespeitoso. Algo engraçado.

Max informara duas coisas a Jean na despedida.

Primeiro, que as pessoas precisavam ver os mortos, queimá-los e enterrar suas cinzas — e depois começar a contar suas histórias. "Os mortos não deixam em paz quem não conta suas histórias."

Segundo, que ele *realmente* havia achado a região de Bonnieux linda e ficaria no pombal para escrever.

Jean imaginou que um certo trator vermelho dos vinhedos também tivera seu papel na decisão.

Mas o que aquilo significava? Contar as histórias dos mortos?

Perdu pigarreou e falou alto, na solidão do carro:

— Ela falava com tanta naturalidade. Manon mostrava seus sentimentos, sempre. Amava o tango. Embriagava-se da vida como champanhe, e a encarava da mesma forma: sempre soube que viver é uma coisa especial.

Ele sentiu uma tristeza profunda crescer dentro dele. Havia chorado mais nas duas últimas semanas que em vinte anos. Mas as lágrimas eram todas por Manon, cada uma, e ele não se envergonhava mais.

Rapidamente, Perdu atravessou as ruas íngremes de Cassis. Deixou para trás o Cabo Canaille e suas espetaculares encostas vermelhas à direita, e continuou através de colinas e florestas de pinheiros, seguindo pela sinuosa estrada costeira que ligava Marselha a Cannes. Os vilarejos vinham em sequência, fileiras de casas juntavam-se nas fronteiras das cidades, palmeiras e pinheiros, flores e penhascos se alternavam. La Ciotat. Le Liouquet. E, então, Le Lecques.

Quando descobriu um estacionamento no acesso a uma praia, Jean saiu do fluxo tranquilo de carros. Estava com fome.

A cidadezinha feita de casarões antigos e castigados pelo tempo e por instalações hoteleiras novas e pragmáticas tinha sua praia ampla povoada por famílias. Caminhavam na areia e no calçadão, comiam em restaurantes e bistrôs que mantinham bem abertas as janelas que davam para a água.

Alguns garotos bem bronzeados jogavam frisbee perto da rebentação, e, mais adiante, atrás de uma corrente de boias marcadoras amarelas e do farol, uma tropa de veleiros de treino brancos feitos para uma pessoa subia e descia nas ondas.

Jean encontrou um lugar no balcão do bistrô L'équateur, a dois metros de distância da areia, dez metros da arrebentação suave. Grandes guarda-sóis azuis sacudiam-se ao vento sobre mesas brancas, bem próximas, como em todos os lugares da Provence em período de férias, quando os turistas eram empilhados como sardinhas em lata. No balcão, Perdu tinha uma bela visão de tudo.

Enquanto comia mexilhões com molho de creme de leite e ervas bem-temperado em uma tigela alta e preta, bebia água e uma taça de vinho Bandol branco e cítrico, não tirou os olhos do mar.

Era azul-claro à luz do sol da tarde. No pôr do sol, acabava se decidindo pelo turquesa-escuro. A areia coloria-se com um tom amarelo-claro para um dourado escuro e, então, cor de ardósia. As mulheres que passavam ficavam mais empolgadas, as saias mais curtas, as risadas tinham um quê de ansiedade. No quebra-mar havia sido construída uma boate a céu aberto, e para lá rumavam os grupos de três ou quatro em roupinhas leves ou jeans curtos e camisetas, que caíam sobre os ombros bronzeados e brilhantes.

Perdu observava as moças e os rapazes. Reconhecia, em seu tipo ligeiro e levemente curvado para a frente, o desejo incontrolável que tinha a juventude de vivenciar algo. Chegar o quanto antes aonde havia uma aventura à espera. Aventuras eróticas! Risadas, liberdade, danças até de manhã, pés descalços na areia fria, calor entre as pernas. E beijos que seriam inesquecíveis.

Saint-Cyr e Les Lecques transformavam-se, no pôr do sol, em uma grande e amistosa área de festas.

A vida no verão do sul. Eram as horas recuperadas da tarde quente, nas quais o sangue corre tão lento e viscoso nas veias.

A ponta íngreme da paisagem, salpicada de casas e pinheiros à esquerda de Jean, brilhava com a cor do ouro velho, o horizonte se delineava azul e laranja, o mar ondulava, suave e salgado.

Quando tinha quase terminado sua caldeirada de mexilhões e apenas mexia em um resto de creme com gosto de ervas e água do mar e nas lascas pretas azuladas das cascas dos mexilhões, a água, o céu e a terra mergulharam por alguns minutos no mesmo azul. Um azul cinzento que coloria com frieza o ar, seu vinho e as paredes e as alamedas brancas, e todas as pessoas pareceram estátuas de pedra falantes.

Um loiro do tipo surfista tirou a tigela e os talheres de Perdu e trouxe para ele a água morna de praxe para lavar as mãos.

— Gostaria de uma sobremesa?

A frase parecia amigável, mas também trazia outra mensagem: "Se não, peço que desocupe o balcão para podermos dar lugar a alguém."

Apesar disso, sentia-se bem. Havia comido o mar e bebido com os olhos. Ansiava por aquilo, e um pouco do tremor dentro dele arrefeceu.

Perdu deixou o restante do vinho, jogou uma nota no pratinho com a conta e foi até o Renault 5. Com um gosto de creme salgado nos lábios, continuou seguindo pela avenida da praia.

Quando deixou de ver o mar, virou de uma vez no cruzamento seguinte à direita e saiu da *Route Nationale*. Entre pinheiros, ciprestes, sempre-verdes delineadas pelo vento, e entre casas, hotéis e casarões, viu as águas surgirem de novo à luz clara da lua. Seguiu por uma ruazinha vazia através de uma área residencial maravilhosa. Casarões suntuosos e floridos. Não sabia onde estava, mas sabia que queria acordar ali na próxima manhã e nadar naquele mar. Era hora de procurar uma pensão ou uma parte da praia onde pudesse fazer uma fogueira para dormir sob as estrelas.

Assim que Perdu entrou no Boulevard Frédéric Mistral, o Renault começou a fazer um barulho, "vuuuuuiiiii", que desembocou em um estouro chiado e no motor que engasgou até morrer. Com o último impulso da descida, Perdu levou o carro até uma rua lateral.

O Renault deu seu último suspiro. Não fazia nenhum estalo eletrônico quando Jean girava a chave na ignição. Era óbvio que o carro também queria ficar ali.

Monsieur Perdu desceu do Renault e olhou ao redor.

Lá embaixo, descobriu uma pequena baía, mais adiante casarões e prédios, que pareciam se mesclar a um centro meio quilômetro à frente. Mais além, tremeluzia um brilho azul e laranja amistoso. Pegou a pequena mala do carro e partiu em caminhada.

Uma paz redentora pairava no ar. Nenhuma boate ao ar livre. Nenhuma fileira de carros. Sim, até o mar ali rebentava mais baixo.

Quando depois de dez minutos de caminhada, passando por casas antigas e pequenas com jardins floridos, ele chegou a uma torre estranha e quadrada, em torno da qual um hotel havia sido construído há mais de cem anos, ele se deu conta onde havia aterrissado.

Justamente ali! Lógico. Reverente, ele entrou no cais. Fechou os olhos para absorver o cheiro. Sal. Amplidão. Frescor.

Voltou a abrir os olhos. O antigo porto pesqueiro. Dezenas de barquinhos coloridos balançando nas águas azuis tranquilas. Logo atrás, iates brancos brilhantes. As construções, nenhuma com mais de quatro andares e com as fachadas em tons pastel.

Era um belo vilarejo de pescadores. As luzes da manhã faziam as cores desabrocharem. À noite, o céu se tornava coalhado de estrelas, e, no cair da tarde, a luz rosa-clara dos lampiões antigos tomava conta. Lá, o mercado com suas marquises amarelas e vermelhas sob os plátanos frondosos. Entre eles, pessoas, calmas pelo sol e pelo mar, com um olhar sonhador, reclinavam-se em uma das inúmeras mesas e cadeiras dos antigos bares e dos novos cafés.

Um lugar que conhecera e abrigara muitos fugitivos antes dele. Sanary-sur-Mer.

ᘒ 37 ᘓ

Para: Catherine (sobrenome do famoso Le P. que a senhora já conhece), rue Montagnard, nº 27, 75011, Paris

Sanary-sur-Mer, em agosto

Distante Catherine,

O mar até agora mostrou vinte e sete cores. Hoje, uma mistura de azul e verde. As mulheres das butiques chamam de petróleo. Elas devem entender disso melhor que eu, mas a chamo de "turquesa molhado".

O mar, Catherine, pode atrair. Pode arranhar, com golpes felinos. Pode bajular e acariciar, pode ser o espelho mais liso, e então de novo se revoltar e atrair os surfistas em ondas ríspidas, barulhentas. Todo dia é diferente, e as gaivotas gritam como crianças em dias de tempestade e em dias ensolarados como arautos do esplendor: "Bom! Bom! Bom!" É possível morrer com a beleza de Sanary e nem perceber.

Meus dias de solteirão no belle bleue, meu quarto azul na pensão Beau Séjours de André, terminaram logo depois do 14 de Julho. Não preciso mais fazer uma trouxa com lençol e pôr minhas roupas

dentro e visitar Madame Pauline com olhar de genro desampara-
do ou ir até a lavanderia embaixo da galeria de compras em Six-
-Fours-les-Plages. Agora tenho uma máquina de lavar. Foi dia de
pagamento na livraria, MM — Madame Minou Monfrère, a proprietária e primeira livreira do lugar — está satisfeita comigo. Diz
que eu não perturbo. Muito bem. A primeira chefe da minha vida
me deixou responsável pelos livros infantis, pelas obras de referência
e pelos clássicos, e me pediu para ampliar a seção de escritores alemães exilados. Faço tudo como ela quer e, de um jeito estranho, isso
me faz bem, pois não preciso dar a minha cara a tapa.

Também encontrei uma casa para a máquina de lavar e para
mim.

Fica em uma colina bem acima do porto, atrás da capela de
Notre Dame de Pitié, mas diante de Portissol, a pequena baía de
banhistas, onde turistas ficam deitados, toalha com toalha. Há
apartamentos antigos em Paris que são maiores que a casa, mas
não são tão bonitos.

Tem uma cor que muda entre vermelho-flamingo e amarelo-
-curry. De um dos quartos se vê uma palmeira, um pinheiro, muitas flores e as costas da pequena capela, então, depois do jardim de
hibiscos, o mar. Uma combinação de cores que Gauguin teria adorado. Rosa e petróleo. Rosa e turquesa umedecendo. Tenho a sensação certeira de que apenas aqui aprendi a enxergar, Catherine.

Em vez de pagar aluguel, estou fazendo reformas desde que
me mudei; a casa cor de flamingo-com-curry também pertence
a André e à sua esposa, Pauline. Eles não têm tempo nem filhos
que possam convencer de fazê-las. No verão, sua pensão com
nove quartos, a Beau Séjours, sempre fica lotada.

Eu sinto falta do "Quarto Azul", o nº 3 no primeiro andar, e
da voz rouca de André, seu café da manhã, o quintal silencioso
que tinha uma cobertura de sapê verde. André tem um pouco
do meu pai. Cozinha para os hóspedes da pensão, Pauline joga

paciência ou, a pedido de muitas senhoras, também tarô, além de cuidar do ambiente. Em geral, eu a vejo fumando e distribuindo cartas, que estalam sobre a mesa de plástico. Ela também se ofereceu para jogar cartas para mim. Devo aceitar?

As camareiras — Aimée, loira, gorda, muito barulhenta e engraçada, e Sülüm, pequena, magra, endurecida, uma azeitona murcha, ri sem barulho nem dentes — levam seus baldes de limpeza na curva do braço, como as parisienses fazem com suas bolsas Louis Vuitton e Chanel. Vejo Aimée sempre na igreja do porto. Ela canta e, durante a cantoria, fica com olhos marejados. As missas aqui são muito humanas. Os coroinhas são jovens, vestem aquelas camisolas brancas e sorriem de um jeito carinhoso. Em Sanary, pouco se percebe da artificialidade costumeira de muitos destinos turísticos do sul.

Exatamente por isso, as pessoas cantam. Choram felizes. Eu voltei a cantar no banho, enquanto dou pulos com os jatos intermitentes do chuveiro improvisado. Mas, às vezes, me sinto ainda costurado dentro de mim mesmo. Como se eu vivesse em uma caixa invisível que me separa de todas as outras pessoas. Nesses momentos, até minha voz parece supérflua.

Estou construindo sobre o terraço um telhadinho, pois, por mais confiável que o sol seja aqui, também é como o salão imenso de uma casa aristocrática: você se sente aquecido e protegido, cercado de forma luxuosa com brilho e maciez, mas também oprimido, ameaçado, sufocado quando o calor se prolonga. Entre duas e cinco da tarde, às vezes até as sete da noite, nenhum sanariense sai da sombra. Prefere se esgueirar nos pontos mais frescos da casa, deita-se nu no ladrilho frio do porão e espera que a beleza e o forno lá fora finalmente tenham piedade dele. Eu ponho toalhas de mão molhadas na cabeça e nas costas.

Do terraço da cozinha que estou construindo é possível ver, entre os mastros dos barcos, as fachadas coloridas perto do porto, mas principalmente os iates brancos e brilhantes e, no fim do quebra-mar, o farol de onde o corpo de bombeiros solta fogos no 14 de Julho. Também dá para ver daqui as colinas e montanhas, e atrás delas estão Toulon e Hyères. Casinhas muito brancas espalhadas pelas colinas e suas plataformas de pedra. Só quando se fica na ponta dos pés é que se vê a torre quadrada da antiga Saint-Nazaire. Ao redor dela, foi construído o Hôtel de la Tour, um quadrado liso onde alguns escritores alemães sobreviveram ao exílio nos horríveis anos da guerra.

Os Mann, os Feuchtwanger, os Brecht. Os Bondy, os Toller. Um Zweig e o outro também, Wolff, os Segher e os Massary. Um nome maravilhoso para uma mulher: Fritzi.

(Estou dando uma aula aqui, Catherine, me desculpe! O papel é paciente. Um autor nunca é.)

No fim de julho, quando já não jogava mais pétanque como um iniciante desajeitado no antigo porto no Quai Wilson, um napolitano pequeno e redondo chegou com chapéu Panamá na cabeça, os bigodes trêmulos como os de um gato contente, de braços dados com uma mulher, cujo bom coração se refletia no rosto: Cuneo e Samy! Os dois ficaram aqui por uma semana, deixando o barco sob supervisão do município de Cuisery. Lulu, a louca dos livros, entre seus iguais.

Como, onde, por quê? Cumprimentos efusivos.

— Por que, burrico livreiro, você não liga seu celular? — berrou Samy.

Bem, apesar de tudo, sabiam onde me encontrar. Por Max e, então, por Madame Rosalette, claro. Generosa como sempre, com suas atividades de espionagem. Certamente estudou com minúcia o selo das cartas que mandei para você e já havia me localizado em Sanary semanas antes. O que seria dos amigos e dos amantes sem as zeladoras deste mundo? Quem sabe, talvez todos nós tenhamos nossas tarefas no Grande Livro chamado La

Vie. Alguns amam muito bem, os outros cuidam muito bem dos amantes.

Claro que sei por que esqueci o telefone.

Porque vivi muito tempo em um mundo de papel. Estou aprendendo só agora a lidar com essas "novidades".

Cuneo me ajudou com os trabalhos de reforma por quatro dias e tentou me ensinar a encarar o ato de cozinhar como o ato sexual. Aulas e lições extraordinárias, que começaram no mercado, onde as vendedoras ficam cercadas até a cabeça por caixas de tomates, feijões, melões, frutas, alho, três tipos de rabanetes, framboesas, batatas, cebolas. Na sorveteria atrás do carrossel, tomamos sorvete de caramelo com flor de sal. Levemente salgado, de uma doçura queimada, cremoso e frio. Nunca tomei um sorvete mais perfeito, e venho tomando todos os dias (e às vezes também à noite). Cuneo me ensinou a enxergar com as mãos. Me mostrou como reconhecer o jeito como uma coisa quer ser tratada. Me ensinou a cheirar e a adivinhar um aroma, o que combina e o que pode ser preparado a partir dele. Deixou uma xícara de pó de café na minha geladeira para absorver todos os cheiros que não lhe pertencem. Cozinhamos, assamos, fritamos, grelhamos peixes.

Se você me perguntar de novo se eu cozinharia para você, digo que vou seduzi-la com tudo o que aprendi. Samy me apresentou a última de suas pérolas de sabedoria. Minha pequena, grande amiga. Para variar, dessa vez ela não gritou — ela prefere sempre gritar —, mas me abraçou quando eu estava lá sentado, encarando o mar e contando as cores. Bem baixinho ela sussurrou para mim: "Sabe que existe um mundo intermediário entre o fim e o recomeço? É o tempo ferido, Jean Perdu. É um pântano, e nele se reúnem sonhos, preocupações e intenções esquecidas. Seus passos ficam mais pesados nesse período. Não subestime esse tempo de transição, Jeanno, entre a despedida e o recomeço.

Dê tempo ao tempo. Às vezes, essas soleiras são mais largas que nossos passos."

Tenho pensado com frequência nisso que Samy chamou de *tempo ferido*, de *mundo intermediário*. Em deixar para trás a soleira entre a despedida e o recomeço. Eu me pergunto se minha soleira acabou de começar... ou se já dura vinte anos. Você também conhece esse *tempo ferido*? A dor de amor é como a dor do luto? Essas são perguntas que posso te fazer?

Sanary é possivelmente um dos poucos lugares em nosso país onde os nativos sorriem quando lhes recomendo um autor alemão. Ficam de alguma forma orgulhosos por terem sido o refúgio do time de primeira divisão de escritoras e escritores alemães durante a ditadura. Mas poucas casas de exilados foram mantidas, seis ou sete, e a casa dos Mann foi reconstruída. Nas livrarias, é difícil ter suas obras, pois foram dezenas que vieram se exilar aqui. Estou montando a seção, MM me deu carta branca.

Ela também me recomendou para os dignitários da cidade, imagine! O prefeito, alto com jeito de modelo, de cabelos curtos e grisalhos, amou ir à frente do carro de bombeiros na parada de 14 de Julho. Nesse dia, eles mostram tudo o que têm aqui, Catherine. Caminhões, tanques, jipes, até mesmo uma bicicleta e barcos sobre reboques. Grandioso, e apenas a prole vem marchando atrás deles: orgulhosa e tranquila. A biblioteca do prefeito, ao contrário, é um armário de remédios miserável. Nomes sonoros como Camus, Baudelaire, Balzac, tudo em capas de couro para que os visitantes pensem: "Ah! Montesquieu! E Proust, ah, que chato."

Sugeri ao senhor prefeito que lesse o que quisesse, em vez daquilo que supostamente impressiona, e que não separasse sua biblioteca nem por cores de capas nem por ordem alfabética ou gênero. Mas em grupos. Tudo sobre Itália em um canto: livros de receitas, romances policiais de Donna Leon, romances, livros de fotos, livros de não ficção sobre da Vinci, tratados religiosos de

Francisco de Assis, o que for. Tudo sobre o mar em outro canto, de Hemingway a tipos de tubarões, poemas de peixes e pratos com pescados.

Ele me considera mais esperto do que realmente sou.

Na livraria de MM tem um local que eu amo muito. Bem ao lado das obras de referência, um lugar tranquilo, e apenas às vezes algumas garotinhas passam olhando e espreitam secretamente o que tem lá, porque seus pais as enganam dizendo: "Você é pequena demais, vou explicar tudo isso quando crescer." Pessoalmente, acredito que não haja perguntas proibidas. Só é preciso ter cuidado com a resposta.

Fico sentado nesse canto, em uma escada, faço cara de inteligente, inspiro e expiro. Nada mais.

Ali, naquele esconderijo, vejo refletido o céu na porta de vidro aberta e, ao longe, um pedacinho do mar. Vejo tudo mais bonito, mais suave, embora aqui seja quase impossível encontrar algo ainda mais bonito. Em meio às cidades feitas de casas parecidas com caixinhas brancas na costa, entre Marselha e Toulon, Sanary é o último pedacinho de terra na qual também se vive quando não há turistas. Claro que tudo se volta para eles de junho a agosto, e não se consegue lugar para jantar à noite sem reserva. Mas, quando os turistas vão embora, não deixam para trás casas frias e vazias e estacionamentos desertos de supermercado. Aqui sempre há vida. As ruas são estreitas, as casas, coloridas e pequenas. Os moradores se reúnem e, no raiar do dia, os pescadores vendem peixes imensos em seus barcos. É uma cidadezinha que poderia ficar em Luberon, pequena, única, orgulhosa. Mas Luberon já é o vigésimo primeiro arrondissement de Paris.

Sanary é o lugar da saudade.

Toda noite jogo pétanque, não no boulodrom, mas no Quai Wilson. Deixam os refletores ligados até as onze. Ali, jogam homens tranquilos (muitos diriam: velhos), e não se fala muito.

É o lugar mais bonito em Sanary. Dá para ver o mar, a cidade, as luzes, as bolas, os barcos. A gente fica no meio de tudo isso, mas o que reina é a paz. Nenhum aplauso, apenas às vezes um "ahhh!" baixinho, as bolinhas estalando e, quando o tireur, que também é meu novo dentista, acerta, um "peng"!

Meu pai amaria isto aqui. Nos últimos tempos, tenho pensado muito em como seria jogar com meu pai. E conversar. Rir. Ah, Catherine, tem tanta coisa que precisávamos conversar e tantas de que precisávamos rir. Para onde foram os últimos vinte anos?

O sul tem a cor azul, Catherine.

Sua cor faz falta aqui. Ela faria tudo brilhar ainda mais.

— JEAN

✎ 38 ✎

Perdu nadava todas as manhãs, antes de o calorão chegar, e todas as noites, pouco antes do pôr do sol. Havia descoberto que era a única maneira de se limpar da tristeza. Deixá-la escorrer pouco a pouco.

Havia tentado com orações na igreja, claro. Com canto. Caminhara pelo interior montanhoso de Sanary. Contara a história de Manon em voz alta para si, na cozinha, em suas caminhadas no romper da manhã, gritara seu nome para gaivotas e abutres. Mas isso só ajudava um pouco.

Tempo ferido.

A dor vinha sempre na hora de dormir e o assolava. Bem naquele momento em que estava relaxado, quase adormecendo, ela chegava. Ele ficava deitado na escuridão e chorava com amargura, e o mundo naquele momento ficava tão pequeno quanto o quarto, solitário e sem conforto nenhum. Nesses momentos, temia nunca mais conseguir sorrir e que uma dor como aquelas nunca poderia cessar. Nessas horas terríveis, carregava diversos "o que aconteceria se…" no coração e na cabeça. Se seu pai morresse enquanto jogava *boule*. Se sua mãe começasse a falar alto com a televisão e fenecesse de preocupação. Tinha medo de que Catherine lesse suas cartas para amigas e todas rissem delas. Tinha medo de que fosse passar a vida chorando por alguém que lhe era querido, tão querido.

Como suportaria tudo aquilo para sempre? Como alguém suportava aquilo?

Queria poder se deixar ficar em algum lugar, parado como uma vassoura até a dor passar.

Apenas o mar conseguia lidar com sua dor.

Depois de um aquecimento intenso, Perdu se deixava levar pela água, boiando, os pés na direção da praia. Lá, sobre as ondas, com os dedos estendidos deixando a água passar entre eles, revivia no fundo da memória cada hora que havia passado com Manon. Ele a observava por muito tempo, até não sentir nenhum arrependimento do que havia passado. Em seguida, a libertava.

Assim, Jean se deixava embalar pelas ondas, que o erguiam e passavam. E começou aos poucos, devagar, infinitamente devagar, a confiar. Não no mar, de jeito nenhum, esse erro ninguém deveria cometer! Jean Perdu voltou a confiar em si mesmo.

Ele não quebraria. Não morreria afogado nos sentimentos.

E todas as vezes que se entregava ao mar, perdia um pouco do medo.

Era seu jeito de rezar. Durante todo julho e metade de agosto.

Certa manhã, o mar estava suave e tranquilo. Jean nadou mais longe do que antes. Distante, bem longe da margem, entregou-se àquele sentimento doce de poder relaxar depois de dar braçadas e mergulhos. Era a paz calorosa dentro dele.

Talvez tivesse adormecido. Talvez tivesse sonhado meio acordado. A água recuou enquanto ele afundava, e assim o mar se transformou em ar quente e em grama macia. Cheirava a brisa fresca, suave, a cerejas e a maio. Pardais saltaram no encosto da cadeira de praia.

Lá estava ela, sentada.

Manon. Sorriu carinhosa para Jean.

— Mas o que você está fazendo aqui?

Em vez de responder, Jean foi até ela, caiu de joelhos e a abraçou. Recostou a cabeça em seus ombros, como se quisesse se fundir com ela.

Manon bagunçou os cabelos dele. Não havia envelhecido nem um dia sequer. Estava tão jovem e radiante como a Manon que vira pela última vez naquela noite de agosto, vinte e um anos antes. Seu cheiro tinha um toque morno e vívido.

— Me desculpe por ter abandonado você. Eu fui muito idiota.

— Mas é claro, Jean — sussurrou ela com suavidade.

Algo havia mudado. Era como se pudesse se ver pelos olhos de Manon. Como se pairasse sobre si mesmo, através de todos os tempos, através de toda sua estranha vida. Ele contou duas, três, cinco versões de si mesmo... todas em diferentes estágios de idade.

Ali, que vergonhoso! Um Perdu, curvado sobre o quebra-cabeça de paisagem, que ele mal terminava e já o destruía e montava novamente.

O próximo Perdu, sozinho em sua cozinha frugal, olhando para a parede vazia, uma lâmpada nua sobre ele. Naquele momento, mastigando um pão com queijo derretido saído de uma embalagem plástica. Porque se negava a comer o que gostava. Por medo de que algo pudesse provocar alguma emoção.

O próximo Perdu, como ignorava as mulheres. Seus sorrisos. Suas perguntas: "Então, quais são os planos para hoje à noite?" Ou: "Você me liga?" Seu afeto, quando elas sentiam, com as antenas que apenas mulheres têm para essas coisas, que nele havia um grande e triste vazio. Mas também sua irritação, sua falta de compreensão por ele não ser capaz de separar sexo e amor.

E, novamente, algo mudou.

Jean sentiu que podia se estender deliciosamente na direção do céu como uma árvore. Estava ao mesmo tempo no voo hesitante de uma borboleta e no voo firme de um abutre até o cume de uma montanha. Sentiu o vento repuxar as penas de sua barriga — ele voava! Mergulhou no mar com tudo, podia respirar sob a água.

Uma força nunca antes sentida, cheia, abundante pulsava através dele. Por fim, compreendeu o que estava acontecendo...

Quando acordou, as ondas quase haviam levado Jean de volta à terra. Por um motivo inexplicável, naquela manhã depois de nadar, depois do sonho acordado, ele não estava triste.

Mas sim zangado.

Furioso!

Sim, ele a vira, sim, ela mostrara para ele que vida horrível havia escolhido. Como era lamentável aquela solidão na qual teimava em ficar, pois não tivera coragem o bastante para confiar de novo. Confiar plenamente, pois no amor é impossível ser de outro jeito.

Estava mais furioso que em Bonnieux, quando o rosto de Manon na garrafa o encarara. Mais zangado do que jamais estivera.

— Ah, *merde!* — gritou para a rebentação. — Sua idiota, idiota, idiota, tinha que morrer no meio da vida?

Lá atrás, na avenida asfaltada da praia, duas corredoras olhavam para ele, assustadas. Ele ficou envergonhado, mas por pouco tempo.

— O que foi? — berrou para elas.

Estava fervendo com ira incandescente, berrante.

— Por que não me ligou como fazem as pessoas normais? O que te deu para não me falar que estava doente? Como você pôde, Manon, como você pôde simplesmente dormir todas as noites ao meu lado e não *dizer nada*? Merda, sua idiota... sua... ah, meu Deus!

Ele não sabia o que fazer com a raiva. Queria bater em alguma coisa. Ajoelhou-se e socou a areia, cavou com as duas mãos, jogando areia para trás. Cavou. E urrou. E continuou a cavar.

Mas não adiantava. Levantou e correu para a água, bateu nas ondas, com o punho fechado, as mãos abertas, uma depois da outra, as duas juntas. A água salgada espirrava nos olhos. E ardia. Ele continuou socando.

— Por que fez isso? Por quê?

Não importava a quem estivesse perguntando, se a ele mesmo, a Manon, à morte, dava no mesmo, ele urrava de qualquer forma.

— Eu pensei que nós nos conhecíamos, pensei que você estivesse do meu lado, pensei...

Sua fúria coagulou. Entre duas ondas, afundou no mar, transformou-se em destroço, seria levada pelas águas para outro lugar e deixaria outra pessoa furiosa com a morte que arruinava a vida de repente.

Jean sentiu as pedras sob os pés descalços; estava congelando.

— Queria que você tivesse me contado, Manon — disse ele, mais calmo, sem fôlego, desiludido. Decepcionado.

Imperturbável, o mar continuava a quebrar.

O choro cessou. Ele continuava a pensar em momentos com Manon, continuou com as orações de água. Mas, depois, ficava lá sentado, secando ao sol da manhã, aproveitando os tremores. Sim, gostava de voltar para a cidade com pés descalços na espuma do mar, comprando o primeiro *espresso* do dia e tomando-o, ainda com cabelos molhados, olhando para o mar e suas cores.

Perdu cozinhava, nadava, bebia um pouco, dormia regularmente e encontrava-se todos os dias com os jogadores de *boule*. Perdu continuou escrevendo cartas. Trabalhava na *Grande Enciclopédia dos Pequenos Sentimentos* de dia e, à noite, na livraria, vendendo livros para pessoas de shorts de praia.

Havia mudado seu estilo de unir livros e leitores. Sempre perguntava: "Como gostaria de se sentir antes de dormir?" A maioria dos clientes queria se sentir leve e protegido.

Para outros, perguntava sobre as coisas das quais gostavam mais. Os cozinheiros amavam suas facas. Os corretores imobiliários amavam o ruído que um molho de chaves fazia. Os dentistas amavam o brilho apavorado nos olhos dos pacientes — foi o que Perdu deduziu.

E, com mais frequência, perguntava: "Que gosto o livro deve ter? De sorvete? Ácido, suculento? Como um vinho rosé gelado?"

Comidas e livros tinham um parentesco próximo, foi o que descobriu apenas em Sanary. E isso trouxe para ele o apelido de "gourmand de livros".

Na segunda metade de agosto, a casinha já estava reformada. Vivia com um gato vira-latas, mal-humorado, de pelagem tigrada, que nunca miava, nunca ronronava e aparecia apenas à noite. Mas se deitava ao lado da cama de Jean com confiança e encarava a porta com olhos maldosos. Assim, o gato velava o sono de Perdu.

Chamou-o primeiro de Olson, mas, quando lhe fez uma careta sem emitir som nenhum, decidiu-se por Psst.

Jean Perdu não queria cometer pela segunda vez o erro de não deixar claros seus sentimentos por uma mulher. Mesmo que não estivessem claros. Ainda estava numa zona transitória, e qualquer recomeço vinha entre névoas. Não poderia nem dizer onde gostaria de estar naquela época no próximo ano. Sabia apenas que precisava continuar nesse caminho para descobrir qual era o objetivo. Assim, escreveu para Catherine. Como havia começado a fazer nos rios e continuava desde que chegara a Sanary, a cada três dias.

Samy lhe dera um conselho: "Tente usar seu telefone. É uma coisinha surpreendente, eu juro."

Assim, numa noite, ele pegou o celular e discou um número de Paris. Catherine deveria saber quem ele era: um homem entre a escuridão e a luz. As pessoas mudam quando pessoas amadas morrem.

— Número 27? Olá? Quem está aí? Fale de uma vez!

— Madame Rosalette... a senhora pintou os cabelos? — perguntou ele, hesitante.

— Ah! Monsieur Perdu, como o...

— A senhora tem o telefone de Madame Catherine?

— Claro que tenho, tenho todos os telefones do prédio. Imagine, a Gulliver lá de cima já...

— A senhor pode me dar?

— Da Madame Gulliver? Mas para quê?

— Não, minha querida. O de Catherine.

— Ah, claro. Sim. O senhor sempre escreve para ela, não é? Eu sei, porque a Madame sempre carrega as cartas com ela, uma vez caíram da bolsa, nem consegui desviar os olhos, foi no dia em que o Monsieur Goldenberg...

Ele não insistiu mais no número, mas ouviu o que Madame Rosalette tinha para contar. Sobre Madame Gulliver, cujas novas sandálias vermelho-coral estalavam nos degraus de forma horrível, desnecessária, arrogante. Sobre Kofi, que resolveu estudar ciências políticas. Madame Bomme, que fez uma operação bem-sucedida nos olhos e não precisava mais de lupa para ler. E o concerto de sacada de Madame Violette, maravilhoso, que alguém tinha gravado — como era mesmo? — um vídeo e colocado na internet, e outras pessoas tinham clicado muitas vezes e agora Madame Violette estava famosa.

— Clicado?

— Foi o que eu disse.

Ah, sim, e Madame Bernhard mandou converter o sótão para um artista se mudar para lá. Junto com o noivo. Noivo! Por que não trazem logo um cavalo-marinho?

Perdu afastou um pouco o celular da boca para que ela não ouvisse a risada dele. Rosalette continuou tagarelando, mas Jean conseguia pensar apenas em uma coisa: Catherine guardava suas cartas e as levava consigo. Fa-bu-lo-so, comentaria a zeladora.

Depois do que pareceram horas, ela ditou o número de Catherine.

— Todos aqui sentem falta do senhor, Monsieur — disse Madame Rosalette. — Espero que não esteja mais tão terrivelmente triste.

Ele apertou o telefone entre os dedos.

— Não estou mais. Obrigado — disse ele.

— Por nada — respondeu Rosalette suavemente, e desligou.

Ele discou o número de Catherine e, com olhos fechados, ergueu o celular bem perto da orelha. Tocou uma vez, duas vezes...

— Alô?

— Hum... sou eu.

Sou eu? Minha nossa, como ela vai saber quem é "sou eu", idiota?

— Jean?

— Sim.

— Ah, meu Deus do céu.

Ele ouviu Catherine arfar e afastar o telefone. Assoou o nariz e voltou ao aparelho.

— Não esperava que você me ligasse.

— Devo desligar?

— Não se atreva!

Ele abriu um sorriso. Pelo silêncio do outro lado da linha, parecia que ela também sorria.

— Com...?

— O quê...?

Eles riram. Falaram ao mesmo tempo.

— O que está lendo agora? — perguntou ele, baixinho.

— Os livros que você me trouxe. Acho que pela quinta vez. Também não lavei o vestido daquela noite. Sabe, ficou um pouco do seu pós-barba nela, e nos livros, as mesmas frases me dizem coisas diferentes a cada leitura, e à noite eu ponho o vestido assim, embaixo do rosto, para poder sentir seu cheiro.

Ela ficou calada, e ele também silenciou, surpreso pela sorte que de repente o abraçava.

Escutaram o silêncio um do outro, e ele sentia como se Catherine estivesse bem perto, como se Paris estivesse ao lado do ouvido. Precisava apenas abrir os olhos, sentar-se ao lado da porta verde do apartamento e escutar a respiração da mulher.

— Jean?

— Sim, Catherine.

— Vai melhorar, não vai?

— Sim. Vai melhorar.

— E, sim, dor de amor é como luto. Porque você morre, porque seu futuro morre e você dentro dele... e existe esse tempo ferido. Ele dura muito.

— Mas melhora. Agora eu sei disso.

O silêncio dela era agradável.

— Não consigo parar de pensar que não demos um beijo na boca — sussurrou ela, apressada.

Ele se calou, chocado.

— Até amanhã — disse ela, e desligou.

Significava que ele podia ligar para ela novamente?

Ficou sentado no escuro da cozinha e inclinou a boca num sorriso.

39

No fim de agosto, ele sentiu que estava mais magro. Precisou apertar dois furos a mais no cinto, e a camisa ficava esticada sobre os músculos dos braços.

Enquanto se vestia, observou sua imagem no espelho, que refletia um homem tão diferente do que fora em Paris. Bronzeado, em forma, com postura reta. Os cabelos escuros com fios grisalhos estavam mais longos, casualmente penteados para trás. A barba de pirata, a camisa de linho desabotoada, quase sempre estonada. Tinha cinquenta anos.

Logo, cinquenta e um.

Jean chegou bem perto do espelho. Com o sol, tinha ficado com mais linhas de expressão. E mais rugas de tanto sorrir. Imaginou que a maioria das sardas não eram de sol, e sim manchas senis. Só que isso não importava... estava vivo. Era tudo que contava.

O sol havia emprestado ao seu corpo um tom de pele amorenado saudável, brilhante. E deixava seus olhos ainda mais verdes.

MM, sua chefe, achava que, quando deixava a barba por fazer, ficava muito parecido com um vilão nobre. Apenas os óculos de leitura perturbavam essa impressão.

Num fim de tarde de sábado, MM o chamou num canto. Era um fim de tarde tranquilo. A leva seguinte de turistas havia acabado de chegar às casas de veraneio e ainda estava zonza com todas as doçuras do verão. Sua ideia de férias no momento não incluía procurar uma livraria. Viriam em uma, duas semanas para comprar os cartões-postais obrigatórios de viagem.

— E o senhor? — perguntou MM. — Qual seu sabor preferido de livro? Que livro redime o senhor de todos os males? — Ela fez a pergunta com um sorrisinho, pois suas amigas, que achavam o gourmand de livros muito interessante, queriam saber.

Nunca tivera problema para dormir em Sanary. Seu livro preferido provavelmente teria gosto de batatinhas com alecrim, o primeiro jantar com Catherine.

Mas qual me redime?

Quando percebeu a resposta, quase precisou rir.

— Os livros podem fazer muitas coisas, mas não tudo. As coisas mais importantes a gente deve viver. Não ler. Preciso... vivenciar meu livro.

MM sorriu para ele com sua boca grande e larga.

— Que pena que seu coração é cego para mulheres como eu.

— E para as outras também, madame.

— Sim, isso me consola — disse ela. — Um pouco.

Nas tardes em que o calor se tornava quase uma ameaça, Perdu ficava deitado imóvel em sua cama, apenas de shorts e toalhas de mão úmidas na testa, no peito e nos pés.

A porta do terraço estava aberta, as cortinas dançavam lentamente à brisa. Ele deixava o vento morno acariciar seu corpo e cochilava.

Era bom voltar ao próprio corpo. Ser um corpo vivo de novo, que conseguia sentir. Que não se sentia entorpecido e murcho. Não sem uso e como um inimigo.

Perdu havia se acostumado a pensar no próprio corpo como se pudesse passear em sua alma e espreitar todos os espaços.

Sim, a dor vivia no peito. Sufocava-o quando aparecia, tirava seu ar e deixava o mundo pequeno. Mas ele não tinha mais medo dela. Quando vinha, ele a deixava fluir dentro de si.

O medo também tinha seu lugar na garganta. Quando expirava calma e longamente, ele ocupava menos espaço. Conseguia deixá-lo menor a cada respiração, reprimi-lo, e o imaginava jogando para Psst, para que o gato brincasse com a bolinha de medo e a perseguisse pela casa.

A alegria dançava no plexo solar. Ele a deixava dançar. Pensava em Samy e em Cuneo, nas cartas incrivelmente divertidas de Max, nas quais um nome aparecia com cada vez mais frequência: Vic. A garota do trator. Ele imaginava Max correndo atrás de um trator vermelho, cruzando Luberon de cima a baixo, e ria.

Incrivelmente, o amor decidira ocupar a língua de Jean. Nela pairava o gosto dos vãos no pescoço de Catherine.

Jean não conteve o sorriso. Ali, à luz e no calor do sul, algo voltara. Um vigor. Uma sensibilidade. Desejo.

Em muitos dias, quando se sentava no muro atrás do porto e olhava o mar aberto ou lia, bastava apenas o calor do sol para sentir que era tomado por uma tensão agradável, provocante, inquietante. Ali, seu corpo também se livrava da tristeza.

Havia duas décadas que não dormia com mulher nenhuma.

Tinha saudades.

Jean permitiu que seus pensamentos fossem até Catherine. Ainda sentia a mulher sob suas mãos, sabia como era tocá-la, seus cabelos, a pele, os músculos.

Jean imaginava como seria tocar as coxas. Os seios. Como ela olharia e arfaria. Como se aproximariam com pele e alma, como encostariam ventre com ventre, alegria com alegria. Imaginou tudo.

— Eu voltei — sussurrou ele.

Enquanto vivia, comia, nadava, vendia livros e batia roupas na máquina de lavar nova, de repente chegou um momento em que algo dentro dele deu mais um passo.

Simples assim. No fim das férias, no dia 28 de agosto.

Estava sentado diante de um prato de salada na hora de almoço e tentava se decidir se deveria acender uma vela para Manon na capela de Notre Dame de Pitié ou nadar no mar de Portissol.

Mas então percebeu que não havia mais nada dentro dele que causasse raiva. Que ardesse. Mais nada que levasse aos olhos lágrimas de consternação e perda.

Ele se levantou e foi até o terraço, inquieto.

Era possível? Era possível ser verdade?

Ou a tristeza só estava pregando uma peça e entraria com tudo pela porta da frente? Havia chegado ao fundo das angústias amargas e tristes da alma. Havia cavado, cavado, cavado. E de repente — havia um espaço novamente.

Sem hesitar, correu para dentro. Ao lado do armário sempre havia caneta e papel. E então escreveu, impaciente:

Catherine,
Não sei se vamos dar certo e nunca ferir um ao outro.
Possivelmente não, pois somos seres humanos.

Mas o que sei agora, neste momento em que anseio tanto, é que uma vida com você me faria dormir melhor. E acordar melhor. E amar melhor.

Quero cozinhar para você quando você estiver mal-humorada de fome, de qualquer tipo de fome, de fome de vida, de fome de amor, e também de fome de luz, de mar, de viagens, de leitura e de sono.

Quero passar creme nas suas mãos quando tiver mexido demais com pedras brutas — sonho que você é uma salvadora de pedras, que consegue ver os rios do coração embaixo de camadas de pedra.

Quero observar você, como você anda por um caminho de areia, se vira e espera por mim.

Quero todas as coisas, as pequenas e as grandes: quero brigar com você e dar risada no meio da briga, quero fazer chocolate quente em um dia frio na sua caneca preferida e quero abrir a porta do carro para você depois de uma festa com amigos legais, alegres, para que entre feliz no veículo.

Quero dormir de conchinha e sentir você colar seu corpo no meu.

Quero mil coisas pequenas e grandes contigo, conosco, você, eu, nós, juntos, você em mim, eu em você.

Catherine, eu te peço:

Venha!

Venha logo!

Venha para cá!

O amor é melhor que a fama que o precede.

JEAN

P.S.: Estou falando sério!

40

No dia 4 de setembro, Jean se pôs cedo a caminho para chegar pontualmente à livraria, mesmo depois de seu passeio diário pela rue de Colline e em volta do porto da vila de pescadores.

Logo chegaria o outono e traria os clientes que preferiam construir castelos de livros e não de areia. Sempre sua estação favorita. Novos livros significavam novas amizades, novas visões, novas aventuras.

Diziam que a luz do alto verão ficava mais tênue com a iminência do outono. Mais agradável. Protegia Sanary do interior ressequido como um véu.

Ele tomava café da manhã alternadamente no Lyon, no Nautique e na marina próxima ao porto. Claro que o lugar não era mais como nos tempos em que Brecht fizera uma apresentação de suas canções irônicas aos nazistas. E, mesmo assim, ainda sentia um sopro de exílio. Para ele, os cafés eram ilhas de turbulência benfazeja em sua vida solitária com o gato Psst. Os cafés eram um sucedâneo de família e um pouco de Paris. Eram cabine de confissão e sala de imprensa, onde se ficava sabendo exatamente tudo o que acontecia nos bastidores de Sanary, como a pescaria se mantinha nos períodos de proliferação das algas ou como os jogadores de *boule* se preparavam para as competições de outono.

Os jogadores de Quai Wilson haviam escalado Perdu como apontador reserva — era uma honra ser cogitado como substituto em uma competição. Os cafés eram lugares nos quais Perdu conseguia se sentir vivo sem chamar atenção por não falar nada ou não participar de conversas.

Às vezes, ficava lá sentado, bem ao fundo, e falava ao telefone com seu pai, Joaquin. Como naquela manhã. Quando ele ouviu falar dos torneios de *boule* em Ciotat, ficou todo animado para polir sua bola e partir em viagem.

— Não, por favor — pediu Perdu.

— Ah, não? Muito bem. Então, qual é o nome dela?

— Sempre precisa ser uma mulher?

— É a mesma de antes?

Perdu riu. Os dois Perdu riram.

— Você gostava mesmo de tratores? — perguntou Jean. — Quando jovem?

— Meu querido Jeanno, eu amo tratores! Por que pergunta?

— Max conheceu uma pessoa. Uma garota que dirige um trator.

— Uma garota em um trator? Que maravilha. Quando poderemos ver Max? Você gosta dele, não é?

— Quem somos nós? Sua nova namorada, que não gosta de cozinhar?

— Ah, bolotas! Sua mãe. Sim, é isso mesmo, fale o que quiser ou feche o bico. Madame Bernier e eu. E daí? Não se pode mais encontrar a ex-mulher? Desde o 14 de Julho... bem... é mais que um encontro. Claro, ela está diferente, disse que teríamos apenas um caso, e eu não deveria ficar alimentando esperanças.

Joaquin Perdu soltou sua gargalhada rouca de cigarro que, em seguida, se transformou em uma tosse animada.

— O que é que tem? — continuou ele. — Lirabelle é minha melhor amiga. Gosto do cheiro dela, e ela nunca quis me mudar.

Além disso, ela cozinha bem, e lá eu me sinto sempre muito feliz com a vida. E, sabe de uma coisa, Jeanno, quando a gente fica mais velho, quer estar com alguém com quem a gente possa conversar e rir.

Com certeza, seu pai também teria assinado embaixo das três coisas que eram necessárias para voltar a ser "feliz" de verdade, segundo a filosofia de Cuneo.

Primeiro: uma boa comida. Sem as porcarias que só o deixam infeliz, preguiçoso e gordo.

Dois: dormir bem (graças a mais esportes, menos álcool e belos pensamentos).

Três: passar tempo com pessoas que sejam amigáveis e queiram entender você do jeito delas.

Quatro: mais sexo, mas essa fala foi de Samy, e Perdu não via motivo para dizer isso ao pai.

Quando seguiu do café até a livraria, telefonou para sua mãe. Sempre estendia o telefone ao vento para que ela pudesse ouvir as ondas e as gaivotas; naquela manhã de setembro, o mar estava calmo, e Jean perguntou:

— Ouvi falar que papai está comendo na sua casa com frequência nos últimos tempos, é verdade?

— Ah, sim. O homem não sabe cozinhar, que escolha eu tenho?

— Mas jantar e café da manhã? Com pernoite? O pobre homem também não tem cama?

— Você fala como se estivéssemos fazendo algo imoral.

— Eu nunca te disse que eu te amo, mama.

— Ah, meu filho querido, meu amor...

Perdu ouviu como ela abriu uma caixinha e fechou. Conhecia o barulho e também a caixinha. Nela havia lenços de papel. Sempre cheia de classe, a Madame Bernier, mesmo quando ficava sentimental.

— Eu também te amo, Jean. Sinto como se nunca tivesse dito isso, apenas pensado. Por acaso é verdade?

Era verdade. Mas ele respondeu:

— De qualquer forma, eu percebi. Você não precisa me dizer isso toda vez a cada dois anos.

Ela riu e chamou-o de malandro sem vergonha.

Maravilha. Quase cinquenta e um anos e ainda uma criança.

Lirabelle ainda reclamou um pouco do ex-marido, mas sua voz soava carinhosa. Queixou-se também dos lançamentos de livros do outono, mas realmente apenas por força do hábito.

Tudo estava parecido com antes, mas ainda assim muito diferente.

Quando Jean passou pelo cais e chegou à livraria, MM já estava abrindo o mostruário de cartões-postais diante da porta.

— Hoje será um dia lindo! — comentou a chefe.

Ele estendeu um saquinho com croissants para Madame Monfrère.

— Sim. Também acho.

Pouco antes do pôr do sol, ele se refugiou em seu lugar favorito. Lá, onde conseguia ver a porta, o céu refletido e um pedacinho de mar. E lá, em meio a pensamentos, ele a viu.

Observou sua imagem espelhada, e parecia que ela estava saindo diretamente das nuvens e da água.

Uma alegria desenfreada derramou-se sobre ele.

Jean Perdu se levantou.

Seu pulso acelerou.

Estava pronto como nunca.

Agora!, pensou ele.

Naquele momento, os tempos voltaram a fluir juntos. Finalmente saiu do tempo de estagnação, da imobilidade, do tempo ferido. Agora.

Catherine usava um vestido cinza-azulado, combinando com os olhos. Caminhava em silêncio, empertigada, com passos mais firmes que no passado...

Passado?

Ela também atravessara seu caminho do fim até o começo.

Ela parou por um instante no balcão como se para buscar informação.

MM perguntou:

— A senhora procura por algo específico, Madame?

— Obrigada. Sim, procurei muito... mas agora já encontrei. Algo específico — disse Catherine, e olhou para Jean, do outro lado da sala, com um sorriso no rosto.

Ela foi até ele, e ele correu até ela com o coração aos saltos.

— Você não tem ideia do tanto que esperei para que você finalmente pedisse para eu vir para cá.

— É verdade?

— Ah, é. E eu estou com tanta fome — disse Catherine.

Jean Perdu sabia exatamente o que ela queria dizer.

Naquela noite, eles se beijaram pela primeira vez. Depois do jantar, o passeio longo e maravilhoso pela praia, a conversa longa e leve no jardim de hibiscos sob o telheiro, onde beberam pouco vinho e muita água e, principalmente, desfrutaram um da companhia do outro.

— O calor aqui é reconfortante — disse Catherine em algum momento. E era verdade. O sol de Sanary tinha sugado todo o frio dele e secado todas as lágrimas.

— E traz coragem — sussurrou ele. — Traz coragem para confiar.

No vento do fim de tarde, zonzos e maravilhados pela sua coragem de confiar de novo na vida, eles se beijaram.

Para Jean, era como se beijasse pela primeira vez.

Os lábios de Catherine eram macios, e se moviam de uma forma tão agradável, tão ajustados aos seus. Era maravilhoso finalmente devorá-la, bebê-la, senti-la, acariciá-la... e aquilo dava tanto prazer.

Ele abraçou aquela mulher e beijou e mordeu sua boca com muito carinho, seguiu até o canto dos lábios com os seus, beijou o alto das bochechas até as têmporas cheirosas e macias. Puxou Catherine para si, cheio de afeto e alívio. Nunca mais dormiria mal enquanto esta mulher estivesse com ele, nunca mais. Então se levantaram e se abraçaram com força.

— Jean? — disse ela, por fim.

— Sim?

— Eu verifiquei. A última vez que dormi com meu marido foi em 2003. Com trinta e oito. Acho que foi por acidente.

— Maravilhoso. Então você é a mais experiente de nós dois.

Eles riram. Como era estranho, pensou Perdu. Como todas as privações, todos os sofrimentos são deixados de lado com uma risada. Com apenas uma risada. E os anos fluem juntos e... se esvaem.

— Mas uma coisa eu ainda sei — confessou ele. — Fazer amor na praia não é tudo isso que dizem.

— A gente fica com areia até onde não deve.

— E pior, tem mosquito.

— Eles não ficam tanto aqui na praia, ficam?

— Olha, Catherine, eu realmente não faço ideia.

— Então vou te mostrar uma coisa agora — rouquejou ela.

Seu rosto parecia jovem e ousado quando ela levou Jean para o quarto de hóspedes.

À luz da lua, ele viu a sombra de quatro pernas passar correndo. Psst sentou-se no terraço e, sem entender nada, virou as costas tigradas, brancas e ruivas, para eles.

Espero que ela goste do meu corpo. Espero que minha vitalidade não me deixe na mão. Espero que eu a toque como ela gostar, e espero...

— Pare de pensar, Jean Perdu! — ordenou Catherine com todo carinho.

— Você percebeu?

— É muito fácil decifrar você, meu querido — sussurrou ela. — Amado, hum, eu queria tanto que... e você...

Os dois continuaram a sussurrar, mas eram frases sem início nem fim.

Ele despiu Catherine e, sob o vestido, ela usava apenas uma calcinha simples, branca.

Ela desabotoou a camisa de Perdu e enterrou o rosto no pescoço dele, em seu peito, sorvendo o cheiro.

A respiração acariciava e, não, ele não precisava se preocupar com sua potência, pois ela veio em um instante quando viu e sentiu o triângulo de algodão simples no escuro, como o corpo de Catherine se movia em suas mãos.

Eles aproveitaram todo o setembro em Sanary-sur-Mer. Por fim, Jean havia bebido o suficiente da luz do sul.

Se perdera e se reencontrara.

O tempo ferido havia passado.

Naquele momento, poderia ir a Bonnieux e completar esse estágio.

❦ 41 ❦

Quando Catherine e Jean partiram de Sanary, a vila de pescadores havia se transformado em um segundo lar para os dois. Pequena o bastante para acomodar seus corações. Grande o bastante para protegê-los. E para sempre bela o bastante para continuar sendo o lugar preferido para se conhecerem cada vez mais. Sanary significava felicidade, paz, tranquilidade. Significava entregar-se a uma pessoa completamente desconhecida, que amava sem conseguir dizer por quê. Quem é você, em que você se transformou, quais são seus sentimentos e como seu humor oscila em uma hora, em um dia e durante as semanas?

Descobriram tudo isso com facilidade, ali, no lar do tamanho de um coração. Jean e Catherine aproximavam-se nas horas silenciosas, por isso em geral evitavam eventos barulhentos, agitados — as feirinhas, o mercado, o teatro, as leituras.

Setembro banhou aquele calmo e profundo aprender-a-amar em todas as cores, que iam do amarelo até o lilás, entre o dourado e o violeta.

As buganvílias, o mar agitado, as casas coloridas próximas ao porto, que respiravam orgulho e história, o cascalho dourado, estalando sob os pés nos campos de *boule* — tudo isso fora a base em que se desenvolveram o carinho, a amizade e a profunda compreensão mútua.

E faziam tudo com bastante vagar.

Coisas que são importantes deveriam ser feitas mais devagar, pensava Jean sempre que começavam o jogo da sedução.

Beijavam-se com tranquilidade, despiam-se lentamente, davam tempo para se deitar e ainda mais tempo para se entremear.

Essa concentração mútua, pensada e profunda provocava uma paixão especialmente intensa, no corpo, na alma, no sentimento.

Era como serem tocados por inteiro.

Cada vez que dormia com Catherine, Jean Perdu aproximava-se ainda mais do rio da vida. Por vinte anos havia se mantido contra a corrente, evitando cores e carinhos, aromas e músicas, empedrado, solitário e truculento consigo mesmo.

E agora... ele voltara a nadar.

Jean reviveu porque viveu. Naquele instante, sabia centenas de pequenas coisas sobre aquela mulher. Por exemplo, que Catherine de manhã, após levantar, ainda ficava meio presa aos sonhos. Às vezes, tinha uma tristeza que vinha deles, sentia-se por algumas horas irritada, envergonhada, furiosa ou preocupada pelo que havia vivenciado nas sombras da noite. Era sua luta diária através do entremundos. Jean descobriu que conseguia afastar os espíritos dos sonhos quando passava um café fresquinho e guiava Catherine até a frente do mar para que ela tomasse a bebida quente lá.

— Porque você me ama, eu aprendo a me amar também — lhe dissera ela naquela manhã, quando o mar ainda estava azul-cinzento e meio adormecido. — Eu sempre aceitei o que a vida me ofereceu... mas nunca me ofereci. Eu não conseguia me esforçar por mim mesma. — Quando ele a puxou com suavidade, Jean pensou que com ele acontecia o mesmo. Ele só conseguia se amar porque Catherine o amava.

Então veio a noite, e ela o abraçou quando uma segunda grande onda de fúria o assolou. Desta vez, a fúria era consigo mesmo. Como ele se xingava, grosseiro e desesperado, com a fúria daquele que entende, com uma clareza dolorida, que o tempo passa e é irrecuperável, e o tempo até que a vida termine é terrivelmente curto. Catherine não o interrompeu, não o apaziguou, não se afastou.

E como a paz voltou para dentro dele. Porque, ainda assim, o pouco bastaria.

Porque alguns dias podiam conter em si uma vida inteira.

E então: Bonnieux. O lugar de seu passado mais remoto. Um passado que ainda jazia fundo em Jean, mas não era a única coisa que compunha seu edifício de sentimentos. Finalmente, tinha um presente que conseguia contrapor ao passado.

Por isso era muito mais tranquilo voltar, pensou Jean quando Catherine e ele, em um fim de tarde no início de outubro, tomaram as estradinhas estreitas e rochosas de Lourmarin — na opinião de Perdu, essa cidade era um carrapato que sugava os turistas — até Bonnieux. No caminho, passaram por ciclistas e ouviram tiros de caça das montanhas fissuradas. Aqui e ali, as árvores desfolhadas lançavam fiapos de sombras; exceto por isso, o sol sugava todas as cores. Depois do movimento vívido do mar, a imensa inércia das montanhas de Luberon causava em Jean uma impressão forte e hostil. Ele estava feliz por ver Max. Muito até. Havia reservado um grande quarto na pousada de Madame Bonnet, um antigo esconderijo da *Résistance* coberto por heras.

Depois que Catherine e Jean se instalaram, Max buscou-os e levou-os até o pombal. No muro largo ao lado da fonte, havia servido um piquenique revigorante: vinho, frutas, presunto e baguete. Era a estação das trufas e da literatura, a região cheirava a ervas selvagens e iluminava-se nas cores do outono, o vermelho da ferrugem e amarelo dos vinhos.

Jean achou que Max estava queimado de sol, bronzeado e mais adulto.

Mergulhara totalmente em si mesmo naqueles dois meses em Luberon, como se, no coração, sempre tivesse sido um homem do sul. Mas Perdu também achou que o rapaz parecia muito cansado.

— Quem dorme enquanto a Terra dança? — murmurou Max, misterioso, quando Jean trouxe o assunto à tona.

Max explicou que a Madame, durante sua "doença", contratara-o imediatamente como "serviçal faz-tudo". Ela e o marido Gérard já tinham mais de cinquenta anos, e o terreno com as três casas e apartamentos de veraneio era grande demais para desejarem envelhecer ali sozinhos. Plantavam verduras, legumes, frutas e faziam um pouco de vinho; Max ajudava-os em troca de acomodações e alimentação. Seu pombal estava povoado por pilhas de papéis com anotações, histórias e rascunhos. À noite, ele escrevia, e de manhã até o meio-dia e depois, no fim da tarde, trabalhava na propriedade florida e verdejante e fazia tudo o que Gérard lhe pedia. Cortava grama, tirava ervas daninhas, pegava frutas, consertava telhados, semeava, colhia, arava, carregava o caminhão e ia aos mercados com Gérard; procurava cogumelos manchados, limpava trufas, sacudia figueiras, cortava ciprestes na forma de menires vivos, limpava as piscinas e pela manhã buscava o pão para o café da manhã dos hóspedes.

— Agora já sei também pilotar trator e reconhecer todos os sapos da lagoa pelo coaxar — contou ele a Jean com um sorriso de autoironia. O sol, o vento e a necessidade de engatinhar pelas terras provençais transformou o rosto urbano juvenil de Max em um semblante de homem.

— Doença? — perguntou Jean quando Max serviu para eles, depois do relato, um *Ventoux* branco. — Que doença é essa? Você não me falou nada sobre isso nas cartas.

Sob o bronzeado, Max ficou vermelho e um tanto inquieto.

— A doença que o homem contrai quando fica verdadeiramente apaixonado — confessou ele. — Dorme mal, sonha mal, tem a cabeça virada. Não consegue ler, nem escrever, tampouco comer. Brigitte e Gérard possivelmente não conseguiam mais assistir a essa situação e me davam atividades que protegeram minha sanidade da ruína. Por isso trabalho para eles. Me ajuda, os ajuda, não falamos sobre dinheiro e tudo fica bem como está.

— A mulher do trator vermelho? — perguntou Jean.

Max aquiesceu. Em seguida, segurou o ar, como se tomasse fôlego para falar.

— Exatamente. A mulher do trator vermelho. Falando nisso, tem uma coisa que preciso contar sobre ela...

— O mistral está vindo! — gritou Madame Bonnet, preocupada, e interrompeu a confissão de Max.

A mulher pequena e magra aproximou-se, como sempre de bermuda, camisa masculina e com um cestinho de frutas na mão, e apontou para as girândolas rodando ao lado do canteiro de lavandas. Até aquele momento, soprava apenas uma brisa entre as folhas, mas o céu estava claro, parecia pintado de tinta azul. As nuvens haviam desaparecido, e o horizonte parecia mais próximo. A visão do Mont Ventoux e das Cévennes era nítida, perfeita. Um sinal claro do nervoso vento noroeste.

Eles se cumprimentaram. Em seguida, Brigitte perguntou:

— Vocês conhecem o efeito do mistral?

Catherine, Jean e Max trocaram olhares confusos.

— Chamamos de *maestrale*. O senhor. Ou *vent du fada*. Vento que deixa louco. Nossas casas mantêm a cabeça baixa para ele — ela apontou para a construção em sua propriedade —, para que ele quase não as veja. Não fica apenas mais frio quando ele chega. Fica também mais barulhento. E todo movimento se torna mais difícil. Todos ficamos malucos por alguns dias. O melhor é vocês não falarem nada de importante entre si. Só vai causar brigas.

— É? — disse Max, baixinho. Madame Bonnet olhou para ele com seu sorriso suave no rosto cor de noz.

— É, sim. Como o amor, que ninguém sabe se vai ser recíproco, o *vent du fada* deixa a pessoa louca, boba e nervosa. Mas, quando tudo passa, tudo se arruma imediatamente. A terra e a cabeça. Tudo fica limpo e claro, e recomeçamos a vida. — Ela se despediu com as seguintes palavras: — Vou fechar os guarda-sóis e prender as cadeiras.

Jean perguntou a Max.

— O que você estava para me contar?

— Hum... esqueci — afirmou Max de pronto. — Estão com fome?

Passaram a tarde e o início da noite no pequeno restaurante Un p'tit coin de cuisine, em Bonnieux, com vista maravilhosa para o vale e seu pôr do sol vermelho e dourado, seguido por um céu claro e reluzente que fazia o brilho das estrelas parecer quase congelado. Tom, o garçom alegre, serviu pizza provençal em tábuas de madeira e guisado de cordeiro. Ali, nas mesas vermelhas e bambas na abóbada de pedra aconchegante, era como se Catherine fosse um elemento novo e benfazejo para a conexão química entre Jean e Max. Sua presença criava harmonia e calor. Catherine tinha um jeito de olhar as pessoas como se levasse tudo a sério. Max falou de si, da infância, de seus amores frustrados, sua constante fuga de lugares barulhentos, o que não teria contado a Jean — ou possivelmente a nenhum outro homem.

Enquanto os dois conversavam, Jean conseguia mergulhar em pensamentos. O cemitério ficava a pouco mais de cem metros dali, no outeiro da igreja. Apenas algumas toneladas de pedra e vergonha o separavam de lá.

Somente quando entraram no caminho vale acima, sentindo o vento mais forte, Jean se perguntou se Max havia contado tanto de si apenas para fingir que não queria mais falar sobre a garota do trator. Max levou os dois para o quarto reservado para eles.

— Vá na frente — Jean pediu a Catherine.

Ele e Max ficaram sozinhos à sombra entre a casa principal e o celeiro. O vento rugia e uivava baixo e continuamente nos cantos.

— O que você queria me falar de verdade, Max? — perguntou Jean suavemente.

Jordan calou-se.

— Não podemos esperar até esse vento passar? — pediu ele por fim.

— É tão ruim assim?

— Ruim o bastante para que eu queira esperar até você estar pronto para eu dizer. Mas não é... caso de vida ou morte. Espero.

— Fale, Max, fale, do contrário minha imaginação vai acabar comigo. Por favor.

Por exemplo, a ideia de que Manon ainda esteja viva e tenha apenas me pregado uma peça.

Max assentiu. O mistral barulhou.

— O marido de Manon, Luc Basset, casou-se de novo depois da morte de Manon. Com Mila, uma cozinheira muito conhecida na região — começou Max. — Ele recebeu o vinhedo como presente de casamento do pai de Manon. Vinho branco e tinto. Eles são... muito queridos. E o restaurante de Mila também.

Jean Perdu sentiu uma pontada de inveja.

Juntos, Luc e Mila tinham um vinhedo, uma propriedade, um restaurante querido. Possivelmente um jardim, além da Provence, quente e florida, e alguém a quem podiam dizer tudo o que os tocava — Luc teve uma segunda chance fácil para ser feliz. Ou não tão fácil, mas Jean não conseguia reunir forças para formar uma opinião diferente.

— Que bom — murmurou ele, mais sarcástico do que intencionara.

Max bufou.

— O que você esperava? Que Luc andasse por aí com um chicote para se flagelar, não olhasse mais para nenhuma mulher e esperasse a morte com pão seco, azeitonas murchas e alho?

— O que você quer dizer com isso?

— Sim, é isso mesmo que eu disse — retrucou Max. — Cada um sofre o luto de um jeito diferente. O vinicultor escolheu a modalidade "nova mulher". E daí? Deve ser condenado por isso? Ele deveria ter feito... como você?

Uma indignação fervilhante cresceu dentro de Perdu.

— Minha vontade agora é de dar um soco em você, Max.

— Eu sei — respondeu Max. — Mas também sei que, depois disso, vamos envelhecer um ao lado do outro, seu maluco.

— É o mistral — disse Madame Bonnet, que ouviu a briga dos dois, e passou com uma expressão carrancuda pelo cascalho até a casa principal.

— Me desculpe — rouquejou Jean.

— Eu que peço desculpas. Vento maldito.

Ficaram em silêncio de novo. Talvez o vento fosse apenas uma desculpa prática.

— Vai ver Luc mesmo assim? — perguntou Max.

— Sim. Claro.

— Preciso dizer outra coisa. Já que você está aqui.

Quando Max lhe confessou o que o deixou realmente doente nas últimas semanas, Jean teve certeza de que devia ter escutado mal entre os sussurros e assovios do vento. Sim, devia estar errado, pois o que ele ouviu era tão lindo e tão terrível ao mesmo tempo que não poderia ser verdade.

❧ 42 ❧

Max serviu-se de mais um pouco dos ovos mexidos com trufa que Brigitte Bonnet preparara para o café da manhã deles. Ela havia deixado nove ovos frescos, totalmente de acordo com a tradição provençal, com uma trufa de inverno prematura em um pote com tampa hermética até os ovos absorverem o aroma. Só então batera os ovos com cuidado, temperando-os com poucas lascas finas de trufa. Tinha um gosto sensual, selvagem, quase de terra e carne.

Que última refeição opulenta antes de enfrentar o carrasco, passou pela cabeça de Jean.

Temia que aquele fosse o mais longo e difícil dia de sua vida.

Comeu como se orasse. Não falou nada, saboreou tudo calado e concentrado, para que pudesse ter algo que o sustentasse nas próximas horas.

Além dos ovos mexidos, havia melões suculentos de Cavaillon, claros e alaranjados. Café aromático com leite adocicado fumegante em grandes xícaras floridas.

Também havia geleia de ameixa caseira com lavanda, baguetes fresquinhas e croissants amanteigados, que Max sempre buscava em Bonnieux com a mobilete barulhenta.

Jean olhou por sobre o prato. Lá em cima ficava a antiga igreja românica de Bonnieux. Ao lado, o muro do cemitério, brilhante de tão claro. Cruzes de pedra apontavam para o céu. Ele se lembrou da promessa que havia quebrado.

Queria que você morresse antes de mim.

O corpo dela envolvia o dele enquanto ela gemia: "Prometa. Prometa para mim!" Ele prometera. E naquele dia teve certeza: Manon já sabia que ele não cumpriria sua promessa.

Não quero que você precise ir sozinho até meu túmulo.

Este último caminho, ele precisava percorrer sem mais ninguém.

Depois do café da manhã, saíram os três em peregrinação pelo bosque de ciprestes e pelos pomares, campos de verduras, legumes, e pelos vinhedos. A propriedade dos Basset, uma construção longa, de três andares e pintada de amarelo-claro, um casarão rodeado de castanheiras altas e grossas, faias vermelhas e carvalhos, brilhou entre corredores de videiras depois de quinze minutos.

Perdu olhou inquieto para a suntuosidade ofuscante. O vento brincava com arbustos e árvores. Algo dentro dele se agitava. Não era inveja, nem ciúmes, nem a indignação da noite anterior. Mas…

As coisas sempre acabam sendo muito diferentes do que se teme.

Carinho. Sim, sentiu um carinho à parte. Pelo lugar, pelas pessoas que chamavam seu vinho de *Manon* e se dedicavam à reconstituição de sua alegria. Max foi esperto em ficar bem calado naquela manhã. Jean tomou a mão de Catherine.

— Obrigado — disse ele. Ela entendeu o que ele quis dizer.

À direita da propriedade havia um galpão novo. Para reboques, para tratores grandes e pequenos e para aqueles tratores especiais de vinhedos, que tinham pneus altos e estreitos. Embaixo de um dos tratores, um vermelho, havia uma perna escondida em um macacão de trabalho, e sob a máquina eles ouviram xingamentos inventivos e o típico tilintar das ferramentas.

— *Salut*, Victoria! — gritou Max com felicidade e infelicidade na voz.

— Ah, o senhor Guardanapeiro — ouviram dizer uma voz feminina e jovem.

Um segundo depois, a garota do trator rolou por baixo do veículo e se levantou. Tímida, limpou o rosto expressivo e o deixou ainda pior, esfregando poeira e pequenas manchas de óleo. Jean havia se preparado, mas foi ainda pior. Diante dele estava Manon com vinte anos de idade. Sem maquiagem, os cabelos mais longos, o corpo mais andrógino. E, claro, não parecia Manon de verdade — quando Perdu encarou aquela garota forte, encantadora e confiante, a imagem ficou confusa. Nove vezes ele não enxergou Manon, e na décima vez ela surgiu, olhando a partir de um rosto jovem e estranho.

Victoria estava agora totalmente concentrada em Max, olhava-o de cima a baixo, seus sapatos de trabalho, suas calças desbotadas, a camisa estonada. Parecia haver em seu olhar uma espécie de reconhecimento. Ela assentiu, satisfeita.

— Você chama Max de senhor Guardanapeiro? — perguntou Catherine, fingindo inocência.

— Sim — respondeu Vic —, ele é exatamente esse tipo. Usa guardanapos, pega o metrô em vez de andar a pé, só conhece cachorros que caibam em bolsas de mão e assim por diante.

— Queiram desculpar a jovem. Aqui no interior, as pessoas só aprendem boas maneiras pouco antes do casamento — ironizou Max com simpatia.

— Como se sabe, esse é o acontecimento mais importante da vida de uma parisiense — retrucou ela. — E quase sempre mais de uma vez.

Max abriu um sorrisinho.

Vic sorriu de volta, um sorriso cúmplice.

Toda viagem termina quando você começa a amar, pensou Jean enquanto observava os jovens que dedicavam sua concentração um ao outro de forma desejosa.

— Quer falar com papa? — Vic interrompeu o encanto de repente.

Max assentiu com o olhar vidrado. Jean aquiesceu, apreensivo, mas foi Catherine que disse, sorrindo:

— É, mais ou menos.

— Eu acompanho vocês até o casarão.

Ela não andava como Manon, percebeu Perdu quando a seguiram embaixo de plátanos altos e poderosos, nos quais cantavam os grilos. A jovem virou-se mais uma vez para ele.

— Aliás, sou o vinho tinto. *Victoria*. O branco é minha mãe, *Manon*. O vinhedo era dela.

Jean buscou a mão de Catherine. Ela deu um rápido aperto.

O olhar de Max estava grudado em Victoria, que seguiu à frente deles até a escada, subindo dois degraus por vez. Mas ele parou de repente e segurou o braço de Jean.

— O que não comentei na noite passada é que esta é a mulher com quem vou me casar — disse Max, sério e tranquilo. — Mesmo que ela seja sua filha.

Ai, Deus. Minha filha?

Victoria acenou para que entrassem e apontou para a sala de degustação de vinhos. Será que a moça tinha ouvido as palavras de Max? Em seu sorriso brilhava algo como: Casar comigo? Você, o senhor Guardanapeiro? Vai precisar suar muito a camisa.

Em voz alta, ela disse:

— À esquerda fica a antiga adega. Lá, nós maturamos o *Victoria*. O *Manon* é envelhecido em câmaras embaixo do pomar de damascos. Vou buscar meu pai, ele vai querer mostrar o *domaine* para vocês. Esperem aqui, na sala de degustação. Quem eu devo... anunciar? — perguntou Vic finalmente, contente e teatral. Lançou um sorriso ardente para Max, um sorriso que parecia vir do corpo inteiro.

— Jean Perdu. De Paris. O livreiro — disse Jean Perdu.

— Jean Perdu, o livreiro de Paris — repetiu Victoria, satisfeita. Em seguida, desapareceu.

Catherine, Jean e Max ouviram como ela subiu aos pulos os degraus rangentes, atravessou um corredor, falou com alguém. Falou muito, pergunta, resposta, pergunta, resposta.

Seus passos soaram de novo, descendo do mesmo jeito atlético, despreocupado.

— Ele já vem.

Victoria inclinou a cabeça apontando para fora, sorriu, transformou-se em Manon e voltou a desaparecer. Jean ouviu como Luc andava para lá e para cá no andar de cima. Um armário ou uma gaveta foi aberto.

Jean ficou lá, parado, enquanto o mistral aumentava sua velocidade, entrava pelas persianas do lugar, passava pelas folhas das altas castanheiras e empurrava a terra seca entre as videiras.

Ficou parado até Max conseguir se fazer invisível, saindo da sala de degustação e da casa e indo atrás de Victoria. Até Catherine acariciar seu ombro e sussurrar:

— Espero no bistrô e, não importa o que aconteça, eu te amo.

E saiu para visitar o reino de Mila.

Jean esperou até que ouviu se aproximarem os passos de Luc pelo assoalho de tábuas rangentes, pelos degraus da escada que estalavam e pelo piso ladrilhado do casarão. Só então Perdu se virou para a porta.

Ali, estaria frente a frente com o marido de Manon. O homem cuja esposa ele amara. Jean não havia pensado por nem um segundo no que queria dizer a Luc.

43

Luc era alto como ele. Cabelos cor de amêndoa, opacos pelo sol e já sem corte. Olhos castanho-claros, inteligentes, emoldurados por muitas linhas de expressão. Como uma árvore grande e magra de jeans e camisa branca desbotada, seu corpo era marcado pelo trabalho com terra, fruta e pedra.

Perdu percebeu logo o que Manon gostava nele. Luc Basset tinha uma autoconfiança visível, conjugada com sensibilidade e masculinidade. Uma masculinidade que não se media com dinheiro, sucesso ou esperteza, mas com força, resiliência e a capacidade de prover uma família, uma casa, um pedaço de terra. Esses homens eram ligados à terra de seus antepassados; vender, arrendar ou mesmo entregá-la a um novo genro era como retirar um órgão.

"À prova de intempéries", teria dito Lirabelle, a mãe de Jean, sobre Luc. "Você teria sido outra pessoa se tivesse se aquecido numa lareira e não na calefação, se tivesse escalado árvores em vez de andar de bicicleta com capacete na calçada, e se tivesse brincado na rua em vez de ficar parado diante da televisão." Por isso, mandava Jean brincar com os parentes bretões na chuva e aquecer água do banho em uma chaleira na lareira. Desde então, nunca a água quente lhe parecera tão boa.

Por que Jean, ao avistar Luc, pensou em uma chaleira bretã com água borbulhante?

Porque o marido de Manon era exatamente assim: intenso, vívido e genuíno.

Os ombros largos de Luc, seus braços acostumados com o trabalho, sua postura, tudo falava a mesma coisa: eu não me dobro. E aquele homem o observava com seus olhos escuros, examinava o rosto de Jean, observava seu corpo, os dedos. Não se cumprimentaram com um aperto de mão. Em vez disso:

— Pois não? — disse Luc da porta. Uma voz grave, relaxada.

— Meu nome é Jean Perdu. Sou o homem com quem sua esposa, Manon, morou em Paris. Até... vinte e um anos atrás. Por cinco anos.

— Eu sei — disse Luc, tranquilo. — Ela me disse quando soube que morreria.

Os dois homens se olharam e, por um momento insano, Perdu pensou que se abraçariam. Porque apenas um conseguia entender a dor do outro.

— Estou aqui para pedir desculpas.

No rosto do vinicultor surgiu um traço de sorriso.

— Para quem?

— Para Manon. Apenas para Manon. Como seu marido... para o senhor, não há nenhuma possibilidade de perdoar que eu tenha amado sua esposa. E também nenhuma chance de perdoar o fato de eu ser o outro.

Os olhos de Luc se estreitaram. Encarou Perdu com muito cuidado.

Estava se perguntando se Manon gostava de sentir aquelas mãos? Estava se perguntando se Jean era capaz de amar sua esposa com tanta intensidade quanto ele amava?

— Por que veio só agora? — perguntou Luc bem devagar.

— Eu não li a carta na época.

— Meu Deus — disse Luc, surpreso. — Mas por que não, homem?

Essa era a parte mais difícil.

— Eu imaginei que a carta trouxesse apenas o que as mulheres costumam escrever quando ficam cansadas dos amantes — disse Perdu. — Recusar a carta foi a única coisa que me restava para proteger minha dignidade na época.

As palavras saíam dele com muita, muita dificuldade.

E agora, por favor, despeje finalmente seu ódio sobre mim.

Luc ficou em silêncio. Caminhou de um lado para o outro na sala de degustação. Por fim, falou de novo. Desta vez, atrás de Jean.

— Deve ter sido ruim... quando o senhor leu a carta. E percebeu que havia se enganado o tempo todo. Que aquelas não eram as palavras de costume. "Vamos ser amigos" e esse tipo de bobagem. Era o que o senhor esperava, certo? "Não é você, sou eu... desejo que encontre alguém que te mereça." Mas era outra coisa, completamente diferente.

Jean não contava com aquela empatia.

Ele entendeu ainda mais por que Manon havia se casado com Luc.

E não com ele.

— Foi um inferno — confessou ele.

Queria falar mais, muito mais. Mas as palavras o sufocaram.

A imagem de que Manon mantivera os olhos na porta que nunca se abrira.

Ele não se virou para Luc. As lágrimas e a vergonha queimavam seus olhos.

Então, Jean sentiu a mão de Luc em seu ombro.

O homem o virou.

Olhou-o nos olhos, perscrutou-o e também deixou que Jean visse sua dor.

Estavam a um metro de distância um do outro, e seus olhos diziam o que não eram capazes de falar.

Jean viu dor e carinho, raiva e ternura. Viu que Luc se perguntava o que deveriam fazer, mas também via a coragem de suportar tudo que pudesse acontecer.

Queria ter conhecido Luc antes.

Poderiam ter se apoiado durante o luto. Depois do ódio e depois do ciúme.

— Agora, preciso perguntar — disse Jean. — Não consigo ficar em paz desde que a vi. Victoria... é... é...

— Ela é nossa filha. Quando Manon voltou de Paris, estava com três meses, Victoria foi concebida na primavera. Ela sabia que estava doente, mas guardou segredo. Escolheu a criança em vez da quimioterapia quando os médicos garantiram que havia chance para o bebê.

Naquele momento, a voz de Luc também tremia.

— Manon havia decidido sozinha por sua morte certa. E só me contou quando já era tarde demais... tarde demais para desistir do bebê e tentar um tratamento. Escondeu o câncer de mim até mandar a carta para você, Jean. Disse que se envergonhava muito e que esse seria o castigo justo por amar duas vezes em uma só vida. Meu Deus! Como se o amor fosse um crime... Por que ela se castigou dessa forma? Por quê?

Os dois homens ficaram parados, não choraram, e ainda assim se olhavam, viam como o outro lutava para respirar, engolia em seco, como os dentes rangiam, como tentavam não desmoronar.

— Quer saber do resto? — perguntou Luc depois de um momento.

Jean fez que sim com a cabeça.

— Sim. Por favor — disse ele —, por favor, quero saber de tudo. E, Luc... sinto muito. Nunca quis ser ladrão de amor alheio. Sinto muito por não ter desistido e...

— Esqueça isso! — falou Luc, com fúria e força. — Não posso culpá-lo. Claro, quando ela estava em Paris, eu me sentia esquecido. Quando estava comigo, eu vivia como amante e seu rival; então, você era o homem traído. Mas tudo isso era a vida... e por mais estranho que pareça, não era algo imperdoável.

Luc bateu com o punho na mão aberta. Naquele momento, uma agitação ferveu em seu rosto de tal forma que Jean teve medo de que o homem fosse jogá-lo contra a parede.

— Eu fico triste, pois Manon dificultou muito as coisas para si mesma. Meu amor teria bastado para ela e para você, eu juro, como o dela bastaria para você e para mim. Ela nunca me tirou nada. Nunca! Por que não se perdoou? Não teria sido fácil, você e eu e ela e sabe-se lá quem mais. Mas a vida, de um jeito ou de outro, não é fácil, e existem vários caminhos a tomar. Ela não precisaria ter medo, nós teríamos encontrado um jeito. Toda montanha tem um caminho. Toda.

Luc realmente acreditava naquilo? Era possível uma pessoa ter sentimentos tão fortes e ser tão cheio de amor ao próximo?

— Venha — pediu Luc.

Ele atravessou o corredor diante de Perdu, entrou à direita, à esquerda, passou por mais um corredor e então...

Uma porta marrom-clara. O marido de Manon concentrou--se antes de enfiar uma chave na fechadura, virá-la e envolver a maçaneta de latão com sua mão grande e firme.

— Este foi o quarto onde Manon morreu — explicou ele com voz rouca.

O quarto não era muito grande, mas era bem-iluminado. Parecia ainda estar ocupado. Um armário alto de madeira, uma escrivaninha, uma cadeira sobre a qual pendia uma das camisas de Manon. Uma poltrona, ao lado uma mesinha com um livro aberto. O quarto tinha vida. Não como aquela que ele havia deixado para trás, em Paris. Aquele quarto pálido, cansado, triste, no qual Perdu havia trancado as lembranças e o amor. Ali, era como se a ocupante houvesse saído pouco tempo antes. Uma porta grande

e alta levava a um terraço de pedra e a um jardim com castanheiras, buganvílias, amendoeiras, rosas e damasqueiros, embaixo
dos quais um gato branco como a neve se espreguiçava.

Jean olhou para a cama. Estava coberta pela manta colorida
que Manon havia cerzido antes do casamento. Na casa dele, em
Paris. A manta e a bandeira com o pássaro-livro.

Luc seguiu o olhar de Jean.

— Morreu nesta cama. Na noite de Natal de 1992. Ela me
perguntou se sobreviveria à noite. Eu disse que sim.

Ele se virou para Perdu. Nesse instante, os olhos de Luc estavam muito escuros, o rosto marcado pela dor. Todo o controle
escapara pelas mãos. A voz era aguda, abafada e cheia de ago-
nia quando ele soltou de uma vez:

— Eu disse que sim. Foi a única vez que menti para a minha
esposa.

Antes que se desse conta do que fazia, Perdu esticou os braços e puxou Luc para perto de si.

O homem não se refreou. Com um "Ai, Deus!", ele se deixou
abraçar por Jean.

— O que vocês sempre foram um para o outro não foi destruído pelo que eu fui para ela. Ela nunca quis ficar sem você, nunca.

— Eu nunca tinha mentido para Manon — murmurou Luc,
como se não tivesse ouvido as palavras de Jean. — Nunca. Nunca.

Jean Perdu segurou Luc enquanto ele estremecia como se tivesse convulsões. Luc não chorava, Luc não falava. Apenas con-
vulsionava sem parar nos braços de Jean.

Jean viu-se profundamente envergonhado por suas lembranças da noite de Natal de 1992. Perambulara por Paris, xingara o
rio Sena, embebedara-se. E, enquanto fazia coisas tão pérfidas,
tão baixas, Manon lutara, lutara amargamente. E perdera.

*Eu não senti quando ela morreu. Nenhum sentimento. Nenhum
tremor. Nenhum estalo. Nada.*

Em seus braços, Luc se acalmou.

— O diário de Manon. Ela deveria entregá-lo para você quando viesse — falou ele com voz esganiçada. — Era o desejo dela. Esperou por isso até a morte.

Hesitantes, os dois se soltaram do abraço.

Luc sentou-se em um sofá. Estendeu o braço até o criado-mudo e abriu a gaveta.

Jean reconheceu de imediato o caderno. Manon estava escrevendo nele quando se encontraram pela primeira vez, no trem para Paris. Quando ela chorara porque havia deixado para trás seu sul. E ela escrevia sempre nele, à noite, quando não conseguia dormir depois que faziam amor.

Luc levantou-se, estendeu o caderno para Jean, e este o pegou, mas o forte vinicultor o segurou por um instante.

— E devo também te entregar isto, por mim — disse ele, tranquilo.

Jean havia esperado por aquilo — e sabia que não poderia se esquivar. Assim, apenas fechou os olhos.

O punho de Luc acertou-o entre os lábios e o queixo.

Não muito forte, mas o bastante para fazer Jean perder o ar, suas vistas escurecerem e ele sair cambaleando até a parede.

De algum lugar, ouviu a voz num tom de quem pede desculpas.

— Não pense que foi porque você dormiu com ela. Eu soube, quando quis me casar com ela, que *um* homem nunca seria tudo para Manon. — Luc estendeu a mão para Jean. — Foi muito mais porque você não veio até ela a tempo.

Por um momento, tudo se confundiu.

Seu quarto proibido, sem vida, na rue Montagnard.

O quarto onde Manon morrera, quente e claro.

A mão de Luc na sua.

E, de repente, a lembrança voltou.

Jean *sentira* algo quando Manon morrera.

Nos dias antes do Natal, quando quase sempre se embebedava e ficava sonolento. Nesse estado confuso, ele a ouvia falar. Palavras sopradas, que ele não compreendia. "Porta do terrário", "lápis de cor", "luz do sul" e "corvo".

Estava ali, parado no quarto de Manon, seu diário na mão, e imaginou que encontraria nele essas palavras.

De repente, em seu íntimo, surgiu uma grande paz, e em seu rosto queimava a dor boa do soco merecido.

— Vai conseguir comer? — perguntou Luc, envergonhado, e apontou para o queixo de Perdu. — Mila fez frango ao limão.

Jean assentiu.

Ele não perguntou porque Luc dera o nome de Manon a um vinho. Agora entendia.

Diário de Viagem de Manon

Bonnieux, 24 de dezembro de 1992

Maman fez as treze sobremesas. Diversas castanhas, diversas frutas, uvas passas, torrone preto e branco, bolo de óleo, bolo amanteigado com leite de canela.

Victoria está no berço com bochechas rosadas e olhos muito curiosos. Parece com o pai.

Luc não me culpa mais pelo fato de eu partir e Victoria ficar, e não o contrário.

Ela será a luz do sul, seu brilho é grande.

Pedi a Luc para dar este caderno para Jean ler, caso ele ainda apareça, em algum momento, não importa quando.

Me faltam forças para uma carta de despedida que explique tudo.

Minha pequena luz do sul. Estou apenas há quarenta e oito dias com Vicci e já sonhei por anos, vi tantas vidas que esperam por minha filha.

Maman está escrevendo estas palavras para mim, pois também me faltam forças para segurar a caneta. Precisei de todas até aqui para comer sozinha as treze sobremesas, e não o pão dos mortos.

Pensar é muito demorado.

As palavras ficam cada vez menores. Todas partiram.

Para o grande mundo.

Muitos lápis de cor entre os lápis pretos.

Muitas luzes na escuridão.

Muito amor aqui em casa.

Todos se amam e também me amam. Todos são corajosos e totalmente apaixonados pela criança.

(Minha filha quer segurar sua filha. Manon e Victoria estão deitadas ali, juntas, e na lareira os galhos estalam. Luc vem e segura suas duas meninas nos braços. Manon indicou para mim que ainda gostaria de escrever mais uma coisa. Minha mão com a caneta está congelada. Meu marido me trouxe um conhaque, mas meus dedos não sentem o calor.)

Querida Victória, filha bela. Foi muito fácil me sacrificar por você. A vida é assim mesmo, então ria; você será amada, sempre.

O restante, minha filha, sobre minha vida em Paris, leia e seja cuidadosa em seu julgamento.

(Manon tem lapsos, escrevo apenas o que ela sussurra. Ela se encolhe de susto quando uma porta bate em qualquer lugar. Ela ainda o aguarda, o homem de Paris. Ainda tem esperança.)

Por que Jean não veio?

Dor demais?

Sim. Dor demais.

A dor deixa o homem burro.

Um homem burro teme mais.

Câncer da vida, é o que teve meu corvo.

(Minha filha está se esvaindo diante dos meus olhos. Escrevo e tento não chorar. Ela pergunta se vai sobreviver à noite. Eu minto e digo que sim. Ela diz que eu minto também, como Luc. Ela adormece por um momento. Luc pega a criança. Manon acorda.)

Ele recebeu a carta, diz Madame Rosalette, tão bondosa. Ela ficará de olho nele o máximo que puder, o máximo que ele permitir. Eu disse para ela: Orgulhoso! Idiota! Dor!

E ela diz também que ele quebrou os móveis e parece entorpecido. Entorpecido em tudo, quase como se estivesse morto, diz ela.

Então, já somos dois.

(Nesse momento, minha filha ri.)

Maman escreveu em segredo alguma coisa que não devia. Não quer me mostrar.

Ainda estamos disputando, mesmo sendo os últimos metros da corrida.

E daí? O que mais se deve fazer? Ficar quieta e esperar, com as melhores roupas, que a ceifadora passe?

(Ela ri de novo e tosse. Lá fora, a neve colore os cedros-do-atlas como uma mortalha. Querido Deus, você é tudo que eu odeio, porque me tira a filha antes do tempo e me deixa a filha

dela para que soframos essa dor. Como pensa que as coisas devem acontecer? Substituiremos gatos mortos por gatos jovens, filhas mortas por netas?)

Não deveríamos seguir vivendo até o último momento, pois é exatamente isso que deixa a morte irritada? Ver que vivemos até o último gole?

(Aqui, minha filha tosse, e passam vinte minutos até que ela fale de novo. Ela procura as palavras.
Açúcar, diz ela, mas não é a certa. Ela fica irritada.
Tango, sussurra ela.
Porta do terrário, grita ela.
Eu sei o que ela quer dizer: porta do terraço.)

Jean. Luc. Os dois. Vocês.
Finalmente. Vou para o quarto ao lado.
No fim do corredor, o meu quarto mais lindo.
E, de lá, para o jardim. E lá me transformo em luz e vou para onde quiser.
Às vezes, fico lá sentada, à noite, e vejo a casa onde moramos juntos.
Eu vejo você, Luc, marido amado, perambulando pelos quartos, e você, Jean, eu vejo nos outros.
Você me procura.
Claro que não estou mais nos quartos fechados.
Olhe para mim!
Aqui fora.
Erga os olhos, eu estou lá!
Pense em mim e chame meu nome!
Nada será menor apenas porque fui embora.
A morte não significa absolutamente nada.

Não muda nada na vida.
Continuaremos sendo o que éramos um para o outro.

A assinatura de Manon era fantasmagórica, fraca. Mais de vinte anos depois, Jean Perdu curva-se sobre as letras rabiscadas e as beija.

44

No terceiro dia, o mistral simplesmente desapareceu. Sempre foi assim. Bagunçava cortinas, dava novas formas às sacolas plásticas espalhadas, fazia os cães latirem e as pessoas chorarem.

Mas ele se fora e com ele também a poeira, o calor abafado e o cansaço. A terra também expulsava os turistas, que sempre enchiam as pequenas cidades com muita rapidez, agitação e fome. Então, Luberon voltava ao seu ritmo, que obedecia unicamente aos ciclos da natureza. Florescer, semear, copular, esperar, ter paciência, colher e fazer o correto no momento certo, sem hesitar.

O calor voltou, mas era o calor suave e sorridente do outono, que se alegrava com as tempestades no fim de tarde e o frescor da manhã, que desapareciam durante os meses abrasadores do verão, o que deixava a terra sedenta.

Quanto mais alto Jean avançava no caminho de arenito íngreme e sulcado, mais calmo ficava. Apenas os grilos, cigarras e um leve gemer do vento o acompanhavam enquanto vencia a subida do outeiro da igreja de Bonnieux. Carregava o diário de Manon, uma garrafa aberta, mas já frouxamente retampada de um vinho de Luc, e uma taça.

Seguia curvado, como exigia o caminho íngreme e desnivelado, no andar do penitente, com pequenos passos e dores que subiam pelas panturrilhas até a perna, as costas, a cabeça.

Passou a igreja, com seus degraus que quase pareciam uma escada de mão feita de pedra, os cedros, e então chegou lá em cima.

A visão o deixou zonzo.

A paisagem se espalhava ao longe, bem longe diante dele. O dia iluminado depois do mistral deixava o céu pálido. Lá, onde Jean supunha ser Avignon, o horizonte era quase branco.

Viu as casas cor de areia, salpicadas no verde, no vermelho e no amarelo como em um quadro antigo. Longas fileiras de videiras, alinhadas como soldados, maduras e suculentas. Quadrados imensos e floridos de lavanda. Campos verdes, marrons, amarelo-curry, e, entre eles, o verde sacolejante das árvores, como se acenassem. Era uma paisagem tão bela, e a visão majestosa conquistava qualquer um que tivesse alma.

Era como se aquele calvário, com seus muros grossos, seus túmulos firmes, as cruzes de pedra que apontavam para cima como dedos, fosse o degrau mais baixo do céu.

Naquela altura, Deus estaria sentado secretamente, apenas observando. E somente os mortos e ele podiam dispor daquela visão ampla, solene.

Jean atravessou o cascalho grosseiro até o portão alto de ferro fundido de cabeça baixa e coração palpitando.

O areal era longo e estreito. Feito em dois níveis, cada um com duas fileiras de túmulos. Santuários cor de areia castigados pelas intempéries e túmulos de mármore cinza-escuro na parte mais alta, e ainda mais duas fileiras na mais baixa. Lápides altas como portas, largas como camas, quase sempre encimadas por uma cruz pesada. Quase todos túmulos familiares, depósitos profundos dos mortos onde séculos de luto tinham seu lugar.

Entre os túmulos havia ciprestes podados, magros, que não davam sombra. Ali, tudo era nu e cru, não havia proteção em lugar nenhum.

Devagar e ainda sem fôlego, Perdu atravessou a primeira fileira e leu os nomes. Nas grandes sepulturas havia flores de porcelana, livros estilizados de pedra polida, com fotos ou versos curtos. A maioria trazia pequenas imagens que representavam o hobby dos falecidos.

Um homem — Bruno — com um *setter* irlandês e roupa de caça.

Um outro túmulo com mão de cartas de baralho.

O próximo mostrava a silhueta de uma ilha, Gomera, obviamente o lugar favorito do defunto.

Cômodas pétreas com fotos, cartões e quinquilharias fixas. Os vivos de Bonnieux mandavam seus mortos para a última viagem com muitas notícias.

As decorações lembravam Perdu de Clara Violette. Ela sempre enchia o piano de cauda Pleyel com bibelôs, que ele precisava guardar antes de ela dar seus concertos de sacada.

Perdu percebeu de repente que sentia falta dos moradores do nº 27 da rue Montagnard. Seria possível que estivesse todos esses anos cercado de amigos e amigas e não houvesse percebido?

No meio da segunda fileira, com vista para o vale, Jean encontrou Manon. Estava ao lado de seu pai, Arnoul Morello.

Pelo menos não está totalmente sozinha aí dentro.

Ele ficou de joelhos. Recostou o rosto na pedra. Encaixou os braços nas laterais, como se quisesse abraçar o túmulo.

O mármore estava frio, embora o sol se refletisse nele.

Os grilos cricrilavam.

O vento gemia.

Perdu esperou até sentir algo. *Até senti-la.*

Mas tudo o que seus sentidos lhe revelavam eram o suor, que lhe descia pelas costas, o palpitar doloroso da pulsação nas orelhas, o cascalho pontudo embaixo dos joelhos.

Voltou a abrir os olhos, encarou o nome dela, Manon Basset (nome de solteira Morello), as datas de nascimento e morte,

1967–1992, o porta-retratos com uma imagem em preto e branco dela.

Mas nada aconteceu.

Ela não está aqui.

Uma rajada de vento balançou os ciprestes.

Ela não está aqui!

Decepcionado e confuso, Jean se levantou.

— Onde você está? — sussurrou ele no vento.

A lápide familiar estava cheia. Flores de porcelana, imagens de gatos, uma escultura que parecia um livro aberto.

A maioria dos objetos traziam fotos. Muitas imagens de Manon que Perdu não conhecia.

Sua foto de casamento, embaixo a legenda: "Com amor, sem arrependimentos, Luc."

Em outra, na qual Manon segurava seu gato no braço, estava: "A porta para o terraço sempre estará aberta — Maman."

Em uma terceira: "Eu cheguei porque você se foi — Victoria."

Com cuidado, Jean pegou a escultura que parecia um livro aberto e leu a legenda.

"A morte não significa nada, Jean. Continuaremos sendo sempre o que fomos um para o outro."

Jean leu as frases novamente, desta vez em voz alta.

Eram as palavras que Manon tinha dito quando procuravam suas estrelas entre os montes escuros em Buoux.

Ele correu a mão pelo túmulo.

Mas ela não está aqui.

Manon não estava lá, não presa na pedra, cercada de terra e solidão inconsolável. Nem por um piscar de olhos ela descera até a cripta onde seu corpo fora deixado.

— Onde você está? — perguntou ele novamente.

Foi até o parapeito de pedra e olhou para a região ampla, esplêndida que se estendia embaixo dele, o vale do Calavon.

Tudo era tão pequeno. Era como se voasse, como um abutre. Sentiu o cheiro do ar. Inspirou e expirou devagar. Sentiu o calor e ouviu o vento brincar nos cedros-do-atlas. Podia até ver o vinhedo de Manon.

Ao lado de um dos ciprestes, ao lado das mangueiras de água para as flores, havia uma escada de pedra larga para a parte superior.

Lá ele se sentou, tirou a rolha do vinho branco, o *Manon XV*, e despejou um pouco na taça. Com cuidado, Jean tomou um gole. Cheirou o vinho, era um aroma feliz. *Manon* tinha gosto de mel, de fruta clara, de suspiro suave antes de adormecer. Um vinho vívido, contraditório, um vinho cheio de amor.

Luc fez um bom trabalho.

Deixou a taça ao lado nos degraus e abriu o diário de Manon. Nos últimos dias e noites, lera várias vezes, enquanto Max, Catherine e Victoria trabalhavam juntos nos vinhedos. Muitas partes já sabia de cor, outras o surpreendiam. Muitas o deixavam chateado, e muitas o enchiam de gratidão. Não sabia o quanto ele significava para Manon. No passado, desejara tanto saber, mas apenas agora, quando fizera as pazes consigo mesmo e se apaixonara novamente, sabia da verdade. E ela curava as antigas feridas.

Mas, naquele momento, ele buscava um registro que ela havia feito no período da espera.

Eu já vivi tempo suficiente, anotara Manon naquele fim de outono, *em um dia de outubro como este. Eu vivi, amei, também tive o melhor do mundo. Por que se entristecer pelo fim? Por que se prender ao que resta? A morte tem a vantagem de fazer a gente parar de temê--la. Nela, também existe paz.*

Ele continuou a folhear. Então, vieram escritos que cortavam seu coração de pena. Neles, ela contava do medo que corria pelo corpo em ondas. À noite, quando Manon acordava na escuridão silenciosa e ouvia a morte se esgueirar bem perto. Também naquela noite, quando ela, no fim da gravidez, fugira para o quarto de Luc e ele a abraçara até de manhã, controlando-se para não chorar.

Como ele fazia durante o banho, onde acreditava que ela não ouviria.

Claro que ela ouvia.

Quase sempre Manon expressava sua perplexidade diante da força de Luc.

Ele a alimentara e banhara. Acompanhara como ela ficava cada vez menor, exceto pela barriga com o bebê.

Perdu tomou mais uma taça antes de continuar a leitura.

Meu bebê se alimenta de mim. Da carne saudável. Minha barriga é rosa, grande e cheia de vida. Lá dentro certamente tem uma porção de gatinhos, tão festivos como devem ser. O restante de mim tem mil anos. Cinzento, pútrido e seco como o pão que os escandinavos comem. Minha filha poderá comer croissants dourados, brilhantes e oleosos. Ela vai vencer, vencer a morte, vamos tirar um sarro dela, esse bebê e eu. Queria lhe dar o nome de Victoria.

Como ela amava aquela criança ainda não nascida! Como Manon a alimentava com amor, que ardia dentro dela em abundância.

Não me surpreende Victoria ser tão cheia de vida, pensou ele. *Manon deu tudo de si por ela.*

Ele voltou as páginas para aquela noite de agosto, quando Manon decidira deixá-lo.

Agora você está deitado de barriga para cima, como um dançarino fazendo uma pirueta. Uma perna esticada, a outra dobrada. Um braço sobre a cabeça, o outro quase dobrado na altura da cintura.

Você sempre me olhou como se eu fosse única. Por cinco anos, nem uma vez você me olhou irritado ou indiferente. Como conseguiu essa proeza?

Castor me encara. É possível que nós, bípedes, sejamos extremamente estranhos para os gatos.

A eternidade que me aguarda parece devastadora.

Algumas vezes — mas este é um pensamento realmente maldoso —, algumas vezes desejei que houvesse alguém que eu amasse e que fosse embora antes de mim. Para que eu soubesse que também posso ir.

Algumas vezes pensei que você devia ir antes de mim para que eu também pudesse partir. Na certeza de que você esperaria por mim...

Adieu, *Jean Perdu.*

Eu o invejo por todos os anos que você ainda tem.

Entro no meu último quarto e de lá para o jardim. Sim, será desse jeito. Vou atravessar a porta alta e agradável da sacada e entrar no pôr do sol. E então, então vou virar luz, então vou poder estar em todos os lugares.

Essa seria minha natureza, eu estaria para sempre lá, todas as noites.

Jean Perdu serviu mais uma taça de vinho para si.

O sol se punha lentamente. Sua luz rosada cobria a paisagem e coloria as fachadas de dourado, fazia vidros e janelas reluzirem como diamantes.

E então aconteceu.

O ar começou a brilhar.

Como se bilhões de gotas se soltassem, cintilando e dançando, assim um véu de luz deitou-se sobre o vale, sobre as montanhas e sobre ele, luz que parecia sorrir. Nunca, jamais, Jean Perdu vira um pôr do sol daqueles.

Tomou mais um gole enquanto as nuvens começavam a se espalhar em todas as tonalidades de cereja, framboesa, pêssego e melão amarelo. E finalmente Jean Perdu compreendeu.

Ela está aqui.

Lá!

A alma de Manon, a energia de Manon, a essência de Manon totalmente liberta do corpo, sim, ela era a terra e o vento, ela estava em todos os lugares e em tudo, ela reluzia, ela se mostrava para ele em tudo...

...porque tudo está em nós. E nada perece.

Jean Perdu riu, mas seu coração doía, então ele se calou e olhou para dentro de si, onde a risada continuava a dançar.

Manon, você tem razão.

Tudo ainda está lá. Todo o tempo que passamos juntos é eterno, imortal. E a vida nunca cessa.

A morte do nosso amor é apenas uma passagem entre um fim e um recomeço.

Jean inspirou fundo e expirou devagar.

Ele pediria a Catherine para explorar esse novo estágio, essa próxima vida. Esse novo dia claro depois de uma noite longa, sombria, que havia começado vinte e um anos antes.

— Até logo, Manon Morello. Até logo — sussurrou Jean Perdu. — Foi lindo você ter existido.

O sol mergulhou atrás das colinas do Vaucluse, e o céu ficou incandescente, coberto de fogo líquido.

Somente quando as cores empalideceram e o mundo se transformou em sombras, Perdu esvaziou a taça de Manon até a última gota.

Epílogo

Já era a segunda vez que comiam juntos as treze sobremesas da noite de Natal e punham três lugares vazios para os mortos, os vivos e para a sorte do ano vindouro. Três lugares ficavam sempre vazios na longa mesa da casa de Luc Basset.

Faziam o "Ritual das Cinzas", que era parte da oração de súplica dos falecidos, que Victoria lia ao lado da lareira da cozinha.

Era vontade dela fazer isso em cada aniversário de morte, pela sua mãe, Manon, e por si. Era a mensagem dos mortos aos seus entes queridos.

— Sou a barca que te traz até mim — Victoria elevou a voz clara. — Sou o sal em teus lábios mudos, sou o aroma, a essência de todos os pratos... sou a aurora surpresa e o ocaso loquaz. Sou a ilha, impassível, para a qual o mar foge. Sou o que encontras e o que aos poucos me liberta. Sou a fronteira boa de tua solidão.

Nas últimas palavras, Vic chorou, como Jean e Catherine, que estavam de mãos dadas. E também Joaquin Albert Perdu e Lirabelle Bernier, às vezes Perdu, que ali em Bonnieux se testavam como amantes e companheiros em uma espécie de trégua. As fortes pessoas do norte, que nada atingia tão facilmente, nem mesmo as palavras.

Gostavam muito de Max, seu neto "adotado, por assim dizer". E também da família Basset, com a qual sua vida havia se ligado pelo amor, pela morte e pela dor. Todos esses sentimentos estranhos juntavam os pais de Perdu por um curto período durante as festas de fim de ano. Na cama, à mesa e no carro compartilhado. No restante do ano, claro que Jean precisava ouvir ao telefone as contínuas reclamações de sua mãe sobre o ex-marido, que "tinha problemas crônicos com a decência", ou as queixas divertidas de seu pai sobre a senhora professora.

Catherine imaginou que os dois se aqueciam com as farpas irônicas trocadas, para então, no Feriado da Bastilha, nos Natais e nas recentes comemorações do aniversário de Perdu, caírem apaixonados nos braços um do outro.

Tanto os velhos Perdu como Jean e Catherine passavam o período de 23 de dezembro até o Dia de Reis em Bonnieux.

Os dias entre um ano e outro transcorriam com muita comida, risadas e conversas, com longos passeios e degustação de vinho, conversas do mulheril e silêncio dos homens. E um novo tempo se aproximava. De novo.

As flores dos pessegueiros no fim do inverno, quando a primavera iminente enfeitava as árvores frutíferas com flores ao longo do Ródano, significavam o recomeço na Provence. Max e Vic escolheram esse tempo de flores brancas e vermelhas para se casar. Ela fizera com que ele a cortejasse por doze meses antes de lhe conceder um beijo... mas daí em diante tudo acontecera rápido.

Pouco depois, Max lançara o primeiro livro infantil: *O feiticeiro no jardim. Um livro heroico para crianças.*

Sobrevivera a resenhas confusas, a pais apavorados e a crianças e adolescentes entusiasmados, que se divertiam pela maneira como o livro deixava os responsáveis enfurecidos. Ou seja, incentivava que se questionasse todos os atos que adultos proibiam com a frase: "Não faça isso!"

Depois de uma busca exaustiva, que a levara junto com Jean a cada canto da Provence, Catherine encontrara um ateliê. O espaço nunca fora o problema, mas ela queria um lugar cujos arredores correspondessem exatamente à paisagem íntima dos dois. Por fim, encontraram um celeiro ao lado de uma fazenda provençal charmosa, ligeiramente dilapidada, entre Sault e Mazan. À direita, um campo de lavandas, à esquerda, uma montanha, na frente a visão livre para os vinhedos e o Mont Ventoux. Atrás, um pequeno pomar, pelo qual corriam seus gatos, Rodin e Nemirowsky.

— É como se eu tivesse chegado em casa — explicara Catherine a Jean quando, com prazer, depositara ao tabelião grande parte do que recebera no processo de separação. — Como se eu reconhecesse minha casa eterna ao fim de um caminho turbulento.

Suas esculturas tinham quase o dobro da altura normal de uma pessoa. Era como se Catherine visse os seres presos à pedra, como se pudesse olhar através do bloco não esculpido até a alma, ouvir seus chamados, sentir o coração batendo. E então Catherine começava a libertar esses seres a cinzeladas.

Nem sempre eram criações agradáveis.

O ódio. A necessidade. A tolerância. O leitor de almas.

Espere aí!

Era verdade. Catherine liberara de um cubo de pedra do tamanho de uma caixa de bananas duas mãos que formavam algo com os dedos. Aquelas mãos em busca, à procura, liam, acariciavam, tocavam as palavras? A quem pertenciam? Estavam tirando ou oferecendo algo?

Se alguém encostasse o rosto na pedra, perceberia que surgia dentro dela uma porta escondida, murada. Uma porta... para um quarto?

— Todas as pessoas têm um quarto em seu íntimo, no qual seus demônios espreitam. Apenas quando as pessoas o abrem e o enfrentam é que ficam livres — dissera Catherine.

Jean Perdu cuidava para que tudo corresse bem com ela, fosse na Provence ou em Paris, quando os dois viviam no antigo apartamento dele na rue Montagnard. Ele providenciava para que Catherine comesse bem, dormisse bem, encontrasse suas amigas e perdesse a maluquice matutina por causa dos sonhos.

Faziam amor com frequência, ainda com aquela lentidão concentrada. Ele conhecia tudo nela, cada ponto perfeito, cada ponto imperfeito. Ele acariciava e amava cada ponto imperfeito até que o corpo dela acreditasse que, para ele, era o mais belo.

Além de um emprego em meio período numa livraria de Banon, Perdu também caçava. Enquanto Catherine ia para Paris ou esculpia em seu ateliê, dava cursos, vendia arte, raspava, lixava, corrigia — ele buscava os livros mais impressionantes do mundo. Nas bibliotecas escolares, em espólios de professores universitários velhos e empedernidos e falantes fruticultoras, em porões trancafiados esquecidos e bunkers da época da Guerra Fria.

O comércio de Perdu com livros especiais começara com um fac-símile do manuscrito de Sanary, que, por meios confusos, chegara às suas mãos. Samy insistira para que seu pseudônimo ficasse em segredo.

Logo se descobrira, com ajuda da secretária de leilões Claudine Gulliver, moradora do terceiro andar do nº 27 da rue Montagnard, um colecionador bem-sucedido disposto a comprar aquela obra única.

Mas como Perdu só fazia suas vendas após o cliente se sujeitar a um teste emocional, ganhara fama de amante excêntrico dos livros, que não entregava os volumes a qualquer um apenas porque havia dinheiro em jogo. Às vezes, dezenas de colecionadores solicitavam uma obra, mas Perdu escolhia aquele que lhe parecesse o melhor amante, amigo, aprendiz ou paciente do respectivo livro. O dinheiro vinha em segundo lugar.

Perdu viajara de Istambul a Estocolmo, de Lisboa a Hong Kong, e encontrara os livros mais deliciosos, inteligentes, perigosos — e também os mais belos para a hora de ir para a cama dormir.

Muitas vezes, como agora, Jean Perdu senta-se na cozinha de verão da casa da fazenda provençal, desfolhando galhos de alecrim e flores de lavanda, sente com olhos fechados o mais íntimo aroma provençal e escreve na *Grande Enciclopédia dos Pequenos Sentimentos: Uma obra de consulta para livreiros e livreiras, amantes e outros farmacêuticos literários.*

Em C, ele acaba de registrar: "Conforto de cozinha. A sensação de que no forno algo delicioso está assando, os vidros da janela estão embaçados, seu amor senta-se à mesa para lhe fazer companhia e, entre uma colherada e outra, olha para você com satisfação. (Também conhecido como: Vida)."

Receitas

Tão variada quanto a paisagem da Provence é sua cozinha. Peixes na região costeira, verduras no interior, carne de cordeiro nas montanhas ou pratos nascidos das épocas de escassez com uma multiplicidade de leguminosas. Uma região cozinha com azeite, outra com base no vinho e, na fronteira com a Itália, há ainda os pratos com massa. Em Marselha, o Oriente beija o Ocidente com hortelã, açafrão ou cominho, e Vaucluse é o paraíso das trufas e da confeitaria.

Mas alguns ingredientes unem as cozinhas entre o rio Ródano e a Côte d'Azur: o azeite espesso e aromático, o alho, muitos tomates diversos (para saladas, molhos, sopas, bolos, pizza, *confits*, recheios...), queijo de cabra de Banon e ervas frescas. Os cozinheiros provençais utilizam no máximo três tipos diferentes para temperar seus cozidos e pratos. Mas usam grandes quantidades de sálvia ou lavanda, tomilho ou alecrim, funcho ou segurelha-do-inverno.

Os pratos a seguir são típicos da região e acompanham a história com seus aromas e cores.

Bohémienne des legumes

Uma parente do *ratatouille*, mas com berinjelas combinadas com molho de tomate e manjericão. Em geral, preparada com legumes de uma única cor (vermelha) cortados em cubinhos.

O sabor do cozido de legumes provençais depende da qualidade e da intensidade dos ingredientes. O ingrediente precisa ter sido "beijado pelo sol"; tomates semelhantes a "bombas de água", grandes mas sem sabor, o deixam mais fraco. Os aromas das ervas frescas também são fundamentais.

Ingredientes (para 6 pessoas):
2 berinjelas firmes
2 cebolas grandes
2 abobrinhas pequenas e de gosto intenso
3 pimentões vermelhos
3-6 tomates suculentos (ou uma lata de tomates pelados)
Sal, pimenta, alho, tomilho fresco (alecrim e louro são opcionais)

Para o molho de tomate:
500 g de tomates maduros adocicados
Tomilho e manjericão a gosto
3 colheres de sopa de azeite suave

Modo de preparo:
Limpe os legumes (tire a semente dos pimentões e a casca com um descascador de batatas, escalde os tomates para tirar a pele) e corte em cubinhos. Frite primeiro as berinjelas em azeite quente em uma frigideira grande, mexendo sempre (aprox. 10–15 minutos). Adicione os outros

legumes. Quando estiverem cozidos, acrescente sal, pimenta e tempere com alho picado e tomilho. Acomode tudo em uma forma.

Em seguida, prepare um molho de tomate saboroso: cozinhe lentamente em azeite os tomates sem sementes e sem pele com os temperos, reduzindo tudo a uma pasta grossa. Acerte o sal e a pimenta, deixe engrossar. Misture com os legumes, dê um brilho com um pouco de azeite. Se desejar, sirva com baguete e *crème fraîche*.

Pistou

Essa é a sopa provençal que reaquece Samy e também desperta os espíritos da vida. Infelizmente, é impróprio para noites românticas... leia abaixo por quê.

Na Provence, quase todo mundo tem uma receita própria para a *soupe au pistou*. Os ingredientes fixos são feijões (verdes, brancos ou vermelhos), abobrinha, tomates, manjericão e alho. Mas cada um empresta seu tom à sopa com legumes da horta ou frescos da feira, como, por exemplo, abóbora, nabo, aipo. Muitos a preparam como *minestrone*, outros incluem macarrõezinhos grossos, como caracol, corneto pequeno ou *rigate*. Por exemplo, o pessoal em Nice ainda acrescenta um pouco de toucinho. Mas o toque especial fica por conta do *pistou*, o "esmagado" (em provençal), um creme verde forte, parecido com o pesto, mas sem os *pignoli*.

Ingredientes clássicos (para 4 pessoas):
1 lata (de 250 g, já escorrida) de feijão branco italiano
200 g de cenoura
250 g de abobrinha
1 talo de alho-poró (ou cebolinha fresca)
500 g de batata
1 cebola
4 tomates adocicados (ou meia lata de tomates pelados)
Azeite, sal, 200 g de feijão verde, pimenta, 3-4 galhos de tomilho, segurelha e alecrim, extrato de tomate se desejar

Para a pasta temperada:
2-3 dentes de alho frescos
½ colher de chá de sal marinho

1 maço de manjericão
50 g de queijo parmesão fresco (ou *pecorino,* se preferir)
5 colheres de sopa de azeite suave

Modo de preparo:
Lave os legumes e corte em pedaços, rodelas e cubos. Escalde os tomates, tire a pele e corte em pedacinhos (se preferir, use bons tomates enlatados). Aqueça o azeite em uma panela grande. Acrescente os legumes e os temperos e cozinhe por dez minutos em fogo brando, mexendo sempre. Salgue.

Lave e escorra os feijões e junte aos legumes. Acrescente de 1,5 a 2 litros de água e deixe cozinhar tudo com tampa por 30-45 minutos (até os feijões brancos estarem macios). Acerte o sal e a pimenta. Para a pasta temperada: descasque o alho e bata com sal, folhas de manjericão e parmesão em um multiprocessador ou com mixer até virar um creme. Acrescente azeite e misture bem até ficar uniforme. Coloque o *pistou* na tigela ou prato de sopa, acrescente a sopa de legumes e sirva. Muitos preferem misturar a pasta com a sopa e salpicar parmesão em seguida.

Costeleta de cordeiro com flan de alho

A carne de cordeiro depende da qualidade e da marinada. Se seu açougueiro não marinar a carne, você pode encontrar variações deliciosas de marinada em que a carne precisa ficar pelo menos uma noite.

Ingredientes:
De acordo com o apetite, 2-3 costeletas por pessoa.
Para a marinada:
2-3 dentes de alho
Um pouco de suco de tomate
1 colher de sopa de alecrim fresco picado
1 colher de sopa de tomilho seco picado
2-3 colheres de sopa de mel fino se desejar
Pimenta
Um bom azeite (por exemplo, aromatizado com alecrim, alho, lavanda ou limão!)
Se desejar, mostarda *dijon*, pimenta dedo-de-moça, xerez cremoso, molho balsâmico ou um pouco de vinho tinto — como quiser.

Para o flan de alho (porção pequena para 2-4 pessoas):
100 g de alho
125 ml de leite ou creme de leite fresco
Sal, pimenta
3 ovos
Noz-moscada, azeite

Modo de preparo:

Marinada: Descasque o alho, pique e misture com suco de tomate, temperos, mel, pimenta, azeite e ingredientes opcionais. Em um saquinho para congelar (3 litros), coloque as costeletas e a marinada. Feche o saquinho, acomode em uma tigela e deixe a carne marinar por algumas horas ou por uma noite.

Costeletas de cordeiro: Frite em uma frigideira, com fogo alto, por um minuto de cada lado. Tire a frigideira do fogo, deixe descansar por cinco minutos. As costeletas devem ficar rosadas por dentro. A autora ama preparar as costeletas em uma placa de raclete, pois a carne fica perfeita.

Flan de alho: Cozinhe os dentes de alho frescos e descascados no leite/creme de leite fresco em fogo baixo, passe em um coador, tempere com sal e pimenta. Acrescente os ovos batidos e tempere com noz-moscada a gosto. Se for alho seco, melhor ferver por cinco minutos em água antes de misturar ao leite. Esprema com garfo e acrescente aos outros ingredientes. Despeje em forminhas de suflê bem-untadas com óleo e asse por vinte minutos em banho-maria. Deixe esfriar por dez minutos e desenforme.

Acrescente batatas assadas com alecrim, pinceladas com azeite e salpicadas com sal marinho.

Sorvete de lavanda

Nas sorveterias de Roussillon, o sorvete de lavanda é realmente violeta intenso, como as flores — geralmente é colorido com algumas gotas de suco de mirtilo. Na produção caseira sem mirtilos, o sorvete fica branco e lilás.

Ingredientes:

1-2 colheres de chá de lavanda seca ou 2-4 colheres de sopa de flores de lavanda frescas (do jardim ou de lojas de produtos orgânicos)

200 g de açúcar

8 colheres de sopa de leite (leite fresco)

8 gemas (se possível de ovos orgânicos)

250 ml de creme de leite fresco (iogurte para versão *light*)

Se desejar, 1 punhado de mirtilos para dar cor

Modo de preparo:

Bata a lavanda e o açúcar em um processador (ou com um mixer) e peneire até formar um pó fino. Dissolva esse pó de lavanda no leite até os cristais do açúcar não "estalarem" mais (se desejar, aquecer um pouco, mas não ferver). Misture bem a gema e o creme de leite/iogurte e, em seguida, junte o leite de lavanda e a mistura de gema com creme. Faça um creme com os mirtilos e acrescente a gosto para colorir a mistura. Despeje a mistura em uma máquina de sorvete ou leve ao congelador para endurecer, mexendo às vezes.

Use algumas flores de lavanda para decorar.

Receita alternativa de sorvete de lavanda com xarope ou mel de lavanda

Ingredientes:
5 colheres de sopa de xarope de lavanda
500 g de iogurte grego
8 colheres de sopa de leite (leite fresco)
200 g de creme de leite fresco
Se desejar, 1 punhado de mirtilos para dar cor
Mel de lavanda, xarope de lavanda ou flores

Modo de preparo:
Misture o xarope de lavanda com o iogurte, acrescente leite e creme de leite fresco e misture até ficar uniforme.

Faça um creme com os mirtilos e acrescente a gosto para colorir a mistura.

Despeje na máquina de sorvete ou leve ao congelador, decorando antes de servir com xarope, flores ou mel de lavanda.

As *treze sobremesas*

As *treze sobremesas* de produtos regionais provençais seguem uma tradição de quase cem anos na ceia natalina.

Simbolizam os treze participantes da Santa Ceia (Jesus e os doze apóstolos) e são servidas depois da meia-noite ou da *gros soupa* (grande ceia, em provençal), que, por sua vez, é composta por sete pratos simples e sem carne (!).

Uma seleção típica para as *treze sobremesas* seria:

- uvas passas (desidratadas em casa)
- figos secos (plantados em casa)
- os frutos secos obrigatórios: amêndoas, avelãs e nozes
- tâmaras, simbolizando Jesus
- quatro frutas frescas diferentes, por exemplo, ameixas pretas (tradicional de Brignoles), peras portuguesas, melões, maçãs, laranjas, uvas, tangerinas
- frutas cristalizadas
- mel turco claro e escuro, torrone branco e preto. O branco é feito de amêndoas, pignolis e pistache, e simboliza o bem e a pureza, e o escuro/preto simboliza o mal, a impureza
- *fougasse* (também: *fouace*), um pão de óleo achatado (precisa ser quebrado, não cortado!)
- *oreillettes*, pastelzinho salpicado com casca de limão siciliano
- bolo de leite preparado com leite de canela
- *ratafia* (mistura de mosto e conhaque) ou um vinho licoroso suave e doce de Cartagena
- Doces com marzipan
- *Biscotti* italiano
- Queijo de cabra em conserva

A FARMÁCIA LITERÁRIA DE EMERGÊNCIA DE JEAN PERDU

De Adams a Twain

Medicamentos de ação rápida para o espírito e o coração em caso de catástrofes sentimentais leves a medianas.

Se nada diferente for prescrito, tomar durante vários dias, distribuídos em doses digeríveis (cerca de 5-50 páginas). Se possível, com pés quentinhos e/ou um gato no colo.

ADAMS, Douglas: *O guia do mochileiro das galáxias*.
- ♥ Em altas doses, eficaz contra o otimismo patológico e ao mesmo tempo para a falta de humor. Para frequentadores de sauna com medo de toalha de rosto.
  Efeitos colaterais: aversão a possuir coisas, uso crônico de roupão.

ARNIM, Elizabeth von. *The Enchanted April* [Abril encantado].
- ♥ Contra a incapacidade de tomar decisões e confiar em amigos.
  Efeitos colaterais: paixão pela Itália, saudade do sul, senso de justiça aumentado.

BARBERY, Muriel: *A elegância do ouriço*.
- ♥ Em altas doses, eficaz contra "se-quando-ismo". Recomendado para gênios não reconhecidos, amantes de filmes difíceis e para quem odeia motoristas de ônibus.

CERVANTES, Miguel de: *O engenhoso fidalgo D. Quixote de la Mancha*.
- ♥ No caso de conflitos entre a realidade e o idealismo. *Efeitos colaterais:* preocupação com sociedades tecnocratas, cuja violência das máquinas nós, indivíduos, combatemos como se lutássemos contra moinhos de vento.

FOSTER, Edward Morgan: *The Machine Stops* [A máquina para].
- ♥ Atenção, antídoto altamente eficaz contra tecnocracia internética e fé religiosa em iPhones. Ajuda também contra vício em redes sociais e dependência de *Matrix*. *Aviso de posologia:* se for integrante do Partido Pirata ou ativista da rede, tome apenas em pequenas quantidades!

GARY, Romain: *Promessa do amanhecer*.
- ♥ Para a compreensão do amor materno, contra as lembranças de infância supervalorizadas. *Efeitos colaterais*: fuga para o mundo de fantasia, nostalgia amorosa.

GERLACH, Gunter: *Frauen von Brücken werfen* [Jogando mulheres da ponte].
- ♥ Para autores com bloqueio de escrita e pessoas que consideram o assassinato em romances policiais algo superestimado. *Efeitos colaterais:* perda da realidade, abertura da mente.

HESSE, Hermann: *Degraus*.
- ♥ Contra tristeza e para tomar coragem em confiar.

KAFKA, Franz: "Investigações de um cão", *in: Narrativas do espólio*.
- ♥ Contra a estranha sensação de ser incompreendido por todos. *Efeitos colaterais*: pessimismo, saudade dos gatos.

KÄSTNER, Erich: *Doktor Erich Kästners Lyrische Hausapotheke. Gedichte* [A farmácia lírica doméstica do Doutor Erich Kästner. Poemas].

💛 Segundo o lírico doutor Kästner, para tratamento de diversos sofrimentos e desconfortos, como, por exemplo, contra sabichonice, sentimentos de separação, raivas cotidianas, melancolia outonal.

LINDGREN, Astrid: Píppi Meialonga.

💛 Age contra pessimismo adquirido (não de nascença) e medo de milagres.
Efeitos colaterais: perda da capacidade de fazer cálculos, cantorias no chuveiro.

MARTIN, George R. R.: série *A canção de gelo e fogo*.

💛 Ajuda na quebra do hábito de sentir saudades do que está longe, contra dor de amor, contra raivas do cotidiano e sonhos enfadonhos.
Efeitos colaterais: insônia, sonhos pesados.

MELVILLE, Herman: *Moby Dick*.

💛 Para vegetarianos.
Efeito colateral: medo de água.

MILLET, Catherine: *A vida sexual de Catherine M.*

💛 Ajuda a responder se você se envolveu rápido demais numa relação. Observação: sempre podia ser pior.

MUSIL, Robert: *O homem sem qualidades*.

💛 Um livro para homens que esqueceram o que querem da vida. Eficaz contra a falta de objetivo.
Efeitos colaterais: efeito de longo prazo, depois de dois anos a vida é outra. Causa, entre outros, perda de amizades, desejo de criticar a sociedade e sonhos recorrentes.

NIN, Anaïs: *Delta de Vênus: histórias eróticas*.
- ♥ Em pouco tempo de uso, auxilia contra a perda de libido e perda de sensualidade.
Efeito colateral: autoexcitação.

ORWELL, George: *1984*.
- ♥ Contra a credulidade e a fleuma. Antigo remédio caseiro contra o otimismo patológico, mas com data de validade vencida.

PEARCE, Philippa: *Tom e o jardim da meia-noite*.
- ♥ Bem adequado para apaixonados infelizes. (P.S.: No caso dessa doença, deve-se ler tudo que não tenha a ver com amor, por exemplo, romances sanguinolentos, *thrillers*, *steampunk*.)

PRATCHETT, Terry: série *Discworld*.
- ♥ Contra as dores do mundo e a ingenuidade que causa risco de morte. Bem adequado para o encantamento do espírito, mesmo para iniciantes.

PULLMAN, Philip: trilogia *A bússola de ouro*.
- ♥ Para aqueles que de vez em quando ouvem vozes dentro de si e acreditam que têm uma alma gêmea animal.

RINGELNATZ, Joachim: *Kindergebetchen* [Pequenas orações para crianças].
- ♥ Quando agnósticos também quiserem rezar.
Efeito colateral: flashes de lembrança das noites de infância.

SARAMAGO, José. *Ensaio sobre a cegueira*.
- ♥ Contra a exaustão e para descobrir o que realmente é importante. Contra a cegueira para o sentido da própria vida.

STOKER, Bram: *Drácula*.

- Contra sonhos enfadonhos; recomendado para a paralisia da espera telefônica ("Quando ele finalmente vai me ligar?").

SURRE-GARCIA, Alem e MEYRUELS, Françoise: *Lo libre dels rituals. S.l. s.d. Ritual dels Cendres* [O livro dos rituais/Ritual das cinzas].

- Ajuda na tristeza recorrente por uma pessoa amada e perdida e como oração secular para quem não gosta de rezas. *Efeito colateral:* lágrimas.

TOES, Jac.: *De vrije man.* [O homem livre].

- Para *tangueros* entre duas *milongas* bem como para homens que têm medo do amor.
  Efeito colateral: possibilidade de repensar o próprio relacionamento.

TWAIN, Mark: *As aventuras de Tom Sawyer.*

- Para superação do medo de virar adulto e a redescoberta da criança na própria personalidade.

AVISO: os autores SANARY (*Luzes do Sul*), P. D. OLSON e Max JORDAN (*A noite*) são personalidades que vivem exclusivamente dentro deste romance.

❧ Agradecimentos ❧

Este romance passou desde a primeira ideia anotada (9 de agosto de 2010) até sua impressão (início de abril de 2013) por vários estágios de pesquisa, desespero, escrita e descarte, retrabalhos múltiplos e criatividade excitante, bem como por uma pausa de um ano por motivos de doença.

As pessoas que ficaram ao meu lado durante esse processo intenso deixaram sua marca nele. Em cada livro participam pelo menos dez profissionais (em sua maioria invisíveis para leitoras e leitores) para que a obra se torne uma peça de arte, desejo de leitura, diversão e encanto. Mencionarei alguns aqui; para outros, como os da área gráfica, comercial, de produção e revisão, deixo meu agradecimento a distância. O trabalho cultural é um trabalho de equipe, e um escritor nunca será tão bom sozinho quanto junto da equipe que está por trás dele. Eu crio, sinto e escrevo a história, mas para que ela chegue saudável ao mundo e valha a pena lê-la, é necessária uma equipe.

E, também, o leitor. As cartas carinhosas que chegaram até mim durante o período de escrita me emocionaram muito. Para alguns leitores, há pequenas mensagens incorporadas ao romance.

Merci beaucoup...

...ao meu marido, o escritor J. Infelizmente não posso revelar inteiramente o motivo do agradecimento, mas tem a ver com comida, conforto e amor. Sua vontade de escrever sempre me encanta tanto que nem acho estranho viver sob o mesmo teto que personagens fictícios.

...a Hans-Peter, por sua paciência durante um ano.

...a Adrian e Nane, que tiraram do meu corpo as dores com massagens durante oito meses para que eu pudesse me sentar e escrever, e a Bernhard e Claudia, meus "treinadores" na "tortura com aparelhos".

...a Angelika por sua amizade, tão clara e presente desde o início.

...a senhora K., a preparadora excelente, que não apenas põe as vírgulas no lugar certo, mas também disciplina minha ortografia criativa.

...a Brigitte, a charmosa anfitriã do meu pombal em Bonnieux, e Dédé, a dona da pensão em Sanary-sur-Mer.

...a Patricia, pela confiança e paixão.

...ao Café Elbgold: *this book is powered by coffee.*

...a Doris G., porque eu pude me esconder todas as semanas em seu jardim para escrever os diários de Manon. O remexer na terra fofa permeou o texto.

E, principalmente, agradeço a minha editora, Andrea Müller. Ela faz com que bons livros fiquem melhores. Ela mata o que está sobrando de forma segura e intensifica as cenas literárias que cortam o coração; faz perguntas perigosas e, acredito eu, nunca dorme. Profissionais como Andrea transformam boas escritoras em contadoras de história melhores.

NINA GEORGE

P.S.: ...e obrigada a cada livreira e cada livreiro que ajuda a me encantar. Com os livros, eu simplesmente consigo respirar melhor.

Esta edição foi composta em
Palatino Linotype,
e impressa em papel pólen natural 80g/m²
na Geográfica.